어/나/니/머/스
경시청 손가락살인대책실

SHOSETSU ANONYMOUS
KEISHICHO YUBISATSUJIN TAISAKUSHITSU

© Mitsutoshi Saijo / TV TOKYO, 2021
All rights reserved.
Original Japanese edition published by Kobunsha Co., Ltd. in 2021
Korean translation rights arranged with Kobunsha Co., Ltd.
through Eric Yang Agency, Inc., Seoul.

이 책의 한국어판 저작권은 Eric Yang Agency를 통해
저작권자와 독점 계약한 도서출판 양파에 있습니다.
저작권법에 의해 한국 내에서 보호를 받는 저작물이므로
무단전재와 복제를 금합니다.

1. 사나다 고즈에 015
2. 세리자와 아리사 065
3. 가타야마 렌 107
4. 히리시가 미오 147
5. 호시노 슈이치 189
6. 스에마쓰 카오리 231
7. 노란색 루어 271
8. 어나니머스 309

당신에게 정의란 무엇입니까?

주요 등장인물

- **고시가야 신지로(경시)** 지극히 평범한 관리형 경찰간부로, 신설부서 경시청 손가락살인대책실의 책임자이다.

- **반조 와타루(경부)** 강력반 수사1과 형사였으나 과거의 불미스러운 사건으로 일선에서 배제된 후 경시청 손가락살인대책실로 좌천된다.

- **스가누마 리리코(경부보)** 총무과에서 온, 경찰 내 가십을 모조리 파악하고 있는 프로 정보 수집가. 초등학생 딸을 둔 엄마이기도 하다.

- **우수이 사쿠라(순사부장)** 교통안전과에서 이동해온 초보 수사관으로, 반조의 새로운 파트너이다.

- **시노미야 준이치(순사장)** 사이버 범죄 대책과 소속이 되려는 걸 빼내온, 사이버수사의 천재급 인재이다.

내게 SNS란 '애정이 담긴 소통'을 위해 꼭 필요한 것
— 가토리 신고

- 1년 전 -

도심에서 차로 한 시간쯤 떨어진 거리에 그 요양원은 있었다.
크림색 6층 건물. 고지대에 위치해서 바다가 한눈에 내려다보인다.
건물 정문에서 한 남자가 천천히 걸어 나왔다.
반조 와타루. 수사1과 형사였으나 과거의 불미스러운 사건 이후 일선에서 배제되어 실의에 빠졌다는 소문이 돌았다.
굳은 얼굴로 차에 올라탄 그는 조수석에 놓여 있던 낚시 잡지를 훑어보며 주소를 확인하고는 차를 몰았다.
도착한 곳은 도심의 코인 주차장이었다. 20분에 400엔, 콧대 높은 요금이다.
반조는 차에서 내려 코트를 걸치고 걷기 시작했다. 얼굴을 찌푸리며 주머니에서 지도책을 꺼내 1분쯤 노려보더니 이내 고개를 갸웃하며 주위를 빙 둘러보았다.
길 건너편 보행로에 스마트폰을 손에 쥔 젊은 여자가 서 있었다. 그녀에게 길을 물어볼까.
반조가 다가가 보니 여자는 라인(LINE)으로 메시지를 보내고 있는 듯했다.
「 지금 추모 끝났으니 돌아갈게요. 」
전송 버튼을 누르고 얼굴을 들어 올린 순간, 눈앞에 사람 형체가 보이자 여자는 흠칫 놀랐다.

"실례합니다. 이 근처에 낚시터가 있을 텐데, 혹시 아십니까?"

반조의 말투가 생각보다 부드러워 안심했는지 그녀는 친절하게 설명해 주었다.

"네, 이 길로 쭉 가다가 첫 번째 신호에서 오른쪽으로 꺾으면 묘지가 보여요. 그 뒤편에 낚시터가 있을 거예요."

"감사합니다."

반조는 가볍게 머리 숙여 인사한 후 지도책을 코트 주머니에 도로 집어넣고 걸음을 서둘렀다.

잠시 후 뒤쪽에서 부르는 소리가 들렸다.

"저기요."

반조가 돌아보자 조금 전의 여자가 서 있었다.

"이거 떨어뜨리셨어요."

여자는 그렇게 말하며 손을 내밀었다. 그 손에는 루어(플라스틱이나 고무 따위로 만든 인조 미끼-옮긴이)가 쥐어져 있었다. 지도책을 덮을 때 떨어뜨린 모양이다. 반조는 루어를 건네받고 다시 인사한 뒤 낚시터로 향했다.

겨우 찾아간 낚시터에서 어두워질 때까지 낚싯줄을 드리웠지만, 그날은 한 마리도 잡히지 않았다.

어/나/니/머/스

언제부터일까. 사람들이 스마트폰을 들여다보며 걸어가는 광경이 익숙해진 것은.

칠이 벗겨진 분홍색 손톱이 스마트폰 위에서 현란하게 움직인다.
정장을 입은 남자의 손이 분주하게 문자를 입력한다.
「아르바이트 너무 따분해.」
「다들 이거 좀 봐. 엄청 재밌어. 크크.」
「과장 짜증 나. 죽었으면 좋겠어.」
눈에는 보이지 않는 감정이 글자가 되어 거리에 넘쳐흘렀다. 빌딩의 초대형 전광판에서는 새하얗게 질린 남자가 비실비실 머리를 조아리는 모습이 흘러나왔다. 누구나 한 번쯤 본 적 있는 밝고 활기찬 캐릭터로 인기를 얻은 개그맨이었다.

"여러분께 심려를 끼쳐 드려 대단히 죄송합니다."
TV에선 보인 적 없는 비통한 표정으로 머리를 깊숙이 숙인 그 모습은 인터넷에 넘쳐나는 글자들을 향해 용서를 구하고 있는 듯 보이기도 했다.

　전광판에 눈길을 둔 사람들은 손에 쥔 스마트폰으로 또다시 쉴 새 없이 글자를 입력한다.

　무표정한 얼굴과는 별개의 생명처럼 손끝은 경쾌하게 화면을 두드려 댄다.

　「 사고 쳤나 보네. 」
　「 이 사람 재미없지 않아? 」
　「 무슨 짓 했는데? 마약? 」
　「 아니야. 하하. 」

　익명 대국이라 불리는 이 나라의 SNS 익명 이용자의 비율은 70%. 다른 나라와 비교해도 유독 높은 편이다. 이에 따른 SNS, 인터넷과 관련된 문제가 증가하고 스스로 목숨을 끊는 사례도 끊이지 않는다.

1. 사나다 고즈에

그녀도 마찬가지였다.

하얀 원피스를 입은 그녀는 욕조에 기댄 채 축 늘어져 있었다. 샤워기를 틀어 놓은 욕조의 선홍빛 물속에는 그녀의 왼손이 잠겨 있었다. 쇳내 비스름한 냄새가 진동했다. 점점 넘쳐흐르는 물이 마치 잠을 자는 듯한 사나다 고즈에의 원피스를 새빨갛게 물들였다.

거실 테이블 위에 올려 둔 스마트폰은 방금까지 그녀가 살아 있었음을 알려 주는 듯했다.

반조 와타루 경부는 경시청 지하를 걷고 있었다. 어두침침하고 정적이 감도는 복도의 방을 여러 개 지나 발길을 멈춘 곳 출입문에는 「경시청 '손가락 살인' 대책실」이라고 적혀 있었다. 아무도 없는 그 방으로 들어간 반조는 들고 있던 상자를 거칠게 책상에 내려놓았다.

회견장에는 기자들이 줄지어 앉아 단상에서 발언이 나오는 즉시 노트북에 입력했다. 뒤쪽에서는 많은 카메라맨이 렌즈를 단상으로 향했다.

"스마트폰이나 PC를 이용해서 상대방을 비방하고 인신공격하여 죽음으로 몰아넣는 이른바 '손가락 살인'이 사회적 문제가 되고 있습니다. 저희 경찰도 이러한 문제를 중요하게 인식하는바, 이번에 경시청 생활안전부 내에 전담 부서를 신설하기로 했습니다."

기자들을 향해 의미심장한 얼굴로 발표하는 사람은 경시청 생활안전부 손가락살인대책실의 고시가야 신지로 경시였다.

익숙지 않은 기자 회견에 긴장했는지 아니면 양옆에 앉은 경시청 고위 간부 때문인지 고시가야의 표정은 딱딱하게 굳어 있었고, 장소에 어울리지 않는 화려한 넥타이만 눈에 띄었다.

그런데도 고시가야는 꿋꿋하게 발표를 이어나갔다.

"각 관할서로 들어오는 인터넷 문제 상담 중 악의성과 사건 발전 가능성이 높은 사안, 사회적 관심이 높은 사안을 중심으로 조사해 나가겠습니다."

며칠 후 고시가야는 손가락살인대책실에서 순사부장 우수이 사쿠라에게 기자 회견 영상을 보여주었다.

사쿠라는 고시가야의 기자 회견 모습보다 본인이 입은 어색한 정장 옷깃이 신경 쓰이는지 영상에는 그리 집중하지 않았다.

"근데 이 팀 생긴 거, 과연 사람들이 반기고 있을까요?"

시노미야 준이치 순사장이 물었다.

"오늘까지 SNS 반응을 살펴보니 부정적인 여론이 73%나 되는데요."

"뭐? 정말이야?"

고시가야는 놀란 목소리로 되물었다.

"동영상 댓글난에 「어차피 보여 주기 식이잖아.」, 「이런 아저씨가 인터넷을 뭘 알겠어.」, 「넥타이 너무 화려해.」 등의 의견이 적혀 있네요. 대부분이 악성 댓글이에요."

스가누마 리리코 경부보도 대화에 끼어들었다.

"넥타이가 무슨 상관이람. 어째 익명이면 그런 말도 서슴지 않는 걸까."

고시가야가 고개를 갸웃거리는 동안 사쿠라가 리리코와 시노미야에게 자기소개를 하기 시작했다.

"저, 오늘부로 교통안전과에서 이동해 온 우수이 사쿠라입니다. 계급은 순사부장입니다!"

"아 그렇지, 아직 자기소개도 안 했군."

고시가야기 손가락살인대책실의 팀원을 소개하기 시작했다.

"이쪽은 시노미야 준이치. 특별 수사관 채용 때 사이버 범죄 대책과 소속이 되려는 걸 우리 쪽으로 끌고 온 천재급 인재."

"감사합니다."

고시가야의 과장된 소개에도 시노미야는 눈 하나 깜빡하지 않고 태연한 얼굴로 고개만 가볍게 숙였다.

"그리고 이쪽은 총무과에서 온 스가누마 리리코. 경찰 내 가십을 모조리 파악하고 있는 프로 정보 수집가."

"그런 말은 안 해도 되는데."

리리코는 고시가야를 슬쩍 쏘아보았지만 "우리 다음에 정보 교환하자." 하며 사쿠라에게 웃는 모습을 보아하니 아무래도 '프로 정보 수집가'라는 자각은 있는 모양이다.

"그리고 오늘부로 또 한 명……. 어라? 어디 갔지?"

그때 마침 문이 열리며 반조가 들어왔다.

"반조, 이쪽은 자네와 함께 오늘부로 우리 팀에 온……."

고시가야가 사쿠라를 소개하려 했으나 반조는 상사의 말도 사쿠라의 존재도 무시하듯 자기 자리로 가서 앉았다.

반조는 다른 사람이 범접하기 어려운 분위기를 자아냈다. 사쿠라는 반조의 태도에 당황했는지 리리코와 시노미야에게 눈빛으로 도움을 청했다.

"1과에서 이동했으니 납득 못 하는 거 아닐까요."

시노미야가 목소리를 낮추며 말했다.

"네? 1과?"

사쿠라는 깜짝 놀랐다.

수사1과라면 사쿠라가 근무했던 교통안전과와는 달리 경시청의 꽃이라 불리는 부서였다. 그런데 어쩌다가 신설 부서로 발령이 났을까. 사쿠라는 의아했다.

"'수사1과의 늑대'라는 별명도 있었는데, 뭔가 불미스러운 사건이 생긴 후로 완전히 이빨이 뽑혀 나갔다는 소문이야."

이런 정보가 선뜻 입에서 나오는 걸 보면 리리코는 역시 프로 정보 수집가라고, 사쿠라는 감탄했다.

"어떤 사건인데요?"

선을 넘었나 하는 생각도 들었지만 사쿠라는 궁금증을 참지 못했다.

"음, 내 입으로 말하긴 좀 그러네. 다음에 기회 봐서 말해 줄게."

리리코는 미묘한 표정을 지었다.

이런 대화가 오가건 말건 당사자는 등을 돌린 채 낚시 잡지를 읽고 있었다.
"반조, 이거 사내 태블릿. 사용법 모르면 다른 사람한테 물어보게."
고시가야는 책상에서 상자에 든 새 태블릿을 가지고 와서 반조에게 건넸다.
"전 됐습니다."
"아니, 이걸로 자료도 공유하고 조사할 때 메모도 할 수 있다니까."
반조는 고시가야의 말을 자르듯이 수첩 하나를 책상 위에 툭 던졌다. 낡고 오래된 그 검은색 가죽 수첩은 한 손에 들어오는 작은 크기였지만, 반조의 형사 인생이 고스란히 새겨져 있는 듯한 중압감이 느껴졌다.
"……음, 그렇다면야."
반조의 무언의 반론에 고시가야는 한발 물러설 수밖에 없었다.
어색한 분위기를 깨듯 전화벨 소리가 울리자 고시가야는 서둘러 자리로 돌아갔다.
"네, 손가락살인대책……."
사쿠라는 주뼛주뼛 반조에게 말을 걸었다.
"저, 우수이 사쿠라라고 합니다. 수사 경험은 부족하니 한 수 가르쳐 주세요."
"……고등학생?"
반조가 고개를 들고 성가신 투로 물었다.
"네? 스물다섯인데요!"
사쿠라는 저도 모르게 매섭게 쏘아보았다.
"경시청도 인재 부족인가……."
반조가 낚시 잡지로 시선을 돌리며 중얼거렸다.

사쿠라는 분통을 터뜨리며 리리코와 시노미야에게로 뛰어갔다.
"저 사람 엄청 무례한데요?"
"뻔하지, 뭐. 여긴 어차피 내가 있을 곳이 아니라고 생각하는 거지."
리리코가 사쿠라에게 바싹 붙어서 말했다.
"수사1과에서의 자존심은 여기선 별 도움이 안 될 텐데요."
시노미야도 거들었다.
두 사람의 말을 듣자 사쿠라는 마음이 조금 가라앉았다.
전화를 끊은 고시가야가 자리에서 목소리를 높였다.
"여러분, 사건 들어왔습니다. 갑작스럽겠지만 사쿠라, 반조, 두 사람이 맡아 주겠나."
"물론입니다!"
손가락살인대책실의 첫 임무를 맡게 된 사쿠라는 힘차게 대답했으나 들은 척도 하지 않는 반조를 보며 한숨을 내쉬었다.

손가락살인대책실의 상담 부스 소파에는 고시가야, 반조, 사쿠라가 나란히 앉아 있었다. 탁자 맞은편에는 비통한 표정의 사나다 미쓰히로와 마이코 부부가 있었다.
고시가야가 무겁게 입을 열었다.
"사나다 고즈에 씨……. 물론 잘 압니다. 얼마 전 인터넷에서 비방과 인신공격에 시달리다 스스로 목숨을 끊은……. 저희도 가슴 아프게 생각하고 있습니다."
탁자 위에는 비참한 사건과는 도저히 결부할 수 없는 순수함과 아름다움을 겸비한 사나다 고즈에의 웃는 사진이 있었다.

"여기라면 이야기를 들어 주실 것 같아서 왔습니다."

그렇게 말하는 미쓰히로의 얼굴에서는 비장감이 엿보였다.

고시가야는 태블릿을 보며 상황을 정리했다.

"조서에 따르면 어머님이 제일 먼저 발견하셨다고요……."

"네. 고즈에한테서 메시지가 왔어요. 딱 한마디, '미안해.'라고요. 그런 적은 처음이라 고즈에의 집에 가 봤더니 욕조에 저희 아이가……."

마이코는 가까스로 목소리를 짜내어 말하고는 손수건으로 눈을 가렸다.

"경찰은 사건 관련성은 없다고 하더군요."

마이코의 목소리는 떨렸다.

"고즈에는 늘 저희가 운영하는 식당 일을 도와주었어요. 어렸을 때부터 정의감 넘치고 웃는 얼굴이 참 예쁜 아이였죠……. 그런 애가 왜 자살을……."

"상심이 얼마나 크시겠습니까……."

고시가야는 달리 할 말이 없었다.

미쓰히로는 고즈에의 SNS에 달린 댓글을 인쇄한 종이를 가방에서 한 무더기 꺼냈다.

"「죽어.」, 「사라져.」, 「못생긴 게 유세 떨지 마.」……. 전국에서 고즈에한테 이렇게나 많은 악담을 퍼부었습니다. 이게 어떻게 사건이 아니란 말입니까? 고즈에는 이 사람들한테……. 익명성 뒤에 숨은 이런 비겁한 놈들한테 살해당한 겁니다!"

"어떤 말씀이신지 뼈저리게 통감합니다. 다만……."

고시가야가 여기까지 말했을 때였다.

"절대 용서 못 합니다!"

사쿠라가 감정을 고스란히 내뱉었다.

"이런 게 그야말로 손가락 살인입니다. 저희가 이 악랄한 범인들을 반드시 체포하겠습니다!"

사쿠라는 부부의 눈을 똑바로 응시했다.

사나다 미쓰히로와 마이코가 돌아간 후 고시가야가 난처한 얼굴로 사쿠라에게 주의를 주었다.

"사쿠라, 그렇게 쉽게 체포하겠다고 말해 버리면 어떡하나. 워낙 건수가 많으니까 그리 호락호락하지는……."

"하지만 그게 저희가 할 일이잖아요?"

"그건 그렇지만……."

사쿠라가 맞는 말로 정곡을 찌르자 고시가야는 받아칠 수가 없었다.

손가락살인대책실은 사건 해결을 위해 움직이기 시작했다. 시노미야는 모니터에 사나다 고즈에의 자료를 띄우고 관련 정보를 정리했다.

"사나다 고즈에 씨는 18세 패션모델로, 작년 12월 16일 밤에 사망했습니다. 악성 댓글이 달리기 시작한 건 그로부터 약 2주 전, 이 동영상이 발단이었습니다."

시노미야가 익숙한 손놀림으로 키보드를 두드리자 모니터에서 한 예능 프로그램이 재생되었다. 방송에 출연한 고즈에가 생기발랄하게 이야기하는 부분만 잘라내서 편집한 동영상이었다.

"연봉 1,000만 미만인 남자는 죽어도 싫어요."

"돈이 좋다기보단 그 정도도 못 버는 남자는 생존 능력이 없어 보인다고 할까요."
"최악이죠."

동영상을 정지시킨 시노미야가 입을 열었다.
"TV 토론 버라이어티 방송에서 이런 발언을 한 사실이 SNS에서 확산되면서 악성 댓글이 달리기 시작했습니다."
"그렇지. 연봉 1,000만을 운운하는 건 악성 댓글이 달릴 수밖에 없는 소재니까."
리리코가 맞장구치며 진지한 표정으로 말했다.
시노미야는 PC를 조작하면서 말을 이었다.
"이때부터 사람들이 온갖 루머를 쏟아 내기 시작했어요. 그 밖에도 사생활을 도촬한 사진이 퍼지는가 하면……."
모니터에는 밖에서 걸어가는 고즈에를 몰래 촬영한 듯한 사진이 몇 장 떴다.
"그리고 여론을 악화시킨 게 바로 이 사진입니다."
시노미야는 새로운 사진을 한 장 더 보여주었다. 고즈에가 자기 방에서 편하게 찍은 사진이었다.
"이 사진에 알코올음료 캔이 찍혀 있어 미성년자 음주 의혹이 부풀면서 비난 여론이 들끓었습니다. 트위터 트렌드 1위까지 올라갔어요."
시노미야의 말대로 사진에는 먹다 만 과자 봉지가 놓인 테이블 구석에 알코올음료가 찍혀 있었다.
"참고로 비난 여론의 불씨를 지핀 이 영상도 악의적으로 편집됐어요.

이게 원본 영상입니다."

시노미야는 편집되지 않은 방송 영상을 재생했다.

고즈에가 이런저런 말을 늘어놓은 다음 "지금까지 전부 농담이었습니다! 놀라셨죠? 죄송합니다." 하고 너스레를 떨자 사회자가 유쾌하게 나무라며 웃음이 터지는 영상이었다. 예능 방송에서는 자주 볼 수 있는 장면이었다.

"이럴 수가……. 다분히 악의적인 편집이네요. 이런 짓을 그냥 눈 뜨고 보기만 해야 하나요?"

사쿠라는 치미는 분노를 숨김없이 드러냈다.

"그렇지만 건수가 말이지……."

고시가야는 소극적이었다.

"악질 계정을 찾아내서 입건하는 것만으로도 의미가 있을 뿐 아니라 유족들에게도 어느 정도 위안이 될 거예요."

사쿠라가 끈질기게 주장했다.

"어느 정도 위안이 된다라……."

반조가 나지막이 중얼거렸다.

"음……, 뭐죠?"

그 짧은 말속에서 비웃음을 감지한 사쿠라가 따져 물었다.

"물론 수사1과에서는 이런 사건 취급하지 않겠죠. 하찮은 사건이라 생각할지도 모르지만, 이건……."

"틀렸어. 하찮은 건 바로 너의 그 말이야."

사쿠라의 눈을 쳐다보며 반조가 말했다.

"네? 뭐라고요? 그게 무슨 뜻이죠?"

"본보기로 몇 건 체포하고는 '만족'? 난 그런 식은 용납 못 해."

"그럼 수사1과 출신 반조 형사님께서는 어떻게 하실 건데요?"

이해하지 못하겠다는 사쿠라를 보며 반조는 한숨을 푹 내쉰 뒤 낚시 잡지를 책상에 내팽개쳤다. 그리고 천천히 모니터 앞으로 가서 시노미야에게 물었다.

"방송된 날짜가 언제지?"

"작년 10월 16일입니다."

"그리고 비난이 쏟아진 게 12월."

무언가 퍼뜩 생각났는지 시노미야가 게시글 수의 추이를 그래프로 보여주었다.

"네. 방송된 지 1개월 반이 지난 시점에 고즈에 씨에 관한 글이 급격히 늘었습니다."

반조는 그 말을 듣고 고개를 크게 끄덕였다.

"그게……, 무슨 의미지?"

고시가야가 반조의 얼굴을 들여다보며 물었다.

"비난 여론을 주도한 놈이 있다는 말입니다."

반조는 중얼거리며 자리로 돌아와 다시 낚시 잡지를 펼쳤다.

"주도한다고요? 그런 게 가능해요?"

사쿠라가 시노미야에게 물었다.

"방법은 있죠."

그 말을 듣고 고시가야가 모니터를 가리켰다.

"이 영상이 발단이었다고 했지? 그럼 이걸 처음 올린 사람이……."

"비난 여론의 배후겠네요!"

사쿠라가 의욕적으로 대답했다.

흥분한 두 사람에 비해 시노미야는 지극히 냉정했다.

"어떻게 할까요? 누군지 찾아내 볼까요?"

잠시 생각에 잠겼던 고시가야가 입을 열었다.

"……좋아. 우선 거기부터 시작해서 단서를 잡자고."

"네!"

사쿠라의 패기 넘치는 목소리가 사무실에 울려 퍼졌다. 고시가야는 터치펜으로 모니터에 각자의 역할을 차례차례 기입했다.

"입건을 위한 전체 보고서는 내가 맡지. 시노미야는 해당 계정을 찾아내고 그다음 개인 정보 공개 압류 청구는 리리코가 맡아 주게."

고시가야가 지시하자 시노미야와 리리코는 재빨리 자기 임무에 돌입했다.

"그리고 상황 증거를 확보하려면 피해자가 특히 어떤 댓글에 상처받았는지 탐문 조사를 해야 하는데……. 반조, 사쿠라 자네들이 다녀오게."

고시가야가 두 사람에게 지시했다.

"탐문 조사라면 저 혼자 해도 괜찮은데요!"

사쿠라는 반조와 파트너가 되고 싶지 않았다.

"자네는 아직 경험이 별로 없잖나. 반조는 수사1과에서 쌓은 노하우도 있을 테고."

고시가야가 타이르며 사쿠라의 어깨에 손을 올렸다. 사쿠라가 불만스러운 표정으로 반조를 쳐다보니, 그 역시 똑같은 표정으로 사쿠라를 바라보고 있었다.

반조와 사쿠라는 경시청을 빠져나와 눈앞의 거리를 걸었다. 양팔을 흔들며 걷는 사쿠라의 뒤쪽에서 코트 주머니에 손을 찔러 넣고 등을 구부린 채 반조가 따라갔다.

"내가 왜 고등학생이랑……."

반조가 볼멘소리로 투덜거렸다.

"지금 뭐라고 하셨어요? 말이 나왔으니 하는 말인데 저도 같이 움직이기 싫거든요!"

사쿠라가 단호하게 말했다.

"……근데, 어디 갈 생각이야?"

반조의 질문에 사쿠라는 순간 멈칫했다. 첫 임무를 맡았다는 흥분과 반조에게 본때를 보여주고 싶은 마음에 사로잡혀 의욕적으로 뛰쳐나오기는 했지만, 목적지는 전혀 생각도 안 해 본 까닭이다.

"……어디로 갈까요?"

교통안전과 출신인 사쿠라는 수사 경험이 부족한 탓에 반조에게 물어보는 수밖에 없었다.

"뭐?"

"이럴 때 형사는 어떻게 하나요?"

"수사의 기본도 모르나?"

"저는 따라가겠습니다. 선배님 잘 부탁드립니다."

반조는 기가 막힌다는 표정으로 한숨을 크게 내쉰 뒤 마지못해 입을 열었다.

"피해자와 가까운 장소부터 짚어 보자고. 먼저 모델 기획사."

반조는 수첩에서 지도를 꺼내 기획사의 위치를 찾기 시작했다.

"이쪽이에요."

반조가 고개를 들자 사쿠라가 스마트폰 화면의 지도를 손가락으로 가리키며 이미 앞으로 걸어가고 있었다.

"스마트폰의 기본도 모르세요?"

사쿠라가 우쭐한 표정을 지었다.

"한마디만 더 하면 두고 간다."

"……조용히 할게요."

그 무렵 손가락살인대책실에서는 고시가야가 머리를 쥐어짜며 보고서를 작성하고 있었다.

옆에서 리리코는 전화기 너머로 언성을 높였다.

"뭐라고요? 열 명 대기? 법원에서 영장 안 나오면 못 움직이는 거 아시죠? 무조건 오늘 밤에 갑니다. 오늘 밤에 간다고요!"

시노미야는 비난 여론의 발단이 된 동영상을 최초로 유포한 계정을 특정하고 있었다. 무수히 많은 SNS 계정 중 하나를 찾아내는 건 모래밭에서 바늘 찾기나 다름없었지만, 시노미야는 천재라는 수식어에 걸맞게 곧 한 개의 트위터 계정에 도달했다.

"……찾았다."

시노미야가 고시가야와 리리코에게 보고했다.

"이게 문제의 영상을 최초 유포한 계정입니다."

고시가야와 리리코는 시노미야의 PC를 들여다보았다. 거기에는 트위터 계정 [nobu04]의 홈화면이 떠 있었다.

"어떤 계정이야?"

리리코가 물었다.

"소위 '안티'네요. 영상을 올리기 몇 달 전부터 사나다 고즈에 씨를 비난하는 트윗을 꾸준히 올렸어요. 그리고 이게 결정적입니다."

시노미야는 화면을 내려 게시글을 하나 가리켰다.

「사나다 고즈에. 잘난 척하지 마. 죽어.」라고 적혀 있었다. 10월 5일 글이었다.

"아웃이군."

"명백한 명예 훼손이네."

고시가야와 리리코가 한마디씩 던졌다.

"이 자가 비난 여론의 배후입니다."

시노미야는 침착하게 대답했다.

세 사람의 눈에는, 보이지 않는 이 범인을 반드시 잡겠다는 강한 의지가 엿보였다.

반조와 사쿠라는 사나다 고즈에가 소속됐던 모델 기획사를 찾아가 매니저 이소야마 겐지의 이야기를 들었다. 이소야마는 통통한 체형에 안경을 쓴 사근사근한 남자였다.

"친했던 사람이요? 음……, 고즈에는 고가 유키, 사사오카 리나 두 사람과 동기였어요."

이소야마가 손가락으로 가리킨 레슨실에는 진지한 얼굴로 연습 중인 고즈에 또래의 소녀들이 있었다.

"셋이서 팬 이벤트도 하고 실제로도 친하게 지냈을 거예요."

벽에 붙은 포스터를 보며 이소야마가 말했다. 포스터에는 셋이 어깨를 나란히 맞대고 웃는 모습이 찍혀 있었다.

"저기, 고즈에는 자살이었다고 들었는데……."

이소야마가 불안한 목소리로 물었다.

"저희는 고즈에 씨의 마음에 상처를 입힌 범인을 쫓고 있습니다."

사쿠라는 이소야마의 눈을 똑똑히 바라보며 힘주어 말했다.

반조와 사쿠라는 미팅할 때 쓰이는 작은 회의실로 이동했다. 잠시 후 고가 유키와 사사오카 리나가 연습 중에 빠져나왔다. 포스터에 고즈에와 함께 찍혀 있던 두 소녀였다. 반조와 사쿠라가 둘에게도 직접 이야기를 듣고 싶다고 요청하자 이소야마가 불러온 것이다.

사쿠라는 두 사람에게 물었다.

"고즈에 씨가 악성 댓글들을 어떻게 생각했는지, 혹시 들은 거 없으세요?"

두 사람은 생각에 잠겼다.

"특히 어떤 댓글에 상처받았다든가 하는 말 없었을까요?"

사쿠라는 일말의 단서라도 잡겠다는 의지로 몸을 한껏 앞으로 기울였다.

그러자 사사오카 리나가 생각을 떠올리며 한마디씩 입을 열었다.

"「죽어.」, 「사라져.」 이런 말은 그런대로 참을 만하다고 했어요. 하지만 구체적으로는……. 비난 여론 자체에 상처를 받는다는 느낌이었어요."

"그렇군요."

결정적인 것이 나오지 않자 사쿠라는 초조해졌다.

"고즈에, 악성 댓글이 달린 이후 여러 가지로 피해를 입은 모양이에요. 도촬이나 스토커 행위 같은 거요. 그래도 이겨내려 했어요. 여기서 무너지지 않겠다고."

리나가 덧붙여 말했다.

"아무 일도 없었다는 듯이 명랑하게 행동하고……. 정말 강인한 아이인데……. 죽은 당일에도 새로운 오디션에 나갔어요. 그 자리에서 합격 통보 받았다고 신이 나서 저한테 연락도 했는데……. 역시 무리였던 걸까……."

한참 입을 다물고 있던 유키도 가냘픈 목소리로 말했다.

반조와 사쿠라는 기획사에서 나왔다. 발걸음이 무거운 이유는 탐문조사에서 아무린 수확이 없었기 때문이리라.

"고즈에 씨는 이겨내려고 노력했었네요. 그런 강한 사람도 목숨을 끊다니……."

사쿠라는 반조보다 뒤떨어진 곳에서 터벅터벅 걸었다. 경시청에서 나올 때와는 사뭇 다른 모습이었다.

"강한 사람은 없어."

반조는 앞을 향한 채 말했다.

"……네?"

하루 종일 무슨 말을 해도 무시당하기 일쑤였던 사쿠라는 반조의 갑작스러운 대답에 얼떨떨했다.

"무슨 뜻이에요?"

"말 그대로야."

반조는 잠시 멈춰 서서 그 말만 남긴 뒤 두 사람이 걸어온 길과는 다른 샛길로 들어섰다.

"경시청은 반대쪽이에요!"

사쿠라는 혼란스러워하며 반조의 등에 대고 말했다

"퇴근하는 거야. 업무 시간 끝났으니까."

홀로 남겨진 사쿠라는 멀어지는 반조의 뒷모습만 노려보았다.

"신설된 손가락살인대책실에 사나다 고즈에 씨의 수사를 의뢰하셨다는 말이 사실인가요?"

사나다 미쓰히로, 마이코 부부가 손가락살인대책실을 찾아간 다음 날, 두 사람이 운영하는 도시락 가게 앞으로 취재진이 몰려들었다.

"……저희가 뭘 하든 이제 딸은 돌아오지 않습니다……. 그러니 적어도 그 아이에게 상처를 준 범인은 잘못을 뉘우치기라도, 속죄라도 하기를 바랄 뿐입니다."

마이코는 조심스럽게 솔직한 심정을 털어놓았다.

법원 복도 벽을 따라 늘어선 간이 의자에 각 관할서 형사들이 줄지어 앉아 있었다. 리리코와 사쿠라도 그 무리 속에서 차례를 기다리고 있었다. 압류 허가장을 받기 위해서였다. 고시가야가 사쿠라에게 "이것도 경험의 일환"이라며 리리코와 동행하도록 지시한 것이다.

"의욕이 전혀 없어요. 월급 도둑이에요."

사쿠라가 리리코에게 반조의 태도에 대해 불평을 터뜨렸다.

"이번 일은 사건이라고 생각하지 않는 것 같더라."

리리코도 동조했다.

"근데, 원래 이렇게 기다려요?"

느릿느릿 줄어들 기미가 없는 대기 행렬에 사쿠라는 불만이 가득했다.

"법원은 기다림의 연속이야. 더구나 이게 끝이 아니지."

놀란 사쿠라에게 리리코가 태연하게 설명했다.

"여기서 압류 허가장을 받은 다음 웹 서비스 운영 회사에서 IP 주소를 받아야 해. 그런 다음 휴대폰 통신사에 연락해서 개인 정보를 요청해야지. 그래야만 댓글을 쓴 사람을 특정할 수 있어. 말하자면 거기부터가 시작인 셈이야."

"지지부진한 일이네요."

사쿠라는 무심코 한숨을 내쉬었다.

다음 날 아침, 사쿠라가 사무실 문을 열자 리리코가 고시가야에게 의기양양하게 서류를 건네는 참이었다.

"해당 계정 본인 확인 마쳤습니다. 이름은 이와나가 노부스케. 43세. 증권회사에 근무하는 남자예요."

"수고했어. 빨리 알아냈군."

고시가야가 노고를 치하했다.

"기적적으로 아침에 통신사와 연락이 닿아서, 법원부터 통신사까지 총 열다섯 시간 만에 마무리 지었어요."

리리코는 자랑스러워했다.

사쿠라는 자기 자리에서 두 사람의 대화를 들었다. 아니, 대화가 귀에 들어왔는지는 알 수 없었다. 책상에 엎드린 채 시선은 허공을 향해 있었다. 그야말로 방심한 상태였다.

열다섯 시간의 기다림을 경험했으니 무리도 아니었다.

"이런, 피곤하겠군."

사쿠라를 보며 고시가야가 웃었다.

"첫 '허가장 투어'에 기진맥진한 모양이에요."

리리코가 동정하듯이 말했다. 소싯적 자신의 모습이 떠올랐는지도 모른다.

이로써 필요한 서류는 모두 갖춰졌다. 리리코가 법원에서 말한 대로 이제부터가 본격적인 수사의 시작이었다.

"좋아, 그럼 이와나가 노부스케를 찾아가서 임의 진술을 들어야지. 반조, 사쿠라, 두 사람이 다녀오게."

지시를 내리는 고시가야의 목소리에서 한층 열의가 느껴졌다.

"앗, 네! 그럼 다녀오겠습니다!"

고시가야의 목소리에 힘입어 자리에서 벌떡 일어난 사쿠라가 다부지게 경례한 후 고시가야에게 서류를 받아 당차게 뛰어나갔다.

파트너인 반조는 등을 돌린 채 낚시 잡지를 보느라 여념이 없었다.

"반조?"

고시가야가 반조를 부르며 문을 가리켰다. '자네도 다녀오게.'라는 눈빛이었다.

반조는 짧게 한숨을 내쉰 뒤 잡지를 덮고 방을 나섰다.

이와나가의 사무실은 여러 회사가 밀집한 고층 빌딩에 있었다.

회사원과 내방객이 빈번히 출입하는 1층 접견실에 반조와 사쿠라가 나란히 앉았다.

 허리를 꼿꼿이 세우고 앉은 사쿠라는 [nobu04]가 도대체 어떤 남자일지 상상하며 다소 긴장했다.

 "이와나가 노부스케입니다."

 이름을 밝히며 등장한 남자는 호리호리한 체형에 깔끔하게 정돈된 눈썹이 눈에 띄는 샐러리맨이었다.

 "사업부장……."

 건네받은 명함을 보며 사쿠라가 중얼거렸다.

 몸에 딱 맞는 정장에는 주름 하나 없었고 머리카락부터 구두까지 매무새에 신경을 쓴 티가 났다. 사쿠라가 머릿속으로 상상했던 [nobu04]의 이미지와는 전혀 다른 모습에 내심 놀랐다. 오타쿠가 아니었다니…….

 사쿠라는 태블릿으로 검색한 [nobu04] 계정을 이와나가에게 보여주었다.

 "이거 참 난처하군요……. 제 계정이 맞습니다."

 이와나가는 계정을 보며 멋쩍게 웃었다.

 "이와나가 씨는 지금까지 사나다 고즈에 씨를 비방하는 글을 수차례 올리셨지요?"

 사쿠라는 화면을 내려가며 이와나가의 게시글을 보여주었다.

 "비방이라니요. 그 말에는 동의할 수 없군요. 화장이 진하다, 말투가 건방지다 같은 의견들이잖아요? 고즈에 씨를 지도했을 뿐입니다."

 이와나가는 조금도 기죽지 않고 말했다.

 "지도했다고요……?"

 사쿠라는 저도 모르게 되물었다.

"네. 고즈에 씨의 팬이었거든요. 아, 여기 증거가 있어요. 고즈에 씨 이벤트에도 여러 번 참가하고 굿즈도 샀습니다."

이와나가는 가방에서 사진을 꺼내 반조와 사쿠라에게 보여주었다.

팬 이벤트 때 촬영한 모양이었다. 고즈에, 유키, 리나가 이와나가를 둘러싸고 웃으며 찍은 사진이었다.

사쿠라도 이에 질세라 추궁하기 시작했다.

"이 영상을 SNS에 처음 유포한 사람이 당신이죠?"

악의적으로 편집한 예능 방송을 첨부한 트윗을 가리켰다.

잠시 뜸을 들이기는 했지만 이와나가는 곧 별일 아니라는 듯이 능청을 떨었다.

"고즈에 씨를 홍보해 주려고 했어요."

어디까지나 악의가 없는, 순전히 고즈에를 위해서 했다는 말이었다. 이와나가의 태도에 부아가 치민 사쿠라는 확인 사살을 위해 이와나가의 트윗을 들이밀었다. 최후의 카드였다.

"작년 10월 5일, 이와나가 씨가 올린 글입니다."

「사나다 고즈에. 잘난 척하지 마. 죽어.」

이와나가는 미간을 찌푸리며 태블릿을 들여다보았다.

"이 게시글로 이번에 이와나가 씨의 개인 정보 공개에 대한 허가가 났어요. 이건 명백한 비방이자 명예 훼손입니다."

사쿠라가 몰아붙였다.

이와나가는 태블릿을 잠시 쳐다보았다가 사쿠라의 눈으로 시선을 돌리고는 천천히 입을 뗐다.

"이건……, 제가 올린 게 아닙니다."

"네?!"

"누가 제 계정을 해킹해서 올렸나 봅니다. 저도 보기 좋게 당했네요. 이거 피해 접수하면 될까요?"

이와나가는 난감하다는 듯이 웃었다.

사쿠라가 아무런 대꾸도 못 하자 이제까지 묵묵히 지켜보던 반조가 낮은 목소리로 침착하게 말했다.

"……그럼 이와나가 씨의 휴대폰을 조사하겠습니다. 사이버과에서 분석하면 결백을 밝힐 수 있을 겁니다."

순간 이와나가의 표정이 경직되면서 사쿠라는 긴장감이 팽팽히 감도는 것을 느꼈다.

"아, 이서 어써죠. 하필이면 오늘 아침에 휴대폰을 잃어버렸거든요. 정말 억울하네요……."

끝까지 모르쇠로 발뺌하는 이와나가를 보며 반조와 사쿠라는 더 이상 아무 말도 할 수 없었다.

"백 프로 거짓말이에요!"

몇 시간 후 사무실로 돌아온 사쿠라는 다들 모인 자리에서 분통을 터 뜨렸다.

"해킹당했다고 주장하는 건가……. 요즘 흔하긴 하지."

고시가야가 말했다.

"분명 지금쯤 어디 가서 휴대폰 버리고 있을 거야."

리리코는 키보드를 두드리며 담담하게 말했다.

"관할서에 협조 요청해서 휴대폰 찾으면……. 아, 이건 시간이 걸리겠네요."

시노미야도 평소답지 않게 머리를 감싸 쥐었다.

이와나가가 미꾸라지처럼 빠져나간 것이 너무 분했는지 사쿠라는 점점 열을 올렸다.

"그거 말고도 뒤가 켕기는 게 있다는 뜻이에요. 분명 세컨드 계정도 있을 거예요!"

동의를 구하려고 반조를 쳐다보니, 아니나 다를까 낚시 잡지를 보는 중이었다.

사쿠라는 어처구니없다는 표정을 지었다가 이내 정신을 차리고 다시 단호하게 주장했다.

"어쨌든 고즈에 씨의 부모님을 위해서라도 철저히 수사해야 합니다!"

다들 어떻게든 사쿠라를 달래야겠다고 생각했을 때 고시가야의 자리에서 전화가 울렸다.

"네, 손가락살인대책실입니다. 아, 무슨 일이신가요? ……네?"

고시가야의 표정이 순식간에 어두워졌다. 전화를 끊은 다음 힘없이 입을 열었다.

"사나다 씨가 의뢰를……, 철회하고 싶다는군……."

손가락살인대책실에 사건을 의뢰한 다음 날 보도진이 취재를 다녀간 뒤로 사나다 부부가 운영하는 도시락 가게에는 악질적인 장난이 잇따랐다. 가게 입구에 「살인자!」, 「여기서 꺼져!」 등이 적힌 종이가 붙었다.

처음에는 가벼운 장난이라 여기고 무시했지만 똑같은 일이 반복되자 정신적으로 고통스러워진 것이다.

"빌어먹을!"

미쓰히로의 입에서 평소에는 쓰지 않던 말이 튀어나왔다.

이를 지켜본 마이코가 고시가야에게 전화해서 의뢰를 철회하겠다는 뜻을 밝혔다.

"인터넷 여론이 이상하게 흘러가고 있습니다. 네티즌들이 사건 정보를 주고받는 '블라인드 경찰'이라는 사이트가 있는데요……."

시노미야의 PC에는 검은 배경에 노란색 글씨로 '블라인드 경찰'이라고 적힌 상당히 수상쩍은 화면이 떠 있었다.

"블라인드 경찰?"

고시가야가 들여다보자 다들 모니터로 모여들었나.

시노미야는 '블라인드 경찰'에 대해 설명하기 시작했다.

"아는 사람은 다 아는 사이트라 할 수 있는데요……. 여기서 지금 사나다 고즈에 씨 사건이 사실은 타살이었다고 추리하는 분위기입니다. 심지어 범인은 고즈에 씨 어머니라고……."

"그게 무슨……."

리리코가 중얼거렸다.

시노미야는 침착하게 설명을 이어갔다.

"최초 발견자가 어머니인 데다 전직 간호사라 수면제를 쉽게 손에 넣을 수 있었다는 말이 나돌고 있어요. 그뿐 아니라 화장이 진하다느니, 가게를 홍보하려고 취재를 이용한다느니……."

"그 정도로 범인 취급이라니……."

사쿠라는 정도가 지나친 댓글들에 말문이 막혔다.

"세상이 어쩌다 이렇게 됐을꼬."

고시가야가 한숨 섞인 목소리로 중얼거리고 있을 때 문이 벌컥 열렸다.

"이게 다 손가락살인대책실 때문이지."

문을 열고 들어온 사람은 눈빛이 날카로운 정장 차림의 남자였다.

"누구예요?"

"수사1과 하토리 형사."

사쿠라와 리리코가 속삭였다.

"당신들이 들쑤시고 다니니까 여론이 타살이라고 야단법석 아닙니까. 이번 수사가 2차 피해자를 만들고 있다고요."

하토리가 고시가야에게 다가가서 말했다.

"아, 그게……. 면목이 없군."

고시가야는 그렇게 대답하는 게 고작이었다.

그러자 하토리는 손가락살인대책실의 팀원을 한 사람 한 사람 돌아가며 쳐다보았다. 마치 아랫사람을 보는 듯한 무례한 시선이었다.

"……뭐야, 이런 데 있었나?"

가장 구석에 앉은 반조에게서 눈길이 멈춘 하토리가 말을 툭 내뱉었다.

"아직 관두지 않은 건 속죄하겠다는 뜻인가? 파트너를 내팽개친 잘못을……."

반조는 하토리의 말을 잠자코 듣고 있었다. 하토리는 거기서 그치지 않았다.

"이런 데서 화장실 낙서 같은 글에 휘둘리고 앉아 있으면, 언젠가 그

녀석처럼……."

그 순간, 이제껏 조용히 있던 반조가 벌떡 일어나 하토리의 멱살을 움켜쥐었다.

하토리도 가만히 있지 않았다. "내 말이 틀려?" 하며 반조의 멱살을 잡았다.

"어이, 반조!"

고시가야가 황급히 두 사람 사이로 비집고 들어갔다.

잠시 노려보며 대립이 이어졌으나 결국 반조는 손을 놓고 천천히 자리로 돌아갔다.

"여하튼 이건 자살이지 사건이 아닙니다. 제멋대로 죽은 것과 살해당한 것을 동일시하지 마십시오."

그 말을 남기고 하토리는 흐트러진 옷을 수습하며 문을 향해 걸어갔다.

"잠깐만요! 제멋대로 죽다니요……. 죽고 싶어서 죽는 사람은 없다고요!"

사쿠라가 외치는 소리에 뒤돌아본 하토리가 한 호흡 고르더니 입을 열었다.

"수사1과와는 상관없는 얘기야."

하토리는 발걸음을 돌렸다.

손가락살인대책실에 찬물을 끼얹은 듯한 정적이 감돌았다. 천천히 일어선 반조가 코트를 들고 방금 하토리가 나간 문으로 향했다.

"반조 선배?"

사쿠라가 무심코 말을 걸었다.

"이만 퇴근하겠습니다."
반조는 한마디만 남기고 사라졌다.

현기증이 날 정도로 많은 일이 정신없이 벌어진 하루였다.
"이런 날 술이 빠질 수야 없지."
그날 밤, 사쿠라와 고시가야는 경시청 근처의 포장마차에 들렀다.
붉은 초롱 밑에서 시시콜콜한 이야기를 나누다 적당히 취했을 즈음, 사쿠라가 고시가야에게 마음을 털어놓았다.
"정말 분해요. 슬퍼하는 유족을 도울 수가 없다니."
사쿠라는 자신의 무력함을 사무치게 느꼈다.
"자네가 이 일에 최선을 다해 주니 정말 든든하군."
고시가야가 다정한 말투로 위로했다. 사건에 맞서는 부하의 올곧은 모습이 눈부시고 왠지 모르게 그리웠다.
"……이게 저의 속죄 같은 거니까요."
사쿠라의 입에서 뜻밖의 말이 튀어나왔다.
"뭐라고……?"
"반조 선배 예전에 무슨 일이 있었던 거예요? 파트너를 내팽개쳤다고 했잖아요."
맥주를 벌컥 들이켜고 사쿠라는 고시가야 쪽을 향해 고쳐 앉았다.
"뭐, 나도 자세히는……."
"그 사람은……. 저랑 닮았는지도 모르겠어요……."
이제껏 본 적 없는 표정을 짓는 사쿠라에게 고시가야는 아무것도 묻지 못했다.

그 무렵, 반조는 혼자 낚시터에 서 있었다. 옆에는 루어가 놓여 있었다. 등지느러미에 오렌지빛 그러데이션이 들어간 노란색 루어였다. 그는 수면에 드리운 낚싯줄을 가만히 바라보며 생각에 잠겨 있었다.

시간이 얼마나 흘렀을까. 낚시터에서 나온 반조는 그 부부를 떠올리고 있었다.

반조는 그 길로 사나다 고즈에의 부모가 운영하는 도시락 가게로 향했다. 갑자기 의뢰를 철회한 이유가 있을 터였다. 진실을 알아야 했다.

도시락 가게가 있는 거리로 가 보니 가게 앞이 소란스러웠다.

"저기요, 한마디 좀 해 주세요!"

카메라를 든 두 청년이 미쓰히로를 붙들고 억지로 인터뷰를 하고 있었다. 아무래도 유튜버인 모양이었다.

"그만들 좀 하게나!"

어느새 미쓰히로의 말투는 거칠어졌다.

"범인이 아니라면 당당히 말씀해 주시죠! 양심에 찔리는 일이라도 하신 건가요?"

두 사람은 뻔뻔하게 몰아붙이며 화를 돋웠다.

반조는 곧장 달려가서 청년들의 카메라를 빼앗고 경찰 신분증을 보여주었다.

"경찰……? 아니, 그게 저……. 일단……, 철수!"

겁이 난 청년들은 허둥지둥 줄행랑쳤다.

미쓰히로는 반조를 도시락 가게 안으로 안내했다. 차가운 형광등 불빛이 미쓰히로와 마이코, 반조를 쓸쓸하게 비추었다.

숨 막히는 분위기 속에서 마이코는 조금씩 입을 열기 시작했다.

"인터넷 글을 보고……, 맞는 말이라고 생각했어요……. 내가 고즈에를 죽게 했다고……."

"그만하래도."

미쓰히로는 평정심을 잃지 않으려 애썼지만 그 목소리는 작고 힘이 없었다.

"내가 그 아이를 혼자 살게 하지 않았다면……."

마이코는 눈물을 주르륵 흘리며 계속 얘기하려 했으나 마음대로 되지 않았다.

"그렇게 따지면 꿈을 이룰 때까지 집에 돌아오지 말라고 등 떠민 내 책임이지. 내가 고즈에를 죽게 했어."

미쓰히로는 안간힘을 다해 눈물을 참아 가며 말했다. 그러나 점점 힘에 부치는지 흘러넘치는 눈물을 양손으로 가린 채 오열하기 시작했다.

"……우리는 고즈에를 비난한 사람들을 증오함으로써……, 우리 죄를 외면하려 했는지도 모릅니다."

사그라드는 마이코의 나지막한 목소리를 끝으로, 가게는 고요에 잠겼다.

조용히 폭발하는 감정을 어디로 향해야 하는지 모른 채 두 사람은 그저 침묵을 지켰다.

기나긴 정적이었다.

"……저도……, 제 과오로……, 후배 형사를……, 파트너를 잃은 경험이 있습니다."

살포시 정적을 깨뜨린 사람은 반조였다.

한마디씩 신중히 골라 가며 말하는 그의 입술은 파르르 떨렸다.
"저도 자책하곤 했습니다. ……하지만 그렇기 때문에 더욱, 무슨 일이 있어도, 내가 사건의 진상을 밝혀내리라고 결심했습니다."
그때까지 고개를 숙이고 있던 부부의 눈동자는 반조를 향했고, 그의 목소리에 가만히 귀 기울였다.
"……저한테 죄가 있다고 해서, 상대에게 죄를 물을 권리가 없어지는 것은 아닙니다. 전 그렇게 생각합니다."
말투는 변함없었지만 반조의 눈은 차츰 확고한 의지를 담아 미쓰히로와 마이코를 설득하고 있었다.
"……죄송합니다. 제 얘기 같은 건……."
반조가 어색하게 인사하며 가게를 나가려 하자 마이코가 일어나서 그를 붙잡듯이 외쳤다.
"저도 알고 싶어요. 그 아이가 왜 죽어야만 했는지……."
반조의 강한 의지가 전해진 것처럼 마이코의 눈빛에는 힘이 깃들어 있었다.
무거운 공기가 흐르는 사무실에서 고시가야는 '범죄 수사 종결 요청서'에 날인을 하는 중이었다.
이제 관련 부서의 부장만 도장을 찍으면 사나다 고즈에 사건의 수사는 종결된다는 서류였다.
"이거 부장님 결재 받아 오게."
고시가야가 리리코에게 서류를 건네려는 순간, 반조가 무서운 기세로 뛰어 들어오는가 싶더니 마치 매가 먹이의 숨통을 끊듯 고시가야의 손에 든 서류를 잽싸게 낚아챘다.

"수사는 계속합니다."

"뭐라고?"

어처구니없어하는 고시가야를 거들떠보지도 않고 반조가 말했다.

"여러분, 일단 이와나가의 체포를 최우선으로 움직이겠습니다."

"자, 잠깐만. 유족이 피해 신고를 철회한 이상……."

고시가야가 반조를 보았다.

"이건 유족의 희망 사항입니다."

반조가 단호하게 말했다.

"혹시, 사나다 씨 부모님을 만나신 거예요?"

깜짝 놀라 눈이 휘둥그레진 사쿠라가 물어보았다.

"이와나가가 해킹당했다고 주장하면, 다른 각도에서 공격하면 됩니다."

손가락살인대책실의 분위기가 단번에 바뀌었다. 반조는 차례차례 지시를 내렸다.

"이와나가가 또 다른 계정을 갖고 있는지 조사해 주십시오."

"제가 할게요. 찾아내는 건 내 전문 분야니까."

리리코가 손을 들었다.

"이거, 데이터 뽑을 수 있겠어?"

반조는 시노미야에게 휴대폰을 한 대 건넸다.

"네? 뭐, 유페드(UFED) 사용하면 식은 죽 먹기이긴 한데……. 이거 누구 건가요?"

"사나다 고즈에 씨가 쓰던 휴대폰. 자살 당일의 행적을 조사해 줘."

"자살 당일 행적이요? 그걸 조사해서 어떻게 하시려고요?"

사쿠라는 궁금증을 참지 못했다.

"······신경 쓰이는 게 있어."

반조는 입을 한일자로 굳게 다물고 생각에 잠겼다.

각자 사건의 실마리를 풀기 위해 임무에 매달리는 동안 시노미야는 휴대폰의 GPS 데이터를 추출했다. 이제 고즈에의 자살 당일 행적을 알 수 있게 됐다.

"먼저 아침 9시에 집을 나와 오디션 장소로 이동했어요."

시노미야가 찾아낸 정보를 토대로 반조와 사쿠라는 방송국을 찾아가 고즈에가 참가한 오디션 담당 프로듀서에게 진술을 듣기로 했다.

"맞습니다. 분명 그날 사나다 고즈에 씨도 오디션에 참가했어요. 그 자리에서 합격했다고 통보하니 아주 기뻐했는데······. 희망에 가득 찬 보기 좋은 얼굴이었어요. 그래서 뉴스를 보고 나서 정말 충격이었죠."

"고즈에 씨의 다음 행적은······."

사쿠라는 휴대폰으로 전송받은 고즈에의 행적을 확인하며 반조에게 전했다.

"그 후 모델 친구인 고가 유키 씨와 통화했네요."

방송국에서 나온 반조의 머릿속에는 의문이 맴돌았다.

'그 자리에서 합격 통보 받았다고 신이 나서 저한테 연락도 했는데······.'

얼마 전 모델 기획사에서 들은 유키의 증언과 프로듀서의 진술은 일치했다.

'이때까지는 아직 희망에 차 있었다······. 합격 통보를 받은 후 무슨 일

이 있었던 것인가.'

그 무렵 손가락살인대책실에서는 리리코가 이와나가의 또 다른 계정을 찾고 있었다. 이런 유의 조사를 할 때 리리코는 흡사 물 만난 고기 같았다.

"[nobu04]의 트위터에 올라온 사진을 다른 SNS에서 이미지 검색해 봤어요. 그랬더니 똑같은 사진이 한 장 떴어요. 바로 이 인스타그램입니다."

리리코의 PC 화면에는 해당 계정의 홈 화면이 떠 있었다.

"아이콘도 똑같네요."

화면을 들여다보며 시노미야가 말했다.

"여기는 사진도 많고 무방비 상태일 테니 정보를 꽤 건질 수 있을 것 같아요."

리리코가 말했다.

"훌륭하군!"

고시가야는 연신 감탄을 터뜨렸다.

"저, 귀녀 활동 오래 했거든요."

"귀녀라니?"

의기양양하게 말하는 리리코에게 고시가야가 물었다.

리리코 대신 시노미야가 설명하기 시작했다.

"인터넷에 올라온 아주 작은 단서로 연예인 불륜 상대 등을 찾아내는 집단입니다. 원래 기혼 여성의 약자인 '기녀'였는데, 귀신같은 무서운 능력이 있다고 해서 '귀녀'라고 불리게 됐어요."

"출산 휴가 때 시간이 남아돌아서 취미 삼아 도망간 남자의 행방을 찾아낸 적도 있어요."

"허허."

자랑스러워하는 리리코를 보며 고시가야는 그녀가 자신의 아내가 아니라는 사실에 가슴을 쓸어내렸다.

반조와 사쿠라는 사건 당일 고즈에와 같은 경로를 따라 걸었다.

"데이터에 따르면 통화를 마친 후 13시 50분경 고즈에 씨는 모델 기획사로 갔어요."

두 사람은 또다시 기획사로 향했다.

기획사에서는 오늘도 어김없이 연습이 진행 중이었다. 매니저 이소아마는 흔쾌히 시간을 내주었다.

"네, 분명 그날 오디션 끝나고 여기로 와서 합격 소식을 전했어요."

"그때 고즈에 씨의 상태는 어땠나요?"

사쿠라가 물었다.

"물론 기뻐했죠. 힘들어하는 모습은 전혀 없었어요."

반조는 다시 생각에 잠긴 채 "아직인가……." 하고 혼잣말했다.

사쿠라는 그런 반조의 옆모습을 물끄러미 쳐다보았다.

손가락살인대책실에서는 리리코가 이와나가에 관한 정보를 더 확보하기 위해 인스타그램 피드를 열심히 거슬러 올라갔다. 그러던 중 이상한 글을 발견했다.

"……이거 뭐지?"

"무슨 일이야?"

고시가야가 곧바로 반응했다.

리리코는 PC 화면을 보여주며 말했다.

"카페 사진을 올리고 '사무실 앞'이라고 써 놓은 피드가 몇 개 있는데요, 찾아보니 이와나가의 회사 앞에 '카페 로하스빈스'란 곳은 없어요."

"그럼 다른 사람 계정인가?"

시노미야는 팔짱을 낀 채 생각했다.

"우선 이 카페 위치부터 확인해 볼까요?"

태연하게 말하는 리리코에게서 귀녀의 위엄이 묻어났다.

"그런 것도 할 수 있어?"

고시가야는 놀라움과 감탄을 감추지 못했다.

"여기, 가게 옆에 '그래미 스미스'가 찍혀 있죠? ……시노미야, 부탁해."

리리코가 보고 있는 사진에는 '카페 로하스빈스' 옆에 '그래미 스미스'란 체인점이 찍혀 있었다.

"알겠습니다."

시노미야는 흔쾌히 대답하며 장소를 특정해 나갔다.

"'카페 로하스빈스'와 '그래미 스미스'가 나란히 붙어 있는 곳의 범위를 좁혀 보겠습니다."

시노미야의 PC에는 두 가게의 점포 분포 지도가 열려 있었다. 그리고 그 지도가 천천히 겹쳐지자, 두 가게가 나란히 위치한 곳이 딱 한 군데 떠올랐다.

"하라주쿠점이네요."

시노미야가 선뜻 말했다.
"이렇게 쉽게 장소를 알아내다니……."
인터넷 검색의 진화에 감탄을 연발하는 고시가야는 안중에도 없이 리리코는 여전히 수상쩍다는 듯이 고개를 갸웃였다.
"근데 여긴 이와나가의 집하고도 회사하고도 떨어진 곳이네요."
"앗, 잠깐만요. 여기는……!"
무언가 퍼뜩 깨달은 시노미야가 전에 없이 소리를 높였다.

모델 기획사에서 진술을 듣고 나온 반조와 사쿠라는 다시 사건 당일 데이터를 확인했다.
"그다음 고즈에 씨는……, 근처 공원에 들러서 30분 징도 있었네요. 그리고 귀가……. 공원에서 누군가와 만났을까요?"
그때 사쿠라의 휴대폰이 울렸다. 리리코의 전화였다.
"네, 선배. 무슨 일이세요? ……네? 카페요?"
리리코가 왜 기획사 주변에 카페가 있느냐고 묻는지는 알 수 없었지만, 사쿠라는 리리코가 시키는 대로 주위를 둘러보았다.
"아, 있네요. '카페 로하스빈스'. ……네? 뭐라고요?"
"이와나가로 추정되는 [nobu04]의 세컨드 계정이 그 카페 사진을 여러 장 올렸어."
사쿠라는 즉시 그 사실을 옆에 있던 반조에게 전했다.
"선배! 이와나가가 여기 바로 앞에 있는 카페에 몇 번이나 왔었대요!"
말이 끝나기가 무섭게 반조는 사쿠라의 휴대폰을 빼앗아 들었다.
"고즈에 씨의 도촬 사진이 올라온 계정, 전부 시노미야에게 조사하라고 해."

반조가 급박한 얼굴로 지시를 내렸다.

반조와 사쿠라가 사무실로 돌아온 것은 한밤중이었다. 다들 모여서 기다리고 있었다. 고즈에의 도촬 사진을 조사하던 시노미야가 모두를 불러 놓고 보고했다.

"예상이 적중했습니다."

시노미야는 흥분을 감추지 못했다.

"인터넷에 떠돌아다니는 사진 모두 한 개의 트위터 계정에서 최초로 유포됐습니다. 이 계정에 비방이나 인신공격 글도 상당히 많고요. 아이디는 '지도자 X'예요."

"지도자……?"

사쿠라는 이와나가가 했던 말을 떠올렸다.

"이게 이와나가의 세컨드 계정이었네."

리리코가 침착하게 말했다.

"근데, IP 주소가 공공 와이파이 장소로 나와요."

분석하던 시노미야가 분하다는 듯이 말했다.

"당했군."

고시가야의 목소리에서 낙담한 기색이 역력했다.

"그게 무슨 말이에요?"

사쿠라가 물었다.

"추적이 불가능하다는 뜻이야."

리리코는 넋이 나간 듯한 표정을 지었다.

"그럴 수가……."

사그라드는 목소리로 사쿠라가 말했다.

모니터에는 '지도자 X'가 올린 고즈에의 도촬 사진이 크게 떠 있었다. 반조는 그 사진을 한 장씩 유심히 보다가 페이지를 넘겨 다음 사진을 보는 행동을 반복했다.

그러다 어느 사진 한 장에서 반조의 손이 딱 멈추었다. 그리고 천천히 확대했다.

고즈에의 배경에 찍힌 쇼윈도에 카메라를 든 '지도자 X'의 모습이 비친 것이다.

다음 날 반조와 사쿠라는 이와나가의 사무실이 있는 빌딩으로 찾아갔다.

이날도 로비에는 회사원이 빈번히 드나들었다. 며칠 전과 같은 1층 접견실에서, 역시 그날과 같이 반조와 사쿠라가 테이블을 가운데 두고 이와나가와 대치하는 구도로 앉아 있었다.

사쿠라는 스마트폰으로 '지도자 X'의 계정을 열어 이와나가에게 보여주었다.

"이 계정은 사나다 고즈에 씨를 도촬한 사진을 다수 올렸습니다."

곧이어 반조가 유리창에 이와나가의 모습이 반사되어 찍힌 사진을 내밀었다.

"사진 속에 촬영자의 모습이 반사되어 찍혔습니다. 굴절률 등을 조정한 결과 이와나가 씨로 확인되었고요."

반조의 손에는 데이터를 보정한 사진이 있었다. 사진을 몰래 촬영한 사람은 다름 아닌 이와나가 본인이었다.

"더 이상 변명은 통하지 않을 거예요."

사쿠라는 그렇게 말하면서 휴대폰을 가리켰다.

"이 계정은 「죽어.」, 「사라져.」 같은 고즈에 씨에 대한 직접적인 비방과 인신공격 글도 수차례 올렸습니다."

반조가 강경한 어조로 몰아붙였다.

"이는 형법 제320조 명예 훼손죄 및 형법 222조 협박죄에 해당하는 행위입니다."

이와나가는 잠시 침묵을 지켰다가 이내 봇물을 터뜨리듯 말을 늘어놓았다.

"그 여자가……, 그 여자가 날 차단해서 그랬어요. ……그게 잘못인가요?"

아직 자신이 저지른 죄를 인정하지 않았다.

그러고는 테이블에 올려둔 스마트폰의 SNS 화면을 가리키며 점점 언성을 높였다.

"이것도! 이것도! 내가 지도한 거야!"

그 순간 반조는 이와나가가 내민 손을 꽉 붙들었다. 그 손은 천천히 이와나가의 집게손가락으로 옮겨 가 힘껏 움켜쥐었다.

이와나가는 두려움에 일그러진 얼굴로 반조를 쳐다보았다. 손가락이 부들부들 떨렸다.

반조는 세게 움켜쥔 손가락을 이와나가의 눈앞으로 가져간 뒤 묵직한 목소리로 말했다.

"넌 이 손가락으로 사람 하나를 죽였어. 그 죄는 평생 사라지지 않아."

이와나가는 허공을 올려다보았다.

손가락살인대책실에서는 중앙의 커다란 탁자를 둘러싸고 전원이 모여 있었다. 모니터에는 이번 사건의 자료가 떠 있었다.

"다들 수고했네. 이와나가는 기소되면 3년 이하의 징역 또는 50만 엔 이하의 벌금형을 받을 거야. 체포돼서 직장을 잃을지도 모르고. 충분한 벌을 받게 되겠지."

고시가야가 말했다.

"대가가 크네요."

시노미야가 중얼거렸다.

"이로써 사건 배후는 체포 원료. 모두들 고생했네."

고시가야는 팀원 한 사람 한 사람에게 흐뭇한 미소를 보냈다.

"고즈에 씨 얼마나 무서웠을까요. 도찰한 사진이 이렇게나 많이 올라오고······. 뭐가 지도자라는 거야."

사쿠라는 무턱대고 기쁘지만은 않았다.

문득 옆을 보니 반조의 낯빛도 어두웠다.

다들 한마디씩 하는 동안에도 모니터 속 고즈에의 사진을 조용히 바라보고 있었다.

"무슨 일 있으세요?"

"이 사진 전부 '지도자 X'가 올린 거지?"

사쿠라가 묻는 말에 반조가 반문했다.

"네, 그런데요······."

"그럼 이건 어떻게 찍은 거지?"

반조가 사진 한 장을 화면 정중앙으로 끌고 와서 확대했다.

미성년자 음주 의혹으로 고즈에가 여론의 뭇매를 맞게 된 그 사진이었다. 집에서 편안한 표정으로 웃고 있는 고즈에를 찍은 것이었다. 이 사진을 이와나가 찍었다고 하기에는 아무래도 무리가 있었다.

검은색 가죽 수첩을 빠르게 넘겨보던 반조가 눈을 감았다. 그렇게 몇 번을 반복하더니 스스로에게 질문을 던지듯 입을 열었다.

"고즈에 씨는 익명의 악의로부터 이겨내려고 노력했다……. 그런데 왜 자살을 택했을까……."

사쿠라는 말없이 반조를 지켜보았다. 반조는 혼잣말처럼 중얼거렸다.

"오디션장……, 기획사……, 공원……."

고즈에의 자살 당일 동선이었다.

"해답은 비어 있는 30분에 있다."

반조의 손가락은 '공원'이라는 글자 옆에 '15:23~15:53'이라고 적힌 부분을 톡톡 두드렸다.

"그게 무슨 뜻이에요?"

무심코 물어보는 사쿠라에게 반조는 침착하게 대답했다.

"고즈에 씨가 자살한 이유는 따로 있다는 말이야."

반조는 눈앞에 앉은 사람에게 위압적으로 말하기 시작했다.

"사나다 고즈에 씨의 음주 의혹 사진을 이와나가 노부스케에게 제공하여 확산케 한 사람은, 바로 당신이죠……. 고가 유키 씨."

그 말을 들은 유키의 얼굴은 창백해지고 아래로 내리뜬 눈은 바르르 흔들렸다.

이날 유키는 매니저 이소야마의 호출로 기획사에 왔다. 그런데 도착해 보니 이소야마의 모습은 보이지 않고 반조와 사쿠라가 기다리고 있었다.

"당신은 자신의 팬인 이와나가를 이용해서 고즈에 씨에 대한 비난 여론을 조장했습니다."

반조는 천천히, 그리고 정확하게 유키에게 사실을 확인해 나갔다. 유키는 자신이 동요하고 있다는 사실을 들키지 않기 위해 필사적으로 고개를 숙이는 수밖에 없었다.

반조에 이어 사쿠라가 말했다.

"이와나가 노부스케가 당신의 지시에 따랐다고 자백했습니다. 점점 요구가 늘어나자 세컨드 계정으로 비빙 글을 올리고 스토커 행위를 벌인 것까지도요. ……왜 그런 짓을 하셨나요?"

고개를 숙이고 있던 유키는 천천히 얼굴을 들어 올렸다. 잠시 우두커니 있다가 곧 목소리를 쥐어짜듯 말하기 시작했다.

"……항상 저를……, 우습게 보고……. 조언이랍시고 하는 말은 화나고 거슬리고……. 그런데……, 설마 죽을 줄은……."

반조는 재킷 안주머니에서 사진을 꺼내 유키에게 보여주었다.

"그날 당신은 오디션을 보고 온 고즈에 씨와 공원에서 만났지요?"

CCTV 영상을 인쇄한 그 사진에는 고즈에와 유키가 대치하는 모습이 담겨 있었다.

유키는 사진을 보며 고즈에와의 대화를 떠올렸다.

"유키, 나 오늘 오디션 끝나고……."

"그만 좀 할래? 아직도 자랑하고 싶어?"
"아니야, 나 오늘 스태프분한테 너 소개하고 싶다고 했어. 그랬더니……."
"그러니까, 네 그런 행동이 짜증 난다고!"
고즈에는 폭언을 끼얹고 떠나려는 유키의 팔을 힘껏 붙잡았다.
"잠깐만! 이 사진……. 인터넷에 올린 거 유키 너 맞지?"
고즈에의 손에는 음주 의혹 사진이 들려 있었다.
"나, 예전부터 널 도와주고 싶었어. 그래서……."
"날 도와주겠다고? 그럼……, 사라져……. 사라져……. 사라지라고!"

그날 밤, 고즈에는 불도 켜지 않은 깜깜한 방에 가만히 앉아 있었다.
사라지라고 소리치던 유키의 목소리가 끊임없이 뇌리에서 맴돌며 차츰 걷잡을 수 없이 몸이 떨려 왔다.
마음 한구석에 뚜껑을 덮어 놓았던, 이제껏 자신에게 날아들었던 비난과 힐난이 넘쳐흘렀다.
"……그래. ……그 말이 맞아……."
고즈에는 불쑥 중얼거린 뒤 마이코에게 「엄마, 미안해.」라는 메시지를 보냈다.
그리고 일어서서 스마트폰을 테이블 위에 조용히 내려놓고 잠시 화면을 바라보았다가 욕실로 걸음을 옮겼다.

반조는 유키의 눈을 응시하며 말했다.
"믿었던 친구가 배신하자 고즈에 씨의 마음은 산산조각이 났습니다."

"……난 아니야……. 내가 그런 게 아니야……! 그러잖아요. 그렇게 강한 애가, 어떻게………!"

유키는 현실을 외면함으로써 자신을 지키려고 안간힘을 썼다.

그런 유키에게 반조가 말했다.

"강한 사람은 없어."

그리고 집게손가락을 천천히 세우고 일깨우듯 말을 이었다.

"누구든 이 손가락 하나로 상처 입을 수 있어. 당신이 생각하는 것보다 인간은 훨씬 연약한 존재라고."

돌이킬 수 없는 사실에 직면한 유키는 오열을 터뜨리며 무너져 내렸다.

"인터넷에서 비난 여론을 조장한 이와나가 노부스케를 포함하여 악질적인 비방과 인신공격을 한 자 총 13명을 입건했습니다."

반조와 사쿠라는 고즈에의 부모가 운영하는 도시락 가게에 있었다.

"그렇습니까. ……하지만 우리 아이는 영영 돌아오지 않겠지요."

사쿠라는 그렇게 말하는 미쓰히로의 얼굴이 처음 만났을 때보다 훨씬 여위었다고 생각했다.

사건이 해결된다 한들 결코 밝은 표정으로 돌아올 수 없는 두 사람을 보며 사쿠라는 입을 열었다.

"고즈에 씨가 사망한 당일, 오디션에서 부모님을 향한 마음을 이야기했다고 합니다. 고즈에 씨는 부모님의 웃는 얼굴을 보기 위해 꿈을 이루고 싶다는 말을 했다는군요."

사쿠라는 가지고 온 태블릿으로 오디션 기록 영상을 재생했다.

그 영상에는 활짝 웃는 얼굴로 오디션을 보는 고즈에의 당당하고 아름다운 모습이 담겨 있었다.
  부모님을 아주 많이 사랑하며 두 사람의 웃는 얼굴을 보기 위해서라도 자기는 반드시 꿈을 이루고 싶다고 말하는 고즈에의 표정은 눈부시게 따뜻했다.
  "부모님을 정말 사랑합니다."
  영상의 마지막은 고즈에의 그 말로 끝이 났다.
  "……우리 딸."
  마이코는 눈물로 범벅이 된 얼굴로 화면 속 고즈에를 불러 보았다.
  "형사님, 감사합니다……."
  미쓰히로와 마이코가 함께 머리 숙여 인사했다.

  다음 날, 손가락살인대책실에 전원이 집합했다.
  "결국 고카 유키 씨의 죄는 묻지 못하는…… 건가."
  "그래도 괴롭겠죠. 평생 십자가를 지고 살아가야 하니까."
  고시가야의 혼잣말에 리리코 역시 혼잣말처럼 대꾸했다.
  여느 때와 같이 낚시 잡지를 보고 있는 반조의 곁으로 사쿠라가 종종걸음으로 달려왔다.
  "그동안 무례한 말 했던 거, 죄송합니다."
  사쿠라가 고개를 꾸벅 숙였다.
  "근데, 반조 선배! 이빨 다 빠졌다는 말은 헛소문이었나 봐요."
  사쿠라가 장난스럽게 웃으며 반조의 어깨를 툭툭 건드렸다. 사건이 일단락되자 기분이 좋은 모양이었다.

"어어, 그거 당사자한테 말하면 안 되는 얘기야."
리리코가 당황해서 사쿠라를 나무랐다.
"네에?"
흠칫 놀란 사쿠라에게 반조가 말했다.
"수사할 때 외에는 말 걸지 마."
"……역시 기분 나빠."
사쿠라가 리리코에게 앓는 소리를 했다.
"엇……! 이게 뭐야?!"
그때 자기 자리에서 PC를 켠 시노미야가 별안간 소리를 질렀다.
"무슨 일인데?"
다들 시노미야 자리로 모여들었다.
"'블라인드 경찰'에 고가 유키 씨의 신상 정보가 유출됐습니다. 사나다 고즈에를 죽인 범인이라고요."
시노미야가 가리킨 '블라인드 경찰' 사이트에는 유키의 사진과 주소 등이 올라와 있었다.

그 무렵 유키는 자택 주변의 거리에서 수많은 기자와 유튜버에게 둘러싸여 있었다. 연신 마이크를 들이대는 기자들을 피하려고 빠르게 걸었으나 이제 발을 내디딜 수조차 없는 지경이었다.
"당신이 죽였죠?"
"아니에요……. 아니라고요……! 으앗!"
집요하게 따라오는 사람들을 피하다가 그만 발을 헛디딘 유키가 외마디 비명을 내지르며 긴 계단에서 굴러떨어지기 시작했다.

쓰러진 유키의 머리가 놓인 아스팔트가 거무튀튀한 피로 물들었다.
가느다란 신음을 내뱉는 유키의 모습에도 아랑곳없이 카메라와 스마트폰이 밀려들었다.

손가락살인대책실에는 무거운 분위기가 흘렀다.
"……어떻게 정보가 샌 거지?"
"이건 경찰만 아는 정보인데……."
그 자리에 있던 모두가 똑같은 의문을 품었다.
"작성자 이름은……."
시노미야가 화면을 내렸다.
어나니머스.
반조는 물어뜯을 듯한 눈빛으로 그 익명의 이름을 노려보았다.

2. 세리자와 아리사

구사카베 쇼헤이와 세리자와 아리사는 석양이 비치는 다리 위에 나란히 서 있었다.

다리에서 내려다보는 거리는 온통 반짝이는 주홍빛으로 물들었다.

"나와 결혼해 줘."

쇼헤이는 긴장했지만 눈동자는 아리사를 똑바로 바라보고 있었다. 그가 내민 왼손 손바닥에는 작고 둥근 반지 상자가 놓여 있었다. 오른손으로 살며시 열자 다이아몬드가 석양을 반사하며 강렬하게 빛났다.

아리사는 숨을 죽이며 반짝이는 약혼반지를 잠시 들여다보았다가 이내 웃는 얼굴로 고개를 끄덕였다.

"……좋아."

쇼헤이는 아리사를 끌어당겨 안았다.

"함께 행복하게 살자."

그날 밤도 반조는 낚시터에 있었다. 발밑에는 루어가 놓여 있었다. 등지느러미에 오렌지빛 그러데이션이 들어간 노란색 루어였다. 그 아름다운 루어를 바라보며 '블라인드 경찰'에 있던 그 이름을 속으로 수없이 되뇌었다.

'어나니머스.'

새카맣게 찰랑이는 수면으로 시선을 돌리자 그날 일이 떠올랐다.

반조가 폐창고 안에서 필사적으로 뛰었다. 차가운 콘크리트 지면에 발소리가 울렸다.

전방의 층계참에서 구라키의 모습을 발견했다. 이마에 땀이 맺힌 구라키는 권총을 들고 정면의 남자를 겨누고 있었다. 어스름한 창고 안에서 두 발의 총성이 동시에 울렸다.

"구라키!"

그 자리에서 튕겨 오르며 쓰러지는 구라키를 향해 반조가 소리쳤다.

화창한 날에는 창문이 없는 손가락살인대책실에도 환기구를 통해 눈부신 빛이 쏟아져 들어온다.

"그럼 정례 회의를 시작하겠습니다."

고시가야의 말에 손가락살인대책실 전원이 노트북이나 태블릿을 손에 들고 모니터 앞 탁자로 모여들었다.

"우선 총무성에서 통보받은 대로 우리 손가락살인대책실에서도 정보 공개 요청 절차에 대한 의견서를……."

"저기!"

고시가야가 말하는 도중에 사쿠라가 손을 번쩍 들어 올렸다.

"사쿠라, 무슨 할 말 있나?"

"반조 형사가 종이에 인쇄했는데요!"

사쿠라는 마치 선생님에게 고자질하는 초등학생처럼 일러바쳤다.

일제히 고개를 들어 반조를 쳐다보니 당사자는 태연하게 인쇄된 자료를 훑어보고 있었다. 사내 태블릿은 상자에 든 채 책상에 그대로 방치되어 있었다.

"규칙 위반."

리리코도 한마디 거들었다.

"반조, 우린 내부 자료의 전면 페이퍼리스화를 지향하고 있네……. 뭐, 단계적으로 진행해도 문제 될 건 없네만."

고시가야가 조심스레 주의를 주었다. 사실 주의라기보다는 부탁에 가까웠다.

"진짜 막무가내라니까."

반조의 태도에 리리코가 질렸다는 듯이 말했다.

"환경에도 안 좋아요."

그러면서 시노미야는 이미 PC로 눈을 돌렸다.

"태블릿 쓰면 얼마나 편한데요. 글자 확대 기능도 있어서 읽기 쉽고요."

사쿠라는 반조의 눈앞에 태블릿을 들이밀고 손가락으로 화면을 확대하거나 축소해 보였다.

"노인 취급 하지 마."

반조는 사쿠라를 노려보았다.

"그렇게 젊으시면 최신 기기도 좀 써 보세요. 지도 애플리케이션도……."

반조는 그만하라는 듯이 안주머니에서 수첩을 꺼내 탁자에 툭 던졌다. 변함없이 무뚝뚝한 태도에 사쿠라는 입술을 꽉 깨물었다.

"그럼 이 의견서는 각자 훑어보도록 하고, 다음은 시노미야 차례."

분위기를 전환할 겸 고시가야가 다시 회의를 진행하자 뒤이어 시노미야가 침착하게 보고하기 시작했다.

"네. 이 '블라인드 경찰'이라는 사이트에 대해 조사한 결과를 보고하겠습니다."

'블라인드 경찰'이라는 말을 듣자 반조의 눈썹이 움찔했다.

모두 시노미야의 PC에 열린 '블라인드 경찰' 사이트에 주목했다.

"운영자 정보를 조사해 보니 IP주소를 해외로 위장하는 Tort라는 소프트웨어가 사용되었습니다. 신원을 확인하는 건 불가능합니다."

"완전 익명이라는 건가……."

리리코가 한숨 섞인 목소리로 말했다.

"그 정보를 올린 어나니머스는 대체 누구일까요? 설마 경찰 내부에……."

사쿠라의 말에 손가락살인대책실에는 긴장감이 감돌았다.

'블라인드 경찰'에는 실제 경찰만 아는 정보가 올라와 있었다. 반조는 화면을 노려보며 무언가에 골몰했다.

"이 안건에 관해서는 윗선에 보고해 놓았으니 상황을 예의 주시하며 지켜봅시다."

마지막으로 고시가야는 그렇게 마무리했다.

에이코 산업 주식회사는 주로 학습 교재를 판매하는 소규모 회사다.

점심시간이 되자 사무실 한쪽에 파티션으로 구분해 놓은 휴게실에서는 TV 정보 방송이 흘러나왔다.
 그 방송에서는 어떤 영상이 화제였다.

 얼굴에 모자이크 처리가 된 남녀가 무릎을 꿇은 주유소 직원 앞에 서 있었다.
 "정말 죄송합니다."
 "야, 머리 더 숙여! 너 무릎도 제대로 못 꿇어?"
 부들부들 떨면서 사과하는 직원의 머리를 남자가 쿡쿡 찌르며 고함 쳤다.

 최근 세상을 떠들썩하게 한 일명 '갑질 사건' 동영상이었다.
 "어떻게 저런 짓을 할 수가 있죠? 직원이 아무 말도 못 하는 약자인 걸 알고 행패를 부리고 있어요."
 사회자가 말하자 옆에 있는 다른 출연진들도 고개를 크게 끄덕였다.
 "옆에 있는 여자도 문제네요."

 세리자와 아리사는 동료 아이자와 미나미와 둘이서 점심을 먹고 있었다.
 "아리사, 결혼식 초대해 줄 거지?"
 샌드위치를 입에 잔뜩 문 미나미가 물었다.
 "당연하지."
 "다음에 예비 신랑 소개해 줘."

"알았어. 근데 그냥 평범한 사람이야."

아리사는 부끄러워하며 웃었다.

"근데 왜 이렇게 소란스럽지?"

미나미가 파티션 틈으로 사무실을 들여다보았다. 사무실 안에서는 직원들이 전화 응대에 쫓기고 있었다.

"죄송합니다."

"저희도 모르는 일입니다."

끊어도 끊어도 계속 전화가 걸려 왔다. 그런 상황을 보며 아리사와 미나미는 얼굴을 마주 보았다.

그때 남자 직원 시마자키가 예사롭지 않은 얼굴로 다가왔다.

"너야? 너 맞아?"

그는 새파랗게 질린 채 아리사에게 물었다.

"이 사람 너 맞아?"

시마자키가 가리킨 TV에서는 '갑질 사건' 영상이 나오고 있었다. 어리둥절한 아리사를 제정신으로 돌려놓은 것은 테이블 위에서 쉴 새 없이 울려 대는 자신의 휴대폰이었다.

화면에는 '부재중 전화 58건', '수신 메시지 132건'이 표시되어 있었다.

"뭐, 뭐지……?"

아리사는 휴대폰을 손에 든 채 그 자리에 꼼짝없이 서 있었다.

손가락살인대책실의 상담 부스 소파에는 아리사가 앉아 있었다. 몹시 초췌한 모습이었다. 맞은편에서 고시가야, 반조와 나란히 앉은 사쿠라가 태블릿을 조작하며 불쾌하다는 듯이 중얼거렸다.

"「갑질 사건의 여자를 밝혀내다! 이름은 세리자와 아리사.」 아아, 사진이랑 회사까지……."

트위터에서는 아리사의 사진이 첨부된 글이 실시간으로 확산되고 있었다.

"말도 안 되는 헛소문이에요. 그거 저 아니에요!"

아리사는 당장에라도 울음을 터뜨릴 것 같았다.

"이 트윗만 벌써 리트윗 4만 회……. 어떻게 이런 일이……."

사쿠라는 태블릿 화면을 손으로 조작하며 아리사에게 물었다.

"저도 뭐가 어떻게 된 건지 모르겠어요. 이런 일이 저한테 생기다니……."

아리사는 파묻은 머리를 좌우로 흔들었다.

"세리자와 아리사 씨. 영상이 촬영된 1월 23일 14시경 어디에 계셨습니까?"

반조가 물었다.

"선배! 그게 무슨……."

사쿠라가 질책했다.

"어디까지나 형식적인 질문입니다."

반조가 개의치 않고 물었다.

"그날은 평일이니 회사에 있었어요. 확인해 보세요!"

아리사는 울컥하며 결백을 호소했다. 그 마음이 전해졌는지 반조는 입을 다물고 끄덕였다.

"실례합니다. 잠시 괜찮으세요?"

시노미야가 얼굴을 내밀고 눈짓을 보냈다. 불안해하는 아리사에게 양해를 구하고 세 사람은 상담 부스에서 나왔다.

"사람들이 무슨 근거로 세리자와 아리사 씨를 갑질 영상에 나온 여자라고 단정한 건지 조사해 봤는데요……."

시노미야가 말을 꺼냈다.

"발단은 SNS에 올라온 세리자와 아리사 씨의 사진 속 복장과 영상에 나오는 여자의 복장이 비슷하다는 이유였습니다. 사실 비슷하다 해도 지극히 평범한……, 아주 흔한 옷이지만요."

시노미야는 설명하면서 PC를 모두가 볼 수 있도록 돌렸다. 이분할된 화면 한쪽에는 얼굴에 모자이크 처리가 된 여자, 또 한쪽에는 웃고 있는 아리사의 사진이 있었다. 확실히 두 사람의 복장은 유사해 보였다.

"고작 그런 이유라고요?"

사쿠라가 받아들일 수 없다는 듯이 물었다.

"그게 발단이었는데, 얼마 후 아리사 씨가 그 주유소 근처에서 파는 케이크 사진을 인스타그램에 올린 데다, 트위터에 「무릎은 꿇어야 제맛!」이라고 쓰면서 소문에 박차를 가했어요. 「무릎은 꿇어야 제맛!」은 전후 글을 살펴보면 당시 방영된 드라마와 관련된 내용이라는 걸 알 수 있는데 말이죠……."

시노미야가 고개를 갸웃하며 말했다.

"한번 의심이 들면 모든 게 그 증거처럼 보이는 법이지."

반조가 중얼거리자 사쿠라가 콧김을 씩씩 내뿜었다.

"그래서 점점 소문이 눈덩이처럼 불어나고……."

"그럼 우린 철저하게 과학적으로 접근해야죠."

시노미야는 PC에 있는 소프트웨어를 열었다.

"뭐 하려고요?"

사쿠라가 물었다.

"사람 귀는 지문과 마찬가지로 생체 인식에 사용됩니다. 이 영상 속 여자와 아리사 씨 사진 속 귀의 형태를 이 전용 프로그램에서 대조하면……."

잠시 후 PC 화면에 조회 결과가 떴다.

"일치율 8%."

"……불일치네요."

반조와 사쿠라, 고시가야가 다시 상담 부스로 돌아왔다.

"이 영상 속 여자는 아리사 씨가 아닌 것으로 확인됐습니다."

사쿠라가 아리사에게 전했다.

"저희 손가락살인대책실에서는 악질적인 비방과 명예 훼손 글을 샅샅이 찾아내서……"

"반드시 체포하겠습니다!"

고시가야가 말하는 도중에 사쿠라가 외쳤다.

"또, 또. 그렇게 중요한 말을 쉽게……."

고시가야가 한숨을 내쉬었다.

"저기, 체포보다는 우선 허위 사실이 유포되는 상황 먼저 수습해 주세요."

아리사는 세 사람을 똑바로 바라보며 단호하게 의사를 전했다.

아리사가 돌아간 후 고시가야는 손가락살인대책실 전원에게 지시를 내렸다.

"그럼 상황을 수습하기 위해, 먼저 악질적인 발언을 일삼고 확산시키는 사람들을 추려냅시다."

"네!"

각자 PC와 태블릿으로 정보 수집을 시작하는 동안 반조는 코트를 걸치고 문으로 향했다.

"어이, 반조?"

"어디 가세요?"

고시가야와 사쿠라가 묻자 반조가 뒤돌아보았다.

"머리를 공격하는 게 빠르지 않을까요."

"머리라뇨……?"

"갑질 사건의 장본인."

얼이 빠진 사쿠라를 뒤로 한 채 반조는 사무실을 나섰다.

어느 관할서에서 반조와 사쿠라가 이야기를 듣고 있었다. 두 사람 앞에는 관할서 형사 와타누키와 기리시마가 앉아 있었다.

"본청에서 일부러 나오실 줄은 몰랐네요. 흐음, 수사1과가 아니라……?"

"생활안전과 손가락. 살인. 대책실입니다!"

사쿠라는 눈을 반짝반짝 빛내며 씩씩하게 대답했다.

"수사 상황을 알려 주시죠."

사쿠라가 그러거나 말거나 반조는 아랑곳하지 않고 물었다. 와타누키는 고개를 가볍게 끄덕이며 설명하기 시작했다.

"현재 통칭 '갑질 사건' 속 남자를 강요죄 혐의로 쫓고 있습니다만……."

기리시마가 테이블에 사진 한 장을 올려놓았다.

"조회해 보니 도난 차량이었습니다."

기리시마가 가리킨 그 사진에는 갑질 사건 속 남자와 여자가 팔짱을 끼고 차로 돌아가는 모습이 찍혀 있었다.

"이 남자, 털면 먼지가 나올 것처럼 생겼군요."

와타누키는 사진을 노려보며 미간을 찌푸렸다.

"지문은 나왔습니까?"

반조가 수첩에 메모하며 물었다.

"현장에서는 나오지 않았습니다. 현재 N시스템을 이용해서 행방을 추적하고 있습니다만……."

반조는 나직이 한숨을 내쉬었다.

기자 회견장에서 고시가야는 손에 든 종이로 이따금 시선을 떨어뜨려 가며 발언했다.

"음, 다음으로……. 최근 세간을 떠들썩하게 한 '주유소 갑질 사건'에 관해 발표하겠습니다. 현재 인터넷에서 사건 관계자로 지목된 여성은 이번 사건과 전혀 무관하다는 사실이 확인되었습니다. 부정확한 정보, 허위 사실 유포는 명예 훼손죄 및 업무 방해죄로 처벌받을 수 있습니다……."

한편, 아리사는 약혼자 구사카베 쇼헤이의 본가에 초대받았다.

"그동안 정말 마음고생 했구나."

부엌에서 요리하던 쇼헤이의 어머니 야스코가 말했다.

"걱정 끼쳐드려 죄송해요."

"죄송하긴. 네가 무슨 잘못을 했다고. 소란은 금방 가라앉을 테니 지금은 평소처럼 지내면서 조용히 지나가기를 기다리자꾸나."

"저……."

아리사가 운을 떼더니 쇼헤이 쪽을 흘끗 쳐다보았다.

"이대로 물러나지 않을 생각이에요."

아리사의 눈에는 강한 의지가 담겨 있었다.

"물러나지 않는다고?"

쇼헤이가 무심코 묻자 아리사가 고개를 끄덕였다.

"인터넷에서 헛소문을 퍼뜨리고 비방하고 인격 모독하는 고질적인 사람들에게 형사와 민사 양쪽으로 끝까지 소송을 걸까 해."

아리사의 말을 듣고 쇼헤이는 불안한 듯이 입을 열었다.

"그러면 오히려 더 공격받는 거 아닐까."

"그래, 그럴 수도 있어."

야스코도 동조했다.

"두 번 다시 이런 피해를 보는 사람이 생기지 않았으면 좋겠어요. 힘든 싸움이 되겠지만, 이게 저한테 주어진 사명처럼 느껴진달까요."

아리사는 자기 자신을 설득하는 것 같았다.

"그렇겠지."

잠시 생각에 잠겼던 쇼헤이가 수긍했다.

"네 생각이 정 그렇다면……, 결혼은 서두르지 않아도 괜찮아. 어디

도망가지 않을 테니까."

그 말을 듣고 아리사가 활짝 웃었다.

"고마워."

다음 날 아침, 고시가야는 평상시처럼 출근하는 길이었다. 사쿠라다몬 역에서 경시청으로 가는 도중에 별안간 눈앞에 소형 카메라를 든 청년이 나타났다.

"고시가야 실장님! 다케우치 채널입니다!"

"네? 뭐, 뭡니까?"

유튜버로 보이는 그 청년은 당황한 고시가야에게 사정없이 밀고 들어왔다.

"범인을 감싸고 있다는 의혹에 대해 한 말씀 해 주시죠!"

"뭐요? 감싼다고……?"

고시가야는 사무실에서 머리를 감싸 쥐고 있었다.

시노미야가 여느 때처럼 침착하게 보고했다.

"어제 경시청이 이례적인 기자 회견을 열었다고 부정적인 여론이 거세지고 있습니다."

"대체 어떻게 된 거야……."

힘없이 한탄하는 고시가야에게 리리코가 설명했다.

"세리자와 아리사 씨의 숙부가 상장 기업 임원이라, 유력 인사의 죄를 경찰이 감싸고 있다고 인터넷에서 난리예요."

"웃기지도 않는군."

매일 아침 마시는 커피를 갈면서 반조가 무심코 대꾸했다.
"그러니까요!"
사쿠라도 분개했다.
"영상 스트리밍 사이트에도 동영상이 여러 개 올라왔는데……. 앗, 떴네요."
PC를 보고 있던 시노미야는 눈살을 찌푸리며 한 동영상을 재생했다.

"세리자와 아리사의 아비 되는 사람입니다. 저희 딸이 물의를 일으켜 대단히 죄송합니다."

"네? 아버지의 동영상이라고요?"
사쿠라가 화들짝 놀랐다.
동영상에서는 자신을 아리사의 부친이라고 소개한 중년 남성이 과장된 몸짓으로 사죄하고 있었다.
"친족을 가장해서 이목을 끌려는 한심스러운 인간들이 있다니까."
리리코는 경멸하는 눈빛으로 동영상을 보았다.
"어떻게 저럴 수가 있죠."
부아가 치민 사쿠라는 주먹을 불끈 쥐었다.

다음 날 아리사가 단골 거래처에 갔다가 회사로 돌아와 보니, 직속 상사인 고토 과장의 자리에서 시마자키가 하소연을 하고 있었다.
"구직 사이트를 비롯해서 다른 사이트에서도 일제히 회사 평가가 떨어지고 있어요. 그것도 갑자기요! 명백한 보복성 테러예요!"

흥분한 시마자키가 연신 떠들었다.

"저……, 정말 죄송합니다……."

조금 떨어진 곳에서 시마자키의 말을 들은 아리사는 차마 모르는 척할 수 없어 깊이 머리 숙여 사과했다.

"회사에 피해를 끼쳐 정말 죄송합니다."

사무실 전체를 향해서도 고개를 숙였다.

"아니야. 자네 잘못이 아니잖나. 자네는 그냥 평소대로 일하면 돼. 다들 아리사를 의지하고 있으니까."

고토가 상냥한 목소리로 말했다. 성실하고 일 잘하고 성격도 좋은 아리사는 부서 내에서도 유독 인망이 두터웠다.

"맞아. 다들 응원하고 있어. 이건 당당히 맞서 싸워야 할 일이라고 생각해."

위로를 건넨 사람은 동료 미나미였다. 그제야 고개를 든 아리사에게 여기저기서 격려의 목소리를 보냈다.

"고마워……. 정말 고마워요."

마음을 추스르고 자리로 돌아온 아리사는 가방 속에서 처음 보는 클리어 파일을 발견했다. 의아한 얼굴로 파일에서 종이를 꺼내자 이렇게 적혀 있었다.

「소란 피우지 마. 안 그러면 후회할 일이 생길 거야. 사원 일동.」

그 순간 핏기가 가셨다. 아리사는 창백해진 얼굴로 조심스레 주위를 둘러보았다.

고시가야의 연락을 받고 아리사는 경시청으로 향했다. 마치 납이 달린 듯한 무거운 발걸음이었다.

"허위 사실을 유포하고 악질적인 비난과 명예 훼손을 한 자를 수사 대상으로 추려 냈습니다."

탁자에 펼쳐 놓은 자료를 가리키며 고시가야가 설명했지만 아리사는 고개를 들지 않았다.

"가장 악질적인 곳은 'GO-SSIP'이라는 뉴스 미디어입니다. 갑질 사건에 대한 기사를 무려 208건, 그중 세리자와 아리사 씨의 실명이 들어간 기사도 34건이나 게재했어요. 아리사 씨에 관한 기사는 전부 허위 사실이거나 명예 훼손 내용을 포함하고 있고요. 이 기사를 작성한 기자를 체포하면 논란을 잠재우는 사회적 견제가 될 거예요."

사쿠라가 차분하게 설명한 후 이번에는 SNS 계정을 보여주었다.

"그리고 이 계정은 아리사 씨가 음란물에 출연했다고 영상까지 첨부된 글을 올렸어요."

이때까지 넋이 나가 있던 아리사는 그 말을 듣고 화들짝 놀라서 눈을 동그랗게 떴다.

"하다 하다 이제 그럴싸한 영상까지 퍼뜨리다니……. 같은 여자로서, 이렇게 여자를 모욕하는 악질적인 행위는 용서할 수 없어요. 이 자도 반드시 체포하겠습니다."

아리사를 고무할 생각으로 던진 사쿠라의 말은 정작 당사자의 귀에는 들어오지 않았다.

"아리사 씨, 괜찮으세요?"

사쿠라의 목소리를 듣고 제정신이 든 아리사는 무겁게 입을 열었다.

"저기……, 제가 하룻밤 생각해 봤는데요……, 역시 관둘게요. 형사 고소 같은 거 안 할게요."

"네?"

예상치 못한 답변에 사쿠라는 얼떨결에 소리를 높였다.

반조는 말없이 아리사를 쳐다보며 무언가에 골몰했다.

"혹시 이유를 알 수 있습니까?"

고시가야가 부드러운 말투로 물었다.

"사람들은 금방 끓고 금방 식으니까……, 괜히 들쑤셔서 일을 키우느니 조용히 있는 게 소문도 저절로 가라앉을 것 같아서요."

아리사가 힘없이 말했다.

"헛소문이나 유언비어는 무시하는 게 상책인 시대도 있었습니다만……."

고시가야는 다음에 할 말을 찾지 못했는지 막상 꺼낸 말은 흐지부지되고 말았다.

"갑질 사건의 진범이 체포되지 않을 가능성도 있습니다. 그러면 당신을 둘러싼 소문도 계속 따라다닐 수 있고요."

반조가 아리사의 눈을 보며 천천히 말하자 사쿠라도 덧붙였다.

"맞아요. 역시 이 일은……."

"됐다니까요!"

아리사가 빽 소리쳤다.

모두가 당혹감에 얼어붙고 찬물을 끼얹은 듯 분위기가 가라앉았다.

"죄송해요. 실례하겠습니다."

아리사는 작은 목소리로 인사한 뒤 손가락살인대책실을 나섰다.

사쿠라는 도무지 이해가 가지 않아 답답한 기분이 들었다.

"이상하네요. 어제까진 그렇게 적극적이었으면서……."

"뭐, 본인에게는 민감한 문제니까."

고시가야가 단념한 듯이 말하며 회전의자에 앉아 빙글빙글 돌았다.

그때 시노미야는 아리사와 비슷한 여자가 등장하는 음란물의 인터뷰 부분을 따서 생체 인식 프로그램으로 조회하고 있었다.

"어머, 지금 뭐 하는 거예요?"

사쿠라가 발견하고는 시노미야를 질책했다.

"아, 그게, 반조 형사님이 조사하라고 해서."

사쿠라는 믿을 수 없다는 표정으로 반조를 쏘아보았으나 반조는 무시하며 커피를 홀짝였다.

"곧 조회 결과 나옵니다."

"그만하세요! 우리가 피해자를 안 믿으면 누가 믿어요?"

"믿는다는 게 뭐지?"

흥분해서 소리치는 사쿠라에게 반조가 날카롭게 물었다.

"네가 말하는 믿는다는 게, 눈감고 귀 닫으라는 건가?"

그 말에 되받아치지 못하는 자신이 한심해서 사쿠라는 입술을 꽉 깨물었다. 손가락살인대책실에 긴장감이 팽팽하게 감도는 사이, 조회가 끝났다. 화면에는 '일치율 96%'라고 떴다.

"일치하네요. 딥페이크나 합성 화면도 아닙니다."

"이거 하나는 허위 사실이 아니었네."

리리코가 동정하듯이 말했다.

"저……, 아리사 씨한테 차마 못 할 짓을……."

사쿠라는 자신이 저지른 실수를 깨닫고 그 자리에 못 박힌 듯 서고 말았다.

"적당히 좀 하시죠!"

에이코 산업 고토 과장은 전화를 끊으며 머리를 감싸 쥐었다.

"또 거래 취소 건인가요?"

시마자키가 물었다.

"저희 거래처는 학교가 많으니까요. 그런 저속한 소문이 얽히니 그럴 만도……."

"어이."

고토가 시마자키를 노려보며 말을 막았으나 한발 늦었다.

대화를 듣고 있던 아리사는 조용히 고개를 푹 숙였다.

"신경 안 써도 돼."

곧바로 달려온 미나미가 아리사의 어깨에 손을 올렸다.

"……응."

아리사는 더 이상 견디기 힘들었다. 짐을 정리하고 고토의 자리로 가서 "죄송한데, 오늘은 조퇴할게요." 하고 기어들어 가는 목소리로 말했다.

회사를 나온 아리사는 비틀비틀 걷다가 몇 미터도 가지 못한 채 주저앉고 말았다.

"아리사 씨, 괜찮으세요?"

문득 목소리가 들려오는 쪽을 바라보니 사쿠라가 달려오고 있었다.

사쿠라와 아리사는 회사에 인접한 강변을 따라 걸었다.

"괜찮으세요?"

"네, 감사해요. 조금 쉬었더니 나아졌어요."

숨을 한번 후 내쉰 뒤 사쿠라가 말문을 열었다.
"아까는 정말 죄송했습니다. 영상 출연하신 거……."
아리사는 단념한 듯이 무겁게 입을 열었다.
"……맞아요. ……사실이에요."
그리고 천천히 털어놓기 시작했다.
"6년 전에 길에서 누가 말을 걸었어요. 곤란한 상황이니까 도와달라고 하더군요. 인터뷰만 하는 건 괜찮을 거라 생각하고 따라갔는데, 차 안에서……. 저 정말 너무 무서워서……."
아리사는 걸음을 멈추었다.
"곧바로 변호사가 내용 증명을 보내 영상은 유출하지 않기로 약속을 받았어요. 근데 그게 돌아다니다니……."
"너무하네요……."
사쿠라는 분노한 나머지 손이 떨렸다.
"전 헛소문 퍼뜨리지 말라느니 소송을 건다느니, 괜히 나서서 큰소리칠 입장이 아니었어요……. 그냥 쥐 죽은 듯이 있었어야 했어요. 떳떳하지 못한 과거가 있는 사람인걸요."
아리사는 자조하며 어색하게 웃었다.
"그게 사실이더라도……, 설령 사실이더라도 명예 훼손죄를 물을 수는 있어요. 게다가 누구에게나 잊힐 권리가 있어요. 숨기고 싶은 과거를 남들이 함부로 들추는 건 잘못된 일이라고요."
그렇게 말하는 사쿠라에게 아리사가 종이 한 장을 건넸다.
"저도 모르는 사이에 제 가방에 들어 있었어요."
그 종이를 본 사쿠라는 할 말을 잃었다.

"전 앞으로도 계속 회사에 다니고 싶고, 더는 시끄럽게 만들고 싶지 않아요. 죄송합니다."

가냘픈 목소리로 말하고 걸어가는 아리사의 뒷모습을 사쿠라는 한참을 쳐다보았다.

손가락살인대책실의 공기는 무거웠다. 사쿠라는 탁자에 축 늘어진 채 힘없이 입술을 비죽 내밀었다.

"당사자가 괜찮다고 하면 경찰이 나설 수 있는 일은 없으니까……."

고시가야가 위로했다.

"그건 그렇지만, 너무 불합리해요. 불행한 과거가 있다는 이유로 남들이 인격 모독을 해도 참아야 한다니."

안타까운 마음으로 가득한 사쿠라의 눈가에 어렴풋이 눈물이 비쳤다.

"그것도 모자라 같은 회사 사람한테 협박을 받다니……."

리리코는 한숨 섞인 목소리로 말하며 탁자에 놓인 종이를 바라보았다.

"자기편이 되어 주기를 바랐을 텐데요."

시노미야는 PC 앞에 앉아 있었지만 키보드를 치던 손은 멈춰 있고 시선은 그저 화면을 응시하고 있었다.

사쿠라는 '사원 일동'이라는 글자를 멍하니 따라 썼다.

손가락살인대책실에 흐르는 시간이 멈춰 버린 듯했다.

"그럼, 업무 시간 끝났으니 다들 퇴근합시다."

고시가야가 무거운 분위기를 깨트리며 말했다.

"선배! 저희가 뭔가 할 수 있는 일 없을까요?"

혼자 코트를 걸치고 돌아가려는 반조에게 사쿠라가 도움을 청했다.
"스스로 생각해. 형사잖아."
반조는 그 말을 남기고 떠났다.

반조가 경시청 지상층의 환하고 탁 트인 복도를 걷고 있을 때 앞에서 하토리가 다가왔다. 두 사람은 말없이 스쳐 지나치는가 싶더니 이내 반조가 걸음을 멈추고 뒤돌아보았다.
"하토리, 드디어 구라키를 함정에 빠뜨린 놈에 관한 단서를 잡았어. 그 녀석의 억울함은 내가 증명할 거야."
"아직도 그런 말을 하나."
뒤돌아선 하토리가 차가운 시선을 보냈다.
"넌 이제 수사1과가 아니야. 생활안전과에서 뭘 할 수 있다는 거야."
그렇게 말하고 하토리는 다시 가던 길을 걸었다.
반조도 다시 걸어갔다. 그 눈은 오로지 전방을 향했다.

"그냥 접겠다고?"
아리사가 전화로 한 말에 쇼헤이는 놀라서 물었다.
"쇼헤이가 얘기했듯이, 오히려 더 공격받을 것 같아서……."
"그렇구나. 솔직히 그 말을 들으니 나도 이제 좀 안심된다. 무리할 필요 없어."
그때 쇼헤이의 옆에 있던 어머니 야스코가 갑자기 휴대폰을 빼앗아 들었다.
"여보세요, 아리사니? 인터넷에 떠도는 유언비어 따위 신경 쓰지 말

거라. 근데, 네 입으로 확실히 해 주겠니? 이런저런 소문이 파다하던데, 전부 가짜지?"

"엄마, 그게 무슨 소리예요!"

아리사의 휴대폰에서 야스코의 목소리가 울렸다.
"물론 헛소문이겠지만……. 그래도 혹시나 해서……. 여보세요? 얘? 아리사?"
아리사의 머릿속에서 야스코의 말이 빙빙 맴돌았다.

그날 밤도 반조는 낚시터에 있었다. 여느 때와 같이 조금 구부정한 자세로 한 점을 응시했다. 잠시 후 손목시계를 흘끗 보더니 조용히 한숨을 내쉰 뒤 자리를 떠났.
그 손에는 노란색 루어가 쥐어져 있었다.

다음 날 아침, 고시가야가 출근해 보니 이미 와 있어야 할 사쿠라의 모습이 보이지 않았다.
"어? 사쿠라는?"
"그러고 보니 아직 안 왔네요."
리리코는 태블릿을 조작하며 말했다.
사쿠라는 어느 복합 건물 앞에 서서 크게 심호흡했다. 마지막으로 숨을 한 번 내쉬며 결심한 듯 그 건물 안으로 들어갔다. 내부는 빛이 어슴푸레하고 담배 연기가 자욱했다. 언뜻 보기에도 질이 안 좋아 보이는 사내들이 몇 명 모여 있었다. 그중 하나가 사쿠라를 힐끗 쳐다보았다.

"아가씨, 여긴 무슨 일로 왔어?"
"세, 세리자와 아리사 씨의 동영상 유포를 멈춰 주세요!"
"넌 누군데?"
일제히 사쿠라에게 눈을 부라렸다.
사쿠라는 경찰 신분증을 보여주었다.
"변호사가 보낸 내용 증명에 공개하지 않겠다고 동의 서명 하셨죠? 유포 금지는 물론, 이미 유출된 동영상도 빠짐없이 삭제해 주세요!"
"뭐?"
한 사내가 노려보며 가까이 다가왔다.
"이에 응하지 않으면 여죄를 포함해 철저히 책임을 물을 겁니다!"
사쿠라의 위압에 모두 찬물을 끼얹은 듯이 조용해졌다.

복합 건물에서 나온 사쿠라는 그 자리에 풀썩 주저앉고 말았다.
"어이."
반사적으로 쳐다보니 반조가 서 있었다.
"여긴 어떻게……?"
"가자."
"어디를요?"
"관할서."
반조는 이미 앞으로 성큼성큼 걸어가기 시작했다.
"……네!"
사쿠라는 반조의 뒤를 쫓아갔다.

"'갑질 사건'의 범인을 특정했습니다. 남자의 이름은 사카시타 가쓰미. 개인 사채업자로 활동하는 반불량배나 다름없는 남자입니다."

와타누키는 자랑스러운 듯이 반조와 사쿠라에게 보고했다.

"당장 오늘이라도 광역 수배를 내리겠습니다!"

기리시마도 의욕적이었다.

"여자는 찾았습니까?"

"교제 상대를 물색했지만 찾지 못했습니다. 분명 애인이거나 불륜 상대인 것 같은데……."

무표정하게 묻는 반조에게 기리시마가 말끝을 흐렸다.

테이블에는 예전에도 본 적 있는, 갑질 사건의 남녀가 팔짱을 끼고 차로 걸어가는 사진이 놓여 있었다.

"어? 이거 좀 이상하지 않아요?"

별생각 없이 사진을 보고 있던 사쿠라가 불쑥 의문을 제기했다.

"뭐가 이상해?"

반조가 물었다.

"뭐랄까……. 연인이 팔짱을 꼈다고 하기에는……, 맞아요! 여자 쪽 팔의 각도가 이상해요!"

사쿠라는 사진을 들여다보며 대답했다.

"팔의 각도?"

"아, 그러니까! 잠깐 팔 좀 줘 보세요!"

사쿠라는 반조의 팔을 붙잡고 팔짱을 끼기 시작했다.

"보통 팔짱 끼면 이렇게 되잖아요. 근데 이 사진을 보면 남자가 일방적이랄까요."

사쿠라의 말대로 사진 속 두 사람은 여자가 축 늘어뜨린 팔을 남자가 세게 붙들고 있는 모양새였다.

"어디가 이상한데?"

"왜 모르시는 거예요. 여자랑 팔짱 껴 본 적 없어요?"

"없어."

반조가 태연하게 대답했다.

"왜요? 아하! 손잡는 거 좋아하세요?"

"그래. ……아, 아니 지금 그 얘기가 왜 나와!"

"저기……."

옥신각신하는 두 사람을 내내 진지한 얼굴로 쳐다보던 와타누키가 기다리다 지친 모양이었다. 그 말에 다시 본론으로 돌아온 사쿠라가 확신에 찬 목소리로 말했다.

"그러니까, 팔짱을 끼고 있는 게 아니라 남자한테 붙들려 있는 거예요. 도망치지 못하도록. 이 여자……, 애인이 아니라고요!"

"……채무자."

반조는 번뜩 생각났다는 듯 중얼거렸다.

"반조, 부탁하네……. 이 일이 만에 하나 하토리 형사 귀에라도 들어갔다가는 사달이 난다고."

손가락살인대책실에서 고시가야는 딱한 목소리로 사정했다.

"실장님, 저희가 할 수 있는 일이 아직 많이 있어요. 아리사 씨를……, 선량한 피해자를 위해서라도 저희가 움직여야 한다고요!"

사쿠라가 사정을 봐주지 않고 재차 못을 박았다.

"아니, 물론 나도 마음은 자네들이랑 똑같지. 그렇지만 피해 신고를 철회한 이상 비방죄나 모욕죄 수사를 계속할 수는 없다니까."

"그러면 회사에 대한 위력 업무 방해죄 및 신용 훼손죄로 수사하시죠."

반조가 즉각 받아쳤다.

"뭐?"

고시가야는 놀란 듯이 반조에게로 시선을 돌렸다.

"그러면 친고죄가 아니니 피해 신고가 없어도 움직일 수 있겠네."

"역시."

리리코와 시노미야가 말했다.

"실장님이 결단을 내리는 즉시 움직이겠습니다."

반조의 말이 끝나자 모두의 시선이 고시가야를 압박했다.

"알겠네……. 칼을 뽑았으면 무라도 잘라야지. 시노미야와 리리코는 계속해서 허위 사실과 비방 글을 유포하는 자들을 찾아내게. 일을 분담해서 입건까지 가 보자고!"

"네!"

기운 넘치는 목소리가 손가락살인대책실에 울려 퍼졌.

아리사가 출근해 보니 회사 앞이 떠들썩했다. 기자들이 구름처럼 몰려드는 바람에 고토와 시마자키, 미나미 등이 상대하느라 진땀을 빼고 있었다.

"전혀 사실무근이라니까요!"

시마자키가 외쳤다.

그 모습을 멀리서 바라본 아리사는 절망감에 몸이 굳어 버렸다.

가까스로 기자들을 돌려보낸 후 고토가 난감한 얼굴로 아리사에게 말했다.

"아리사, 회사 잠깐 쉬어도 돼."

"네……?"

아리사의 목소리는 떨렸다.

"이대로 가다간 자네도 회사도 힘드니까. 다시 기회 봐서 연락하겠네."

고토의 말투는 부드러웠지만 그 속에는 거스를 수 없는 힘이 베여 있었다.

반조와 사쿠라는 어느 고층 아파트 건물을 찾아갔다. 그곳은 'GO-SSIP'의 미디어 운영실이었다. 들어가 보니 짧은 목에 화려한 머플러를 두른 통통한 남자가 있었다.

"네, 제가 이 미디어 운영자 맞는데요……."

자신을 사사키라고 소개한 남자가 말했다.

"세리자와 아리사 씨에 관한 비방과 모욕성 기사를 다수 게재하신 것으로 확인됩니다만, 이는 명예 훼손죄에 해당하는 행위입니다."

사쿠라의 말이 끝나기가 무섭게 사사키가 반박했다.

"잠깐만요! 여기 보세요. 기사에 대한 책임은 기자에게 귀속된다고 적혀 있잖아요."

과연 사사키가 손가락으로 가리킨 기사의 마지막에는 그런 문구가 있었다. 사사키는 거들먹거리며 말했다.

"저희는 교열도 안 하고 금지 조항도 없이 운영하고 있거든요."
"당신은 책임이 없다는 뜻인가요?"
사쿠라가 물었다.
"그야 도의적인 책임은 있을지도 모르지만……, 법적인 문제를 왈가왈부한다면 그건 기자 책임이겠죠?"
사사키는 전혀 죄책감이 없어 보였다.
이대로 있다가는 진전이 없겠다고 판단한 반조가 입을 열었다.
"그럼 이 고미야 고지라는 기자를 만나게 해 주시죠."
그 기사의 끝머리에는 「글 : 고미야 고지」라고 적혀 있었다.

회사에서 나온 아리사는 멍하니 강을 바라보았다. 그때 휴대폰이 울렸다. 쇼헤이의 전화였다.
"갑자기 연락해서 미안……. 만나서 할 얘기가 있어."
그 말에 무언가를 조용히 결심한 아리사가 강가를 걷기 시작했다.

"이렇게 불쑥 찾아와서 죄송합니다……."
손가락살인대책실을 찾아온 사람은 쇼헤이의 어머니 야스코였다.
"약혼자의 어머니께서 무슨 일로……?"
"저희 아들의 정보가 인터넷에 퍼지기 시작했어요. 갑질 사건의 여자가 바람피우는 상대라고요. ……어떻게든 그런 소문을 퍼뜨린 사람을 찾아내서 더 확산되지 않도록 막아 주셨으면 합니다."
야스코는 초조해 보였다.
"그렇군요……. 하지만 저희로서는 아리사 씨 문제를 해결하는 것이

급선무입니다."

고시가야가 설명하자 야스코가 조심스레 말을 꺼냈다.

"……두 사람 결혼은 없던 일로 할 생각입니다."

고시가야는 놀라서 말문이 막혔다.

"그 아이는……, 저희 아들은……, 보통 사람과는 다릅니다."

야스코는 신문 기사를 하나 꺼내 탁자 위에 천천히 내려놓았다.

화려한 호텔 라운지에서 아리사와 쇼헤이가 마주했다.

자리를 안내받고도 두 사람은 고개를 숙인 채 침묵을 지켰다. 앞으로 결혼할 사이라고는 믿기지 않는 무거운 분위기가 흘렀다.

"너한테 해야 할 말이 있어……."

쇼헤이의 낯빛은 창백하고 두 뺨은 희미하게 떨렸다.

"……있잖아, 나……, 계속 고민해 봤는데……, 아리사와……."

"우리 헤어지자."

"……뭐?"

그때까지 고개를 숙이고 있던 쇼헤이가 아리사의 얼굴을 쳐다보았다.

"여러 가지로 지쳐서 말이야. 앞으로 소송도 줄줄이 있는데, 사랑이니 결혼이니 이런 한가한 소리 하고 있을 때가 아닌 거 같아. 그러니 나도 마침 잘됐어……. 그 얘기 하려던 거 맞지?"

이상하리만큼 해맑게 웃으며 쇼헤이를 쳐다보는 아리사의 얼굴은 경직되고 눈에는 빛이 꺼져 있었다.

"아리사……."

쇼헤이는 무슨 말을 꺼내야 할지 막막했다.

"아, 미안. 이제 일어나야겠다. 회사로 돌아가 봐야 해. 지금까지 고마웠어. 행복하게 잘 살아."

아리사는 속사포처럼 말한 뒤 쇼헤이의 얼굴도 보지 않고 빠른 걸음으로 라운지를 빠져나갔다.

아리사에게 아무 말도 하지 못한 자신이 한심해서 쇼헤이는 주먹을 쥐고 눈을 꼭 감았다. 그의 눈에서는 눈물이 주르륵 흘러넘쳤다.

"제가 고미야 기자인데요……."

부스스한 머리에 생기 없는 남자가 연립 주택의 삐걱거리는 문을 열었다. 반조와 사쿠라는 비좁은 방으로 들어갔다.

"당신은 세리자와 아리사 씨를 디깃으로 이번 한 주간 비난과 명예 훼손, 허위 사실이 포함된 기사를 백여 건 올리셨죠?"

"음……, 딱히 그럴 생각은 없었는데."

사쿠라의 질문에 고미야는 목덜미를 긁적긁적 긁었다.

"그럴 생각이 없었다고요? 여기만 해도 「성형 수술 실패한 못생긴 여자」라는 말을 본문 안에 여러 번 반복해서 썼잖아요. 이건 명백한 명예 훼손이라고요. 한 사람을 이렇게 상처 주고 아무렇지도 않으세요?"

태블릿을 보여주며 사쿠라가 추궁했다.

"전 어디까지나 실시간으로 검색되는 키워드로 기사를 쓴 것뿐이에요."

"그게 무슨 말씀이세요……?"

사쿠라는 화가 치밀었다.

고미야는 작게 한숨을 쉬더니 기사 쓰는 방법을 설명하기 시작했다.

"연관 검색어라고 아시죠? 왜, 검색 사이트에 '세리자와 아리사'라고 입력하면 '못생긴 여자', '성형' 같은 다른 검색어가 붙어 나오잖아요?"

고미야는 스마트폰을 보여주며 말을 이었다.

"이건 검색이 많이 되고 있다는 뜻이니까, 이 키워드를 넣어서 기사를 쓰면 접속자 수가 늘어나는 거죠. 제목이나 기사 본문 안에 그런 키워드를 많이 삽입할수록 검색 순위도 올라간다더라고요. 전 그냥 그런 작업을 했을 뿐이지 비난이나 명예 훼손을 한 건 아니라고요."

"당신, 기자잖아요. 사실 확인은 안 하세요?"

"사실 확인이라뇨."

고미야가 폭소를 터뜨렸다.

"저기요, 저 이 기사 하나 쓰고 200엔 받거든요? 중개 수수료 떼고 나면 남는 건 겨우 160엔이에요. 근데 무슨 시간과 수고를 들이겠어요. 이런 기사 양산해서 '아, 오늘은 고생했으니 가라아게 도시락 먹어야지.' 하는 게 이 일이에요. 겨우 입에 풀칠하며 산다고요. 그래도 불만이면 다른 데 취업 시켜 주시든지."

고미야의 말에 두 사람은 머리를 세게 얻어맞은 듯했다.

연립 주택에서 나온 두 사람의 발걸음은 무거웠다.

"우리는 대체 무얼 상대로 싸우고 있나."

반조가 불쑥 중얼거렸다.

"저기, 선배. 이거 말인데요······."

사쿠라가 내민 것은 아리사가 받은 협박 편지였다.

"이게 아리사 씨의 가장 가까운 곳에서 일어난 폭력이에요. 분명 회사 사람 모두가 아리사 씨의 적은 아닐 거예요······. 그걸 증명하고 싶어요."

 반조와 사쿠라는 에이코 산업의 경비실에서 협박 편지를 받은 날의 CCTV 영상을 확인했다. 모니터에는 사무실 전체가 찍혀 있었다. 잠시 후 출근한 아리사가 가방을 책상 위에 올려 두는 모습이 나왔다.
"지금 가방 올려놨네요!"
 사쿠라는 화면에 빨려 들어갈 듯이 집중했다. 하지만 그 후로 아무리 영상을 돌려 봐도 아리사 외에는 가방에 손을 대는 사람이 없었다. 그리고 영상은 아리사가 가방에서 협박 편지를 발견하는 장면에 이르렀다.
"어? 아무도 가방에 손대지 않았네요……."
 사쿠라는 이상히디는 듯이 반조를 쳐나보았다. 반조는 말없이 화면을 노려보았다.

 저녁 무렵, 사무실로 돌아온 두 사람에게 리리코와 시노미야가 그날 있었던 일을 전했다.
"약혼자의 어머니가요?"
 사쿠라가 깜짝 놀라 물었다.
"그래. 두 사람 헤어지게 할 거래."
 리리코가 선뜻 말했다.
"말도 안 돼……. 지금 약혼자와 헤어지면, 아리사 씨는……."
 사쿠라는 아리사의 마음을 생각하자 가슴이 미어졌다.
"설마 약혼자에게도 비밀이 있을 줄은……."
 반조는 야스코가 가지고 온 신문 스크랩을 한참 주시하다가 고개를 번쩍 들어 올렸다.

"……그 협박 편지 어딨지?"

"네? 아, 이거요?"

사쿠라는 파일에서 종이 한 장을 꺼냈다.

"지금 당장 둘 다 감식 보내. 약혼자 어머니가 갖고 온 신문과 협박 편지."

"네? 무슨 말씀이세요?"

사쿠라는 어리둥절했다.

"누가 협박 편지를 넣었는지 알아냈어."

"이 편지로 세리자와 아리사 씨를 협박해서 소송을 방해한 사람은 바로 당신이죠, 구사카베 야스코 씨."

반조와 사쿠라는 쇼헤이의 집에 있었다.

"네?"

뛸 듯이 놀란 쇼헤이가 어머니를 쳐다보았다.

"회사 CCTV를 확인해 본 결과, 당일 아리사 씨의 가방을 만진 사람은 아무도 없었습니다. 그렇다면 이걸 가방에 넣을 수 있었던 사람은 전날 밤 아리사 씨를 만난 당신들 중 하나겠지요."

반조는 신문 스크랩과 아리사의 가방에 들어 있던 협박 편지를 꺼냈다.

"이 두 종이에 묻은 지문이 일치했습니다."

야스코는 한숨 고른 뒤 입을 열었다.

"아들을 지키고 싶었습니다. 소란이 커지면 머지않아 아들의 비밀도 사람들 입방아에 오르내릴 날이 올 거라 생각했거든요. 그것만큼은 피하고 싶었습니다."

"어떻게 그런……."

쇼헤이는 말을 잇지 못했다.

그때 사쿠라의 휴대폰이 울렸다. 사쿠라는 전화기 너머로 들려온 말에 화들짝 놀랐다.

"네? 아리사 씨가요?"

전화를 건 사람은 고시가야였다.

"아리사 씨의 동료가 계속 연락이 안 된다고 걱정하더군."

전화를 끊은 사쿠라가 쇼헤이에게 물었다.

"아리사 씨기 행방불명이랍니다! 갈 만한 곳 심삭 가는 데 없으세요?"

"어……, 없습니다……."

쇼헤이가 힘없이 고개를 저었다.

"생각해 보세요!"

"……헤어졌습니다."

쇼헤이가 불쑥 말했다.

"저는……, 저는……."

그러자 반조가 쇼헤이의 양어깨를 세게 붙들었다.

"생각해 내라고!"

반조는 손에 힘을 주고 매서운 어조로 다그쳤다.

아리사는 밤의 거리를 정처 없이 헤매었다. 지나가는 사람들이 모두 자기 이야기로 수군대는 것 같아서 숨쉬기조차 힘들었다.

'이제 내가 살아갈 곳은 아무 데도 없어…….'

정신을 차려 보니 어느덧 아리사는 다리 위에 와 있었다.

다리에서 내려다보는 풍경만은 여전히 아름답게 빛나서, 형용할 수 없이 서글퍼졌다. 하지만 눈물마저 완전히 말라 버린 후였다. 눈을 살포시 감고 조용히 결심한 아리사는 난간에 발을 올렸다.

"아리사 씨!"

목소리가 들려 온 쪽으로 힘없이 고개를 돌리니 저 멀리 사쿠라가 보였다.

사쿠라는 한달음에 달려가려 했지만 아리사는 이미 난간 바깥쪽에 서 있었다.

'구해야 해……. 내가 구해야 해…….'

마음과는 정반대로 사쿠라는 그 자리에 못 박힌 듯 움직일 수 없었다. 다리가 점점 뻣뻣해져 왔다.

"아리사!"

그때 쇼헤이의 목소리가 들렸다. 쇼헤이와 반조가 뒤따라 달려왔다.

"가까이 오지 마!"

모든 것을 거부하듯 아리사가 소리치자 쇼헤이는 속마음을 털어놓기 시작했다.

"그게 아니야! 난 사실, 널 지키고 싶었어! 하지만 용기가 나지 않았어. 내 과거가 탄로 날까 봐 두려웠어."

느닷없는 그 말에 당황한 아리사가 쇼헤이를 바라보았다.

반조가 아리사의 곁으로 천천히 다가가며 입을 열었다.

"쇼헤이 씨는 학생 시절, 선배에게 이용당해 보이스피싱의 인출책으로 범행에 가담해 체포된 적이 있습니다."

"네?"

"범죄 가담 사실을 인식하지 못해 불기소 처분을 받았으나, 공교롭게도 피해 여성이 그 시기에 사망하면서 인터넷에서 몹시 공격을 받았습니다."

반조는 아리사의 눈을 똑바로 바라보았다.

"쇼헤이 씨는 어머니의 옛 성으로 개명해서 새로운 인생을 살아가고 있었습니다."

여기까지 말한 반조는 쇼헤이가 있는 곳으로 가서 그의 등을 두드렸다.

쇼헤이는 아주 가느다란 목소리였지만 있는 힘을 다해 마음을 선했다.

"숨겼던 과거가 밝혀지면서 너까지 알게 될까 봐 겁이 났어……. 결국 난 손가락질 받는 게 두려웠던 거야. 그렇지만, 역시 난……, 아리사를 지키고 싶어. 앞으로도 너와 함께하고 싶어. 염치없고 한심한 놈이라 정말 미안해. 하지만 난……."

"다행이다."

그렇게 말한 아리사의 눈에서 눈물이 쏟아져 내렸다.

아리사는 이제까지 혼자 감싸 안고 있던 불안을 씻어내는 듯이 울었다.

"아리사 씨, 쇼헤이 씨뿐만이 아니에요."

사쿠라가 부드럽게 말했다.

무슨 영문인지 모르겠다는 아리사의 곁으로 고토, 시마자키, 미나미

일행이 달려왔다.
"모두 아리사 씨가 걱정돼서 여기저기 찾아다니셨어요."
사쿠라가 다정하게 미소 지었다. 고토는 아리사에게 다가와서 머리를 숙였다.
"얼마 전에 쫓아내듯이 돌려보내서 미안했네. 혼란을 수습하려면 그게 최선이라 생각했거든……. 우린 전력을 다해 자네를 보호할 생각이야. 우리 회사의 가족인 자네를 허위 사실과 유언비어로부터 지켜 내겠네. 직원들 만장일치로 찬성한 의견이야."
"우린 모두 네 편이야."
그렇게 말하며 미나미가 어깨에 올린 따스한 손은 아리사의 마음에 걸린 빗장을 풀어 주는 듯했다. 눈물을 흘리는 아리사의 얼굴에는 안도감이 서렸다.

땅거미가 내려앉은 무렵이었다. 모자를 깊이 눌러쓴 남자가 고개를 숙인 채 세워 둔 차로 돌아왔다.
눈앞에 인기척이 느껴져 고개를 들어 보니 와타누키 형사가 가로막고 서 있었다.
"사카시타 가쓰미, 맞지?"
남자는 '갑질 사건'의 진범 사카시타 가쓰미였다.
사카시타는 곧바로 도주하려 했지만 앞은 이미 기리시마가 막고 있었다. 사카시타는 체포되었다.
와타누키가 차 안을 들여다보니 조수석에 앉은 여자가 겁에 질려 벌벌 떨고 있었다.

손가락살인대책실에서는 반조가 프린터로 무언가를 인쇄하고 있었다.

"악질적인 비방과 명예 훼손을 한 범인, 그리고 허위 사실을 유포한 자 총 123명을 입건했습니다. 진범도 잡혔으니 소문은 곧 가라앉을 거예요."

사쿠라와 고시가야가 상담실에서 아리사와 쇼헤이에게 수사 결과를 보고하는 참이었다.

"이후 검찰관이 기소 여부를 결정합니다. 민사도 고려하신다면 긴 싸움이 될 거예요."

"저, 맞서 싸울게요!"

힘차게 말하는 아리사의 모습은 당당해 보였다.

"그럼 기억해 두십시오."

그 목소리에 아리사가 뒤돌아보니 반조가 있었다.

"인터넷에는 비난과 헛소문만 있는 게 아닙니다."

반조는 아리사에게 두꺼운 종이 뭉치를 건넸다.

「절대 지지 마.」

「불의에 맞서 싸우는 모습 응원합니다.」

「덕분에 용기를 얻었어요.」

인터넷에는 아리사를 응원하는 글이 수십 건 이상 올라와 있었다. 아리사는 믿을 수 없다는 표정으로 하나하나 집중해서 읽었다.

"이미 지나간 과거는 지울 수 없습니다. ……하지만 당신들의 미래는 얼마든지 새로 그려 나갈 수 있어요."

반조는 아리사와 쇼헤이의 눈동자를 응시하며 말했다.

"두 분의 미래, 응원하겠습니다!"

사쿠라는 마치 자기 일인 양 기뻐했다.

쇼헤이와 아리사는 행복하게 웃으며 깊이 머리 숙여 인사했다.

"이야, '손가락 살인'을 막다니, 다들 수고 많았네. 특히 사쿠라의 공이 컸어. 이 기세로 실적을 쌓아 가자고."

당사자인 사쿠라는 무거운 표정으로 다리 위에서 있었던 일을 회상하고 있었다. 아리사 앞에서 다리가 뻣뻣하게 굳어 움직일 수 없었던 자신을.

그 모습을 반조가 가만히 지켜보았다.

"앗, 또 떴습니다! '블라인드 경찰'이요!"

시노미야가 무의식중에 소리쳤다. 모니터에 '블라인드 경찰' 사이트를 띄우자 고미야 기자를 비롯한 체포자 전원의 신상 정보가 올라와 있었다.

"도대체 어떻게 된 거야……."

고시가야가 중얼거렸다.

작성자 이름은…….

어나니머스.

3. 가타야마 렌

평소와 같은 시각에 출근한 사쿠라가 손가락살인대책실의 문을 연 순간 고성이 날아들었다.

"아니, 그러니까요! 몇 번이나 말씀드렸잖아요!"

리리코였다. 몹시 흥분해서 전화하는 리리코의 목소리가 사쿠라의 귀를 관통했다.

"네? 뭐라고요? 제가 잘못했다는 거예요? 지금 그렇게 말씀하셨잖아요! 말씀하셨죠? 말씀하셨거든요!"

리리코 딴에는 신경을 쓴다고 사무실 구석에서 통화하고 있었지만 이렇게 목소리가 커서야 모르는 체하기란 불가능했다.

사쿠라는 먼저 출근한 시노미야에게 눈빛으로 무슨 일인지 물었다.

"아까부터 계속 저래요."

시노미야는 관심 없다는 투로 대답했다.

"이제 됐습니다. 나중에 다시 걸죠!"

리리코는 전화를 끊었지만 아직 노기등등했다.

"누구랑 전화하신 거예요?"

사쿠라가 리리코에게 물었다.

"우리 딸 담임."

"어? 따님한테 무슨 일 있었어요?"

사쿠라가 조심스레 묻자 리리코가 기다렸다는 듯이 대답했다.

"친구가 다쳤어. 참나."

리리코는 투덜거리며 자기 자리로 걸어갔다.

"엥? 근데 왜 화를 내신 거예요?"

사쿠라가 물었다.

"우리 애가 불쌍하잖아."

리리코는 이번에도 태연한 얼굴로 대답했다.

"……네? 아아, 도대체 무슨 말인지 모르겠어요."

사쿠라의 머릿속은 혼란스러웠다.

"아, 진짜. 그러니까 우리 애가 학교 폭력을 당했어."

그때 사무실 문이 열리며 반조가 들어왔다. 반조는 어수선한 분위기를 신경 쓰지 않고 아무 말 없이 자리에 앉았다.

리리코는 반조를 의식하며 목소리를 낮추고 계속 설명했다.

"원래는 몇 명이 둘러싸고 우리 애를 괴롭히고 있었대. 그중 하나가 먼저 밀어서 우리 딸도 밀쳤는데 걔가 계단에서 떨어진 거야."

"아."

사쿠라는 그제야 이해했다.

"담임이 학교 폭력을 빨리 눈치챘다면 일어나지 않았을 사고야. 이 정도면 무릎 꿇고 싹싹 빌어야 하는 거 아니야?"

리리코의 눈빛은 아주 매서웠다.

"글쎄요, 전 잘 모르겠네요."

"부모가 되면 어떤 기분인지 알 거야."

"설마 리리코 선배, 극성 학부모?"

사쿠라의 혼잣말이 리리코의 분노에 한층 불을 지폈다.

"말도 안 되는 소리! 진짜 극성 학부모를 못 봐서 그래!"

리리코의 말에서 점점 노기가 강하게 드러났다.

"……거, 시끄럽군."

잠자코 낚시 잡지를 읽던 반조가 참을 만큼 참았다는 듯이 말했다.

"선배, 뭐 읽고 계세요?"

문득 호기심이 생긴 사쿠라가 잡지를 들여다보니, 「'꽃중년'이 알아 두어야 할 숨은 낚시터 10선」이라는 제목이 눈에 들어왔다.

"어, 이게 뭐예요? 꽃중년이 알아 두어야 한다고? 여러분, 여기 좀 보세요!"

사쿠라가 말을 꺼낸 찰나에 문이 열리며 고시가야 실장이 들어왔다.

"분위기 좋은데 갑자기 깨서 미안하네."

"분위기 좋기는."

반조가 불만스럽게 중얼거렸다.

"다들 이거 알고 있나?"

고시가야가 모니터에 자료를 띄웠다.

「미타카시(市) 노숙자 살해 가해자 소년 A, 신상 털리다.」

"아, 미타카시 노숙자 살해 사건. 지금 엄청난 이슈죠."

기사를 본 시노미야가 말했다.

고시가야는 고개를 가볍게 끄덕이며 사건 개요를 설명하기 시작했다.

"약 1개월 전 미타카시에서 노숙자 남성이 살해된 사건이네. 그 가해자 학생의 실명과 사진이 유포됐어."

모니터 화면에는 '가타야마 렌'이라는 '소년 A'의 실명과 사진, 그리고 이것이 유포된 과정이 떠 있었다.

화면을 조작하며 고시가야가 말했다.

"이 소년이 명문 학교 학생인 점도 신상 정보가 빠르게 확산된 원인이야. 개인적으로 조사해 보니, 대부분 의적 행세를 하는 사람들이 갖은 욕설을 퍼부었더군."

모니터에는 SNS에 올라온 소년 A에 대한 여러 비난과 인신공격 글이 떴다.

"게다가 전혀 사실과 무관한 글도 많아."

「쇠망치로 머리를 때렸대.」

「평소에도 친구들을 폭행했다던데.」

「작은 동물들 죽이는 게 취미라나 봐.」

"어떤 죄목이죠?"

리리코가 물었다.

"명예 훼손, 사실과 다른 경우에는 모욕죄까지."

반조는 모니터 화면을 보면서 대답했다.

고시가야는 고개를 끄덕이며 손가락살인대책실로 들어온 의뢰 내용을 공유했다.

"의뢰인은 가해자 소년의 아버지. 무슨 수를 써서라도 아들의 신상을 턴 범인을 붙잡아 달라는군."

"최초 유포자 말씀이신가요?"

사쿠라가 고시가야에게 확인했다.

"설령 붙잡는다 해도 이미 유포된 내용은 삭제할 수 없잖습니까."

시노미야가 말했다.

요즘 같은 익명의 시대에는 인터넷에 대대적으로 정보가 확산되면, 이를 퍼뜨린 범인이 잡히든 사실무근으로 밝혀지든 관계없이 이미 유포된 내용을 완전히 삭제하는 건 불가능하다.

"그건 나도 전화로 설명했는데 기어이 부탁하더라고."

"알겠습니다."

사쿠라는 부친의 마음을 대변하듯이 말했다.

"소년법은 미성년자의 사회 복귀를 위해 제정된 거예요. 그런데 이런 식으로 신상 정보가 밝혀지면 가족들은 받아들이기 어렵겠죠."

"신상을 턴 사람들의 마음도 이해는 가. 한 사람의 목숨을 빼앗았잖아. 그게 얼마나 무거운 죄인지 알아야지."

진지하게 말하는 리리코에게 사쿠라가 반박했다.

"제 생각은 달라요. 죄가 무겁기 때문에 더더욱 가해자가 사회로 복귀하기 위한 일정의 보호가 필요하죠. 아직 학생이니까요."

"이런 사건 보면, 딸네 반에도 비슷한 놈이 있을까 봐 겁난다니까."

리리코는 자신의 아이를 대입해서 생각하는 모양이었다.

"그래도 법의 테두리를 벗어나 사람을 제재할 권리는 없어요."

사쿠라가 맞는 말을 하자 리리코는 입을 다물었다. 고시가야가 다시 목청을 높였다.

"이번 사건은 악의성이 매우 짙을 뿐 아니라 최초 유포자의 검거를 공표함으로써 향후 동일한 행위를 예방할 수 있을 거라 판단했네. 이 판단에 의거하여 본건 수사를 개시합시다."

"가해자 소년 가타야마 렌이 자택 근처 공원에서 담배를 피우던 중 노숙자 이다 사토루 씨가 "너, 학생이잖아." 하고 주의를 주었다. 이에 화가 난 가타야마 렌이 말대꾸를 하면서 시비가 붙자 공원 내에 떨어져 있던 목재를 들고 휘둘렀다. 이다 사토루 씨는 머리에 타격을 입고 그 외상으로 인해 사망했다. 다음 날 아침, 산책하던 인근 주민이 사체를 발견하고 신고했다. 공원 내 CCTV에 모든 정황이 찍혀 있어 가타야마 렌을 체포했으며 이후 조사에서 자신의 범행을 인정했다. 사건 개요는 이렇습니다."

반조가 탐문 조사를 하러 나가자 뒤따라온 사쿠라가 자료를 읽으면서 걸었다. 고개를 들어 보니 반조는 뒤쪽에서 어느 집을 올려다보고 있었다. 사쿠라는 허둥지둥 되돌아왔다.

"저기, 제 말 들으셨어요?"

다가오는 사쿠라에게는 눈길도 주지 않고 반조는 그 집을 올려다보며 "여기군." 하고 말했다.

문패에는 '가타야마'라고 쓰여 있었다.

가타야마의 자택 내부는 널찍하고 고상하게 정돈되어 엄숙한 분위기마저 감돌았다.

몇 분 후 반조와 사쿠라는 가타야마 렌의 아버지 료타로, 어머니 유리에와 응접실에서 대면했다. 테이블 위에는 '가타야마 종합 병원 원장'이라는 직함이 검게 인쇄된 명함이 놓여 있었다.

료타로가 입을 열었다.

"제 아들이 저지른 죄는 분명 용서받지 못할 일입니다. 하지만 미성년자에게는 보호받을 권리가 있지 않습니까. 지금으로선 재생의 기회를 빼앗기는 것이나 다름없습니다. 아들이 참 안쓰럽습니다."

"무슨 말씀이신지 이해합니다."

사쿠라는 료타로의 눈을 보며 고개를 끄덕인 후 현재까지의 수사 상황을 전했다.

"공개된 정보가 상당히 자세한 점으로 보아 이번 신상 털이범은 아드님의 친구일 가능성이 높습니다. 아드님이 친하게 지내던 친구나 지인 중에 혹시 짐작 가는 인물은 없으신가요?"

류타루는 조금 난감한 표정을 지으며 "혹시 아나?" 하고 옆에 앉아 있는 유리에에게 물었다.

"저희 아이는 친구를 집에 데려온 적이 없어서……."

유리에의 표정이 어두워졌다.

"대화 중에 자주 언급되는 이름은 없었나요?"

"저도 평소에 일이 바쁜지라……."

료타로도 비슷한 반응이었다.

2층 렌의 방으로 올라간 두 사람은, 무언가를 찾으려고 책꽂이에서 책을 꺼냈다가 집어넣었다가를 반복하는 유리에를 지켜보았다. 참고서와 의학서만 즐비할 뿐 방 전체를 둘러보아도 만화나 게임 같은 17세 소년의 상징적인 물건은 단 하나도 없었다.

"우등생이었군요."

"네?"

유리에가 돌아보았다.

"참고서가 참 많네요."

사쿠라가 책꽂이를 가리켰다.

"우등생……, 이었어요."

쓴웃음을 짓는 유리에를 보며 사쿠라는 난처해졌다.

"아, 그런 의미가 아니라, 만화책이 한 권도 없는 게 대단해서요."

"휴일에도 누구를 만나거나 놀러 나가지 않고 계속 방에 틀어박혀 있었어요. 이런 방, 이상해 보이시죠? 평범한 고등학생의 방이 아니에요."

책꽂이를 바라본 채 유리에는 어깨를 축 늘어뜨렸다.

"어쩌다 이렇게 됐는지……."

사쿠라가 동요하며 무슨 말을 해야 할지 고민하는 사이, 유리에가 큼지막한 책 하나를 발견하고는 손을 멈췄다.

"여기 있네요. 이걸 보면 당시에 친하게 지냈던 아이와 함께 찍은 사진이 있을지도 모르겠어요."

렌의 중학교 졸업 앨범이었다.

"전 잠시 실례하겠습니다."

유리에는 일단 방에서 물러났다.

유리에의 모습이 사라지기가 무섭게 반조는 선반과 책상 서랍 등을 마구 물색하기 시작했다.

"선배! 지금 뭐 하시는 거예요? 이렇게 함부로 뒤지면 곤란해요."

사쿠라가 반조에게 눈을 부릅떴다.

"단서가 있을지도 몰라."

반조도 물러서지 않았다.

"피의자가 아니에요. 아니, 뭐 살인 사건으로 보면 그렇긴 하지만 저희가 맡은 사건에서는 피해자라고요."

반조는 고개를 끄덕였지만 이번에는 책상 밑으로 들어가서 단서를 찾기 시작했다.

"최소한 어머님께 허락이라도 받고 하세요."

사쿠라의 지적을 듣는 둥 마는 둥 하며 반조의 손은 계속해서 책상 밑을 뒤적거렸다.

"그런 곳까진 됐잖아요."

어느새 사쿠라의 말투는 날이 서 있었다.

그때 반조의 손이 딱 멈추었다. 그 손에는 아주 잘게 찢긴 종이가 쥐어져 있었다.

"그게 뭐예요?"

반조는 아무 말 없이 손에 든 종잇조각들을 복원하기 시작했다. 3분의 2쯤 복원했을 때 사쿠라가 "답안지?" 하고 중얼거렸다.

반조는 남은 종잇조각 중에서 점수라고 생각되는 숫자 부분을 찾아내 복원 중인 답안지에 끼워 넣었다.

「92점.」

"엄청 높은 점수잖아요."

반조는 묵묵히 답안지를 바라보았다. 92점이란 고득점과 갈기갈기 찢어진 답안지는 상당한 괴리가 느껴졌다.

그때 사쿠라의 휴대폰이 울렸다.

"여보세요, 시노미야……. 아, 그래?"

사쿠라는 전화를 끊고 반조에게 시노미야의 말을 전했다.
"신상 유포 글이 처음 올라온 장소를 파악했대요."

가타야마 렌이 다니는 기리야마 고등학교는 외관이 누렇게 빛바랜 대형 학교로, 교내에서는 복도를 걸어 다니는 학생들의 떠들썩한 소리가 들려 왔다.

반조와 사쿠라는 렌의 담임인 진보 아키라를 만나러 교무실로 들어갔다.

"저희 학생 중에 신상 털이범이 있다는 말인가요?"

사쿠라의 이야기를 들은 진보는 놀란 눈치였다.

"꼭 그런 건 아니지만 교내 컴퓨터에서 글을 게재한 것만은 확실합니다."

시노미야의 분석으로 기리야마 고등학교 내에 있는 상담실 PC에서 처음 신상 정보가 올라온 사실이 밝혀졌다.

"상담실 PC를 사용하려면 교사와 학생에게 부여되는 비밀번호를 입력해야 합니다. 즉, 교외 사람도 비밀번호만 알면 사용 가능하니 반드시 저희 학교 관계자가 범인이라고 단정할 순 없지 않을까요."

"뭐, 아직 범인을 특정할 수 있는 단계는 아닙니다."

"그럼 오늘 오신 이유는……."

"가타야마 렌 학생의 교우 관계를 알고 싶습니다. 누구와 사이가 좋았는지 나빴는지 등등……."

진보는 난감한 표정을 지었다.

"반에서는 주로 혼자 지내서, 미술부에 물어봐야 할 것 같군요."

진로 지도실로 불려 온 미술부 아카마쓰 유마는 당황해하면서도 확실히 선을 그었다.
"거의 말해 본 적 없어요."
"누구랑 친하게 지냈는지 아니?"
사쿠라의 질문에 유마는 조금 생각하다가 이내 대답했다.
"글쎄요……. 아무하고도 안 친했던 것 같아요."
"아무하고도?"
사쿠라가 곤란한 표정을 짓자 유마는 생각났다는 듯이 입을 열었다.
"아, 근데 옆 반 사사야마 하루토랑 싸우는 걸 본 적은 있어요."

이어서 유마가 언급한 사사야마 하루토가 진로 지도실로 들어왔다.
하루토는 언뜻 보기에도 행실이 안 좋아 보이는 소위 '불량 학생'이었다.
사쿠라의 설명은 귓등으로 흘리며 다짜고짜 진보에게 말했다.
"저도 얼마 전에 리쿼드룸 라이브하우스 갔다 왔어요."
진보도 당황했는지 "어? 그래." 하고 대충 맞장구를 쳤다.
하루토는 계속 흥분한 채로 진보에게 이야기했다. 마치 형사들의 존재는 안중에도 없어 보였다.
"와, 진짜 거기서 공연하다니. RMO 많이 컸네요. 신곡 엄청나지 않아요?"
"하루토, 형사님들 말씀 들어 봐."
결국 진보가 중간에 끼어들었다.
"……아, 그러니까 가타야마 렌이랑은 아무 사이도 아니었다고요."

하루토는 성가시다는 투로 대답했다.

"얘기해 본 적은 있지?"

"흠, 있었나……."

사쿠라의 질문에 하루토는 어중간하게 대답했다.

여태까지 나서지 않았던 반조가 그제야 입을 열었다.

"학생. 가타야마 렌하고 싸운 적이 있다는 얘기를 들었는데, 직접 말해 주겠나."

반조는 하루토를 똑바로 바라보며 강한 어조로 물었다. 반조의 눈빛을 견디다 못한 하루토가 실토했다.

"아니, 그 녀석이 제 전 여자 친구를 불러내서 티격태격하는 것 같길래 그 일로 한마디 해 준 것뿐이에요."

그다음으로 불려 온 사람은 하루토가 '전 여자 친구'라고 했던 시바타 아야나였다.

"티격태격한 거 아니에요."

아야나는 가느다란 목소리로 말했다.

"그러니?"

사쿠라의 시선을 피해 고개를 숙인 아야나는 묵묵부답이었다.

"학생을 의심하는 게 아니라, 뭔가 단서를 찾을 수 있을까 해서."

한동안 침묵이 이어지다가 아야나가 고개를 들더니 다시 숙이고는 중얼거렸다.

"고백했어요."

"뭐?"

"렌한테 고백했어요. 근데 차였어요."

"그래서 말다툼을 한 거니?"

"……나 머리 빈 여자는 싫어해. 네 성적 쓰레기잖아."

느닷없이 아야나가 그렇게 말했다.

"응? 뭐?"

사쿠라는 어리둥절했다.

"저한테 그렇게 말했어요. 너무하지 않아요?"

아무래도 아야나는 렌에게 고백했다가 매몰차게 거절당한 모양이었다.

"고맙다."

반조의 말에 아야나는 머리 숙여 인사한 후 진로 지도실을 나갔다.

반조와 사쿠라는 진보에게 학교 관계자 연락처 리스트를 의뢰한 다음 기리야마 고등학교에서의 탐문 조사를 마쳤다.

사무실로 돌아온 사쿠라는 곧바로 탐문 조사 결과를 보고했다.

"가타야마 렌은 자신의 성적을 자만하며 같은 반과 다른 반 학생들을 무시하는 발언을 일삼았다고 합니다. 수학 시험지를 돌려주는 날 선생님이 만점을 받은 렌에게 칭찬했더니, 그때 입에서 나온 말이……."

"이 시험에서 95점 못 받은 놈은 원숭이지."

사쿠라와 반조가 차례로 말했다.

"헉……."

"으아, 너무 싫다."

시노미야와 리리코가 거의 동시에 얼굴을 찌푸렸다.

그때 사무실로 걸려 온 전화를 받고 고시가야가 소식을 전했다.
"가타야마 렌의 면회 허가가 났다는군."

소년 분류 심사원의 접견실에 가타야마 렌이 들어왔다.
가볍게 인사하고 의자에 앉은 가타야마 렌은 도무지 흉악 범죄를 일으킬 만한 소년으로 보이지 않았다. 오히려 산뜻한 인상이었다.
"우린 경시청 손가락살인대책실의……."
"아, 들었어요. 아버지 의뢰로 수사해 주신다고요. 감사합니다."
사쿠라가 말하는 도중에 렌이 끼어들었다.
"근데 조사 안 하셔도 돼요. 제 인생은 이미 끝났으니까."
"뭐?"
사쿠라가 무심코 되물었다.
"이제 와서 아무 소용없잖아요."
렌의 말투는 어쩐지 냉담했다.
"그렇지 않아. 지금부터 제대로 속죄하면……."
"뭘 속죄해요?"
"뭐라니……."
사쿠라는 당혹스러웠다.
"뭘 속죄하라는 건데요?"
조금 전보다 당돌한 말투로 렌은 사쿠라에게 물었다.
"넌 이번 일을 어떻게 생각하니?"
"부조리하다고 생각해요."
렌은 반사적으로 대답했다.

"부조리?"

"그렇잖아요. 겨우 노숙자 하나 죽인 걸로 제 인생이 엉망진창 됐다고요."

"……."

"아, 나 진짜 제대로 실수했구나, 하는 생각은 들었어요."

조금의 죄의식도 느끼지 않는 렌을 보며 사쿠라는 할 말을 잃었다.

반조도 입을 굳게 다물었다.

그날 밤, 경시청 근처의 포장마차에 반조를 제외한 나머지 팀원이 모였다.

"최악이네. 그런 놈은 분명 소년원에서 나와도 똑같은 짓 저지를 거야. 아무 반성도 하지 않는다고. 애초에 소년법이 왜 있는지 의문이라니까."

아무래도 리리코는 가타야마 렌이라는 소년을, 그리고 소년법 자체를 인정하고 싶지 않은 듯했다.

"법 가지고 이러쿵저러쿵 말해 봐야 어쩔 수 없잖나."

옆에서 듣고 있던 고시가야는 리리코를 달래는 한편, "사쿠라, 간장 좀." 하며 먹는 데 열중했다.

"근데 만약 내 아이가 희생양이 된다면……, 사쿠라는 어떨 것 같아?"

리리코가 사쿠라에게로 화살을 돌렸다.

"……음, 그래도 신상이 털렸으면 좋겠다는 생각은 안 해요."

"왜?"

리리코가 곧바로 물었다.

"왜냐니요……. 그야 아직 미성년자라 선악을 구별하지 못하니까, 속죄할 기회를 주어야……"

"사쿠라가 이해하기에는 아직 무린가."

리리코는 사쿠라의 말을 자르고 두 손 두 발 다 들었다는 투로 얘기했다.

"너무 도덕책 같다고 해야 하나? 말에 진정성이 없어."

"그게 무슨 말씀이세요?"

술 때문인지 리리코가 점점 발끈하기 시작했다.

"부모가 되어 본 적 없는, 책임 없는 사람의 의견이잖아? 이론만 번지르르하다고 해야 하나."

"리리코 선배도 책임 안 지고 계시잖아요."

"뭐?"

"따님한테 생긴 문제를 담임한테만 책임을 전가하고 있잖아요."

포장마차의 분위기가 급격히 험악해졌다.

"자자, 진정들 하고."

고시가야가 분위기를 수습하려 했으나 사쿠라는 "저 먼저 일어날게요." 하고 재빨리 그 자리를 떠났다.

이유를 알 수 없는 분노에 휩싸인 채 사쿠라가 문을 벌컥 열자 사무실에는 웬일로 아직 집에 가지 않은 반조가 무언가를 들여다보고 있었다.

"회식 간 거 아니었어?"

반조가 물으며 손에 있던 것을 감추었다. 사쿠라가 이를 놓칠 리 없었다.

"뭐 감추셨어요?"

"아무것도 안 봤고 감추지도 않았어. 집에 가!"

반조는 자료를 펼쳐 루어를 가렸다.

"아닌데. 분명 뭔가 보다가 쏙 감추셨잖아요. 집에 안 갈 거예요."

반조는 한숨을 푹 내쉬었다. 두 사람 사이에 정적이 흘렀다.

"선배. 지금 저희가 하고 있는 일, 정말 옳은 걸까요?"

반조가 무심코 사쿠라를 쳐다보았다. 사쿠라는 다소 어두운 목소리로 말을 이었다.

"전 흉악범이라도 미성년인 이상 법의 보호를 받아야 한다고 생각해요. 아무리 화가 나더라도 법이 아닌 다른 잣대로 제재하면 안 된다고요. 근데 오늘, 가타야마 렌을 만나고……."

"네가 틀렸다는 생각이 들었어?"

사쿠라는 정곡을 찔렸는지 아무 말도 할 수 없었다.

"너도 참 답답한 놈이야. 좀 더 쉽게 생각할 순 없어?"

"네?"

"가타야마 렌하고 얘기해 보니, 어땠는데?"

"……불쌍하다는 생각이 들었어요."

사쿠라의 목소리에 조금씩 힘이 실리기 시작했다.

"지금까지 살면서 이렇게 당연한 사실을 가르쳐 주는 사람이 아무도 없었다니……. 그런 사람이 있었다면, 끔찍한 사건은 일어나지 않았을 텐데. ……전 가타야마 렌이 불쌍해요."

그 말을 들은 반조는 사쿠라의 눈을 똑바로 보며 대답했다.

"그렇지."

다음 날 아침 손가락살인대책실. 각자 자기 자리에서 일을 하는 동안 반조만 여느 때처럼 낚시 잡지를 보고 있었다.

평소와 다름없는 광경이었지만 저변에는 지난밤의 어색한 분위기가 어렴풋이 남아 있었다.

진지하게 PC를 보고 있던 시노미야가 손을 딱 멈추더니 눈을 반짝였다.

"새로운 IP 주소 찾았습니다!"

"새로운 주소?"

고시가야가 물었다.

"과거 데이터베이스를 조회하니 학교에서 두 개 역 떨어진 넷카페 주소가 나왔습니다. 거기서도 대량의 비난과 인신공격 글이 올라왔어요. 내용이 유사한 걸로 보아 학교 상담실과 동일 인물로 추정됩니다."

넷카페 직원은 즉시 IP주소를 확인하여 문제의 글이 올라온 부스를 알려 주었다. 그런 다음 회원 정보를 조회하며 해당 글이 올라온 시간에 그 부스를 이용한 사람이 누군지 검색했다.

"그 시간에 이용한 사람은……, 아카마쓰 유마 씨네요."

손가락살인대책실의 상담 부스로 불려 온 아카마쓰 유마는 전혀 주눅 든 기색도 없이 반조와 사쿠라 앞에 앉았다.

"잘못했습니다……."

예의상인지 일단 유마는 머리를 숙였다.

"그럼 학교 상담실과 넷카페에서 글 올린 사실을 인정하는 거니?"

"처음에는 일이 이렇게 커질 줄 몰랐어요."
"하지만 처음 한 번이 아니라 그 이후에도 여러 번 썼잖아."
조금은 반성하는 모습이 보였던 유마는 천연덕스럽게 말했다.
"사람들한테 관심받으니까 재밌어져서요."

사건 해결 소식을 전하기 위해 반조와 사쿠라는 가타야마의 자택을 다시 방문했다. 거실로 들어가자 기다리고 있던 료타로가 "감사합니다." 하고 머리 숙여 인사했다.
"검거한 사실은 공표하시겠지요?"
"네. 이제 인터넷에 올라오는 글도 줄어들 겁니다."
사쿠라가 대답하는 동안 "이거 드세요." 하고 유리에가 차를 내왔다.
"아, 저희는 이제 들어가 봐야 해서요. 죄송합니다. 이만 실례하겠습니다."
"가자."
반조가 소파에서 일어나고 두 사람이 거실을 빠져나가려고 할 때였다.
"그놈도 털리면 좋을 텐데."
뒤에서 료타로의 목소리가 들렸다.
"네?"
무의식중에 사쿠라의 발이 멈추었다.
"아, 그 범인 말입니다."
반조와 사쿠라는 얼굴을 마주 보았다.
"그건 어려우려나."

료타로가 웃으며 말했다.

"그 학생도 지금은 반성하고 있습니다. 앞으로 글은 올리지 않을 겁니다."

"반성이라니, 말로는 뭔들 못 합니까. 그런 비뚤어진 놈은 똑같은 짓을 저지르고도 남아요. 대체 애를 어떻게 키우면……."

"가타야마 씨."

참다못한 사쿠라가 료타로의 말을 끊었다.

료타로가 의아하다는 표정을 짓자 곧바로 반조가 "어이." 하며 사쿠라를 말렸다.

"실례하겠습니다."

두 사람은 가타야마의 자택을 나왔다.

반조와 사쿠라가 사무실로 돌아오자 분위기가 몹시 어수선했다.

"무슨 일이에요?"

사쿠라가 물었다.

"이것 좀 보세요."

시노미야가 모니터에 띄운 화면을 본 반조는 그 자리에 얼어붙었다.

화면에 보이는 '블라인드 경찰' 게시판이 또다시 렌을 화제로 뜨겁게 달아올랐다.

"블라인드 경찰에 새로운 글이 올라왔습니다."

「가타야마 렌은 평소에도 노숙자는 쓰레기라고 입버릇처럼 말했어.」

「노숙자 따위한테는 미래가 없으니 죽여도 된다고 했음.」

「가타야마 렌에 관한 새로운 정보를 모집합니다!」
「우리가 천벌을 내립시다!」
"이게 뭐지······."
사쿠라는 말문이 막혔다.
"IP 주소는 다른 넷카페예요."
"아카마스 유마가 올렸나?"
사쿠라가 무심코 반조를 보았다.
"글이 올라온 시간에 아카마스 유마는 편의점에서 아르바이트를 하고 있었어."
수첩을 보며 반조가 대답했다.
"제2의 인물이 있었네."
리리코가 무덤덤하게 말했다.

"이게 어떻게 된 거요! 당신들한테 의뢰하기 전보다 상황이 오히려 악화되지 않았소!"
손가락살인대책실로 쳐들어온 료타로의 이마에는 시퍼런 핏줄이 서 있었다. 고시가야는 노발대발하는 료타로 앞에서 몸을 움츠렸다.
"재수사에 착수했습니다. 더 이상 아드님에 대한 비난이 확산되지 않도록······."
"지금 그게 중요한 게 아니라 우리 병원이 문제요!"
료타로가 고시가야의 말을 딱 잘랐다.
"글이 올라온 다음부터 우리 병원으로 계속 협박 전화가 걸려 온다고! 수단 방법 가리지 말고 한시라도 빨리 범인을 붙잡아서 막으시오!"

료타로는 한층 격한 어조로 고시가야를 압박했다.

고시가야는 침묵하는 수밖에 없었다.

"그 머저리 같은 놈 때문에 왜 우리 병원 이름까지 먹칠을 해야 하느냐고. 젠장."

료타로는 잔뜩 성을 내고는 난폭한 발걸음으로 상담 부스에서 나갔다. 아내 유리에는 송구하다는 듯이 깊이 머리 숙여 인사한 후 노기등등한 남편의 뒤를 따라갔다.

재수사가 시작되었다. 사쿠라와 반조는 다시 자료를 훑어보고 시노미야는 넷카페의 CCTV 영상을 확인했다.

"어, 이 사람······."

시노미야의 손이 딱 멈추었다.

"이것 좀 보세요."

시노미야는 사무실 대형 모니터에 CCTV 영상을 띄웠다.

아카마스 유마의 뒤쪽으로 다른 부스로 들어가는 인물이 찍혀 있었다. 모자를 푹 눌러쓰고 마스크를 한 데다 카메라 영상이 조잡한 탓에, 남자라는 건 간신히 알아볼 수 있었지만 누구인지 알아내는 건 불가능했다.

"이날도, 이날도, 그리고 이날도 이 사람이 찍혔습니다."

시노미야가 PC를 조작하며 각기 다른 날의 영상을 모니터에 차례차례 띄웠다. 모든 영상에 동일 인물이 찍혀 있었다.

시노미야가 의기양양하게 설명하기 시작했다.

"이 넷카페에서 글을 올린 날짜와 시각을 조회해 보니, 아카마쓰 유마가 방문하지 않은 날 게시된 글도 다수 있었습니다. 그 글은 모두 이 남자가 왔을 때 올라왔고요."

"가까이에 또 다른 범인이 있었다는 말이네요."

사쿠라가 단호한 목소리로 말했다.

"지난번처럼 회원 리스트를 보면 누군지 알아내는 건 시간문제 아닌가?"

고시가야가 선뜻 말했다.

사쿠라는 얼마 전 탐문 조사 때 넷카페 직원에게 받은 회원 리스트를 아직 가지고 있었다. 그 리스트와 대조하면 신원을 밝혀내는 일은 어렵지 않을 터인데, 웬일인지 사쿠라는 어깨를 축 늘어뜨렸다.

"이 사람, 회원 등록 안 했어요."

"뭐? 컴퓨터 쓸려면 등록은 필수잖아."

고시가야가 의아하다는 듯이 물었다.

"컴퓨터를 안 썼어요."

사쿠라가 침착하게 말했다.

"뭐? 그게 무슨 말이야?"

고시가야의 머릿속은 점점 혼란스러워졌다.

"넷카페의 공공 와이파이를 이용해서 글을 올린 겁니다."

사쿠라 대신 시노미야가 대답했다.

이 넷카페는 PC를 사용하지 않는 경우 신분증 제시가 필요 없었다. 즉, PC를 쓰지 않는 사람의 정보는 회원 리스트에 남지 않는다. 진범으로 추정되는 이 인물은 그 점을 악용하여 자신의 단말기로 SNS에 글을 게시한 것이다.

"아, 그런 방법이……."
고시가야는 고개를 떨구는 수밖에 없었다.

그날 저녁, 퇴근하려고 경시청에서 나온 고시가야와 리리코가 문득 발길을 멈추었다. 차가운 날씨 속 저 멀리에 남편과 집으로 돌아갔어야 할 가타야마 유리에가 서 있었다.
"어쩐 일이세요?"
리리코는 놀란 표정으로 유리에에게 물었다.
"……아, 그게……. 죄송합니다. 조금 전엔 남편이 실례를 범했습니다."
유리에는 밖에서 또다시 머리를 조아렸다.
"그 글, 사실일 겁니다. 아들이 노숙자를 무시하는 발언을 했다는 글 말이에요."
"왜 그렇게 생각하십니까?"
고시가야가 묻자 유리에는 조용히 이야기하기 시작했다.
"남편의 영향이라 생각합니다. 남편은 병원을 승계하기 위해 상당히 엄격한 환경에서 자라 왔고, 그 탓인지 아직도 인생의 승자와 패자를 나누는 사고방식에 집착하는 면이 있습니다. 그래서 아들에게도 인생의 낙오자가 되고 싶으냐는 말을 자주 했습니다. 아들에게도 어느새 비슷한 가치관이 새겨져 다른 사람한테 자연스럽게 그런 말을 하게 된 것 아닐까요. 그 아버지에 그 아들인 격이지요."
자조하는 유리에를 보며 리리코가 물었다.
"어떻게 그렇게 말씀하실 수 있으세요?"

"네?"

"마치 남의 일이라는 듯이. 정말 이해가 안 가네요. 부모한테 그런 말을 들으면 아이는 어떻게 해야 하나요?"

리리코는 따끔하게 쏘아붙인 뒤 그 자리를 떠났다.

"죄송합니다."

고시가야가 사과했다.

"아뇨, 맞는 말입니다. 전 지금껏 남의 일이라고 생각했는지도 모릅니다."

유리에는 고시가야에게 사건 당일 있었던 일을 들려주었다.

그날 가타야마의 자택에서는 료타로가 격노하여 펄펄 뛰고 있었다.

"야, 이게 어떻게 된 거야?!"

료타로의 손에는 시험지가 들려 있었다.

"그게……."

렌이 무언가 말하려 했지만 료타로는 기회를 주지 않았다.

"변명할 생각 하지 마! 이따위 성적으로 의사가 될 수 있을 것 같으냐!"

"죄송해요……."

"죄송할 일이 아니지. 노력하라고, 노력! 노력 안 하는 놈은 낙오자가 되는 거야. 그렇게 계속 낙오하다가 결국에는 노숙자 신세가 되겠지. 알겠어? 너도 그런 하찮은 놈이 되고 싶은 거야? 어?"

분노로 이성을 잃은 료타로는 렌을 질질 끌고 다니면서 구타했고, 렌은 아무 말 없이 맞고만 있었다. 유리에는 귀를 막은 채 그저 얼른 이 상

황이 지나가기를 기다렸다.

"그날 밤 집을 빠져나와 공원으로 간 가타야마 렌은 마침 그 자리에 있던 이다 사토루 씨를 살해했다는군."
다음 날 아침 고시가야는 유리에한테 들은 이야기를 팀원들에게 전했다.
"학년에서 2등 했다고 아버지한테 구타당하다니, 너무하네."
시노미야가 렌을 동정했다.
사쿠라는 고시가야의 이야기를 들으며 렌의 방에 찢겨 있던 답안지를 떠올렸다.
그때 사무실 문이 열리면서 리리코가 들어왔다. 리리코는 들어오자마자 희소식을 전했다.
"신상 털이범 찾을 수 있을 것 같아."
벌떡 일어난 사쿠라에게 리리코가 설명했다.
"같은 동네 사는 귀녀끼리 라인에서 그룹 채팅방 만들었거든."
리리코가 보여준 그룹 채팅 화면에는 '귀멸(鬼滅)의 여자'라는 그룹명이 붙어 있고, 참가 인원은 리리코를 포함해 모두 여덟이었다.
휴대폰 화면을 내려가며 리리코가 설명했다.
"어젯밤 그 모자 쓴 남자에 대한 정보를 정리해서 공유했어. 그랬더니, 이것 좀 봐."
리리코는 채팅창을 보여주었다. 활발히 정보가 오가는 대화 가운데 어느 한 사람의 발언에 눈이 갔다.
「그 남자가 쓴 모자, 혹시 이거야?」 하면서 모자 사진을 보냈다.

「맞아!」 리리코가 대답하자 「이 모자 RMO 굿즈야.」 하고 다른 참가자가 대답했다.

"게다가 이 모자는 한정 상품이라 2020년 12월에 열린 라이브에서 300개 한정으로 우편 주문 판매한 거래."

리리코는 라인 채팅창을 보며 대답했다.

"알엠오?"

시노미야가 고개를 갸우뚱했다. 라인 그룹 채팅방에도 시노미야와 비슷한 반응을 보인 사람이 있었는지 채팅창에는 RMO에 대한 설명도 있었다.

내용을 대충 읽은 시노미야는 그제야 "밴드 이름이었군." 하고 이해했다. 아무래도 RMO는 요즘 떠오르는 밴드인 모양이었다.

"……RMO?"

사쿠라는 진로 지도실에서 사사야마 하루토가 했던 말을 떠올렸다.

"저도 얼마 전에 리퀴드룸 라이브하우스 갔다 왔어요."
"RMO 많이 컸네요."

사쿠라는 몹시 놀랐다.

"선배! 얼마 전에 탐문했던……."

반조도 즉시 깨달았는지 시노미야에게 지시를 내렸다.

"판매사에 배송지 문의해 봐."

시노미야가 고개를 끄덕이며 의욕적으로 키보드를 두드리기 시작했으나 잠시 후 손을 멈추었다.

"이런, 해외에 있는 회사네요."

시노미야가 안타깝다는 듯이 말했다.

"정보 공개 요청에 응해 줄지 의문이에요. 적어도 강제로는 불가능합니다."

"그럼 어떻게 해요?"

사쿠라는 모두를 둘러보았으나 아무도 대답이 없었다.

"형사의 기본으로 돌아가 볼까."

납처럼 무거운 분위기가 지배하는 가운데 반조가 중얼거렸다.

"형사의 기본……?"

"잠깐 기다려."

그 말을 남기고 반조는 사무실을 나갔다.

얼마 후 반조는 양팔에 끼고 온 커다란 종이를 탁자에 펼쳤다. 모두 주위로 모여들었다.

"문제의 넷카페 인근 지도입니다."

지도 위에는 무수히 많은 빨간색 X 표시가 있었다.

"이 X 표시는 뭐지?"

"주변에 있는 CCTV 위치. 이 카메라 중 어딘가에 틀림없이 모자를 쓴 남자가 찍혀 있을 겁니다. 관할서에도 협조 요청해서 이 잡듯이 샅샅이 뒤져보죠."

다들 얼굴을 마주 보며 멈칫했다. 시노미야가 조심스레 입을 열었다.

"저희도 나갑니까?"

"당연하지."

반조는 단칼에 대답했다.

"굳이 저희가 하지 않아도…….."

시노미야는 노트북을 들어 올리며 말했다.

"적재적소란 말이 있지 않습니까. 저희가 하는 일은 이런 기기를 이용해서 데이터 안의 증거를 찾는 거라고요. 저희한텐 저희만의 방식이 있지 않나요?"

"그래. 우린 현장 일에 익숙하지 않으니까 일단 관할서에 맡기고……"

고시가야도 어정쩡한 입장을 취했다.

"관할서에 요청해도 지금 당장 움직일 수 있는 인력은 저희밖에 없습니다. 눈앞에 범인을 잡을 수 있는 힌트가 널려 있는데, 그냥 입 다물고 기다리는 게 저희 일인가요?"

고시가야도 시노미야도 대꾸할 말이 없었다.

"현장에 나가면 여기 있을 때는 상상조차 못 했던 정보가 도처에 깔려 있습니다. 만약 목격자가 있으면 진술을 들을 수도 있고요. 이 방에 있으면 과연 그게 가능한지 한번 생각해 보십시오. 수사1과니 생활안전과니 소속은 상관없습니다. 피해자를 위해 범인을 잡는 게 경찰이 하는 일 아닙니까?"

반조의 눈빛은 강렬하고 진지했다. 손가락살인대책실에 정적이 흘렀다.

"……좋아. 분담해서 해보죠."

정적을 깬 사람은 리리코였다.

"다른 방법 없잖아요?"

"없어."

리리코의 질문에 반조가 딱 잘라 말했다.

"그럼 할 수밖에 없네. 이 정도 일도 안 하고 범인 못 잡으면 손가락살인대책실은 점점 바보 취급당한다고요. 네?"

리리코의 주장은 힘차게 가속이 붙었다.

"그리고 할 수 있는 일은 다 해 보고 싶어요. 여기서 우리까지 손 놓으면 가타야마 렌은 마지막까지 버림받게 되는 거라고요. 그렇게 하고 싶진 않아요."

이번에는 사쿠라가 진지한 표정으로 지도를 보면서 반조에게 물었다.

"……선배, 이 CCTV 전부 몇 대예요?"

아무래도 리리코의 말에 감화된 모양이었다.

"최소 428대."

"……네에?!"

방금까지의 각오는 어디로 갔을까. 사쿠라는 방대한 숫자에 혀를 내두를 뿐이었다.

손가락살인대책실의 팀원들이 거리로 나섰다. 반조는 지도를 손에 들고 하염없이 걷는 한편, 다른 장소에서는 사쿠라가 뛰고 있었다. 리리코는 온 힘을 다해 자전거 페달을 밟고 시노미야는 전동 스쿠터로 달렸다. 각자 다른 건물을 찾아가서 CCTV 영상을 확인하고 또다시 다른 건물로 이동해서 똑같은 과정을 반복했다.

"안 찍혔네요……."

"여기도 아닌가."

"협조 감사합니다……."

몇 시간 동안 도대체 몇 번의 낙담을 맛보았을까. 유력한 실마리는 아직 잡지 못했다.

반조는 지도를 손에 들고 길거리의 CCTV를 올려다보고 있었다.

고시가야는 사무실에서 전화를 걸며 모니터에 띄운 지도에 X 표시를 했다.

교차로에서 시노미야와 리리코가 스쳐 지나갔다. 하지만 두 사람은 전혀 알아차리지 못했다. 모두 필사적이었다. 반드시 범인을 잡고 싶다는 일념으로.

"수확이 없어요."

반조에게 경과를 보고하는 사쿠라의 목소리에는 피로가 베여 있었다.

"CCTV에 찍히지 않았다는 사실을 확인한 것만 해도 큰 수확이야."

"저, 자꾸 드는 생각이 있는데……."

사쿠라가 전화기 너머로 말했다.

"……?"

"사사야마 하루토가 신상 털이범이라고 하기에는 뭔가 이상하지 않으세요?"

"뭐가 이상한데?"

반조가 물었다.

"음, 왠지 모르게……."

자신 없는 목소리였지만, 사쿠라는 그 '왠지 모르게' 느껴지는 위화감을 열심히 표현하려 애썼다.

"그렇잖아요. CCTV에 찍힌 사람이 RMO 모자를 쓰고 있었고, 사사야마 하루토도 RMO를 좋아하고……, 뭔가 너무 딱 맞아떨어지지 않아요?"

반조는 갑자기 무슨 생각이 떠올랐는지 우뚝 멈춰 섰다.

"'저도'라고 했지?"

"저도?"

사쿠라는 무슨 말인지 감이 잡히지 않았다.

"그때, 진로 지도실에서 사사야마 하루토가 '저도' 라이브에 갔다 왔다고 말하지 않았어?"

"음, 그랬던 것 같기도……."

사쿠라도 그때 일을 회상하며 동의했다.

반조는 안주머니에서 수첩을 꺼내 페이지를 넘겼다. 그리고 땅바닥에 지도를 펼쳤다.

"……수색 범위를 변경한다!"

휴대폰을 들고 반조는 사쿠라에게 알렸다.

"네?"

사쿠라는 화들짝 놀랐다.

반조는 지도를 보며 확신에 찬 목소리로 중얼거렸다.

"CCTV 수는……15대다."

수색 범위를 변경한다는 반조의 지시에 따라 리리코와 시노미야 역시 영문도 모른 채 각각 자전거와 전동 스쿠터의 방향을 돌렸다.

"……있다!"

어느 건물 관리인과 CCTV 영상을 돌려보던 시노미야가 외쳤다.

"마쓰에야 식당에서 주오 거리 OO역 방향으로 걸어갔어요."

그와 동시에 사쿠라와 리리코도 각자 있는 장소에서 모자 쓴 남자를 발견했다.

"이쪽에도 있어요!"

"이쪽도!"

마치 발자취를 따라가듯 반조가 지시한 15대의 CCTV에 같은 모자를 쓴 남자의 모습이 기록되어 있었다.

사무실에서는 고시가야가 조금씩 늘어나는 목격 지점을 선으로 연결해 용의자가 남긴 궤도를 지도 위에 그렸다.

리리코는 편의점 앞에 있었다. 남자가 이 편의점에 들르는 모습이 확인됐기 때문이다.

시노미야에 이어 반조와 사쿠라도 합류했다.

"여기야, 여기!"

리리코는 흥분했다.

편의점 후방에서 CCTV 영상을 확인했다. 모자를 쓴 남자가 가게 안으로 들어오는 모습이 카메라에 또렷이 찍혀 있었다. 남자는 식료품을 골라 손에 들고 계산대로 향했다. 그리고 지갑을 들고 계산할 때 가방에서 무언가를 꺼내 점원에게 내밀었다.

사쿠라가 무엇인지 알아챘다.

"이거……."

"공공요금 고지서군."

반조도 눈치챈 모양이었다.

"여기 있네요."

점원은 남자가 낸 요금 납부 용지의 '제출용' 부분을 가지고 왔다. 모두의 시선이 남자의 이름이 적힌 곳으로 향했다.

「계약자명 진보 아키라」

"진보 아키라……."

"가타야마 렌의 담임이야!"

손가락살인대책실의 상담 부스에서 진보 아키라가 연행되어 나갔다.

"전부 인정한 모양입니다. 평소에 가타야마 렌의 아버지가 사사건건 학교에 불만을 제기했는데, 그게 거듭되다 보니 담임이 지친 나머지 복수하려고 글을 올렸다고 합니다."

시노미야의 이야기에 리리코가 가만히 귀 기울였다. 진보는 이런 말도 했다고 한다.

"네, 제가 했어요. 그건 인정합니다. 하지만 그런 쓰레기 같은 놈 신상 까발린 게 뭐가 잘못이죠?"

소년 분류 심사원의 삭막한 복도를 지나 반조와 사쿠라는 접견실 문을 열었다.

안에는 가타야마 유리에가 와 있고 맞은편에는 렌이 앉아 있었다. 사쿠라가 유리에의 옆에 나란히 앉아 대략적인 사건의 내용을 설명했다.

"그렇군요."

렌은 전부 듣고 나서 그렇게 중얼거렸다.

"형사님들께 감사하다고 인사드리렴."

유리에가 시키는 대로 하려는지 렌이 입을 열었다. 하지만 그 입에서 나온 말은 감사와는 한참 동떨어진 내용이었다.

"굳이 체포하지 않으셨어도 되는데요. 범인 잡아 봐야 제 디지털 낙인은 안 지워져요."

그런 렌에게 반조가 설명했다.

"너한테는 어떨지 몰라도 이번 범인 검거는 잘못을 저지른 미성년자가 그 죄를 반성할 기회를 빼앗기지 않는다는 측면에서 중요한 의미가 있어."

반조의 말투는 단호했다.

"하지만 속죄할 생각이 없는 사람이 어떻게 되든 그건 나도 상관없어."

"속죄라뇨. 겨우 노숙자 하나 죽인 걸 가지고."

렌의 그 말에 반조의 눈빛이 바뀌었다.

"이다 사토루 씨야. 노숙자가 아니라."

"……노숙자 맞잖아요?"

점점 흥분하는 렌을 똑바로 바라보며 반조는 덤덤하게 이야기하기 시작했다.

"53년 전, 이다 사토루 씨는 니가타현 조에쓰시의 농가에서 태어났어. 중학교, 고등학교 성적은 우수했지. 잘하는 과목은 일본사와 지리학."

"뭐? 이 사람 지금 뭐라는 거야."

렌은 당혹감을 감추지 못했다. 반조는 동요하지 않고 렌을 응시한 채 나지막한 목소리로 이다 사토루의 인생을 천천히 읊기 시작했다.

"시험 점수를 잘 받았을 땐 어머니가 어김없이 스키야키를 만들어 주셨어. 고기가 거의 들어가지 않은 채소만 잔뜩 든 스키야키였지만, 그래도 그가 제일 좋아하는 음식이라 몇 그릇이나 먹었지. 고등학교를 졸업하고 고향에 있는 회사에 취직한 후 여자 동료와 결혼했어. 얼마 후 딸이 태어났고 세 식구는 여행을 자주 다녔어. 이다 사토루 씨는 특히 유적지에 다니는 걸 좋아했지. 아내와 딸은 흥미가 없어 지루해했지만 그래도 만족스러웠는지 그는 동료에게 자랑스럽게 여행담을 들려주었어. 그 후 시작한 사업에 실패하면서 이다 사토루 씨의 인생은 급변했어."

렌은 아무 말도 할 수 없었다. 반조와 눈도 마주치지 못했다.

"이다 사토루 씨는 죽기 전날 친구에게 말했어. 딸이 결혼하게 됐다고. 자신은 절연한 상태라 결혼식에 갈 수는 없지만 그날은 축하 파티를 할 거라고. 채소만 사 와서 스키야키를 만들자고 했지. 하지만 결국 먹을 수 없었어."

반조는 잠시 말을 멈추었다가 단호한 목소리로 주저 없이 말했다.

"네가 죽인 건 노숙자가 아니야. 이다 사토루라는, 이 세상에 단 하나뿐인 인간이라고."

렌의 표정이 순간 일그러졌다. 그러면서도 자신의 속내를 들키지 않으려고 "아, 진짜 무슨 소리 하는지 모르겠네. 그렇지?" 하고 유리에를 향해 동의를 구했다.

"노숙자들은 사회 밑바닥에 깔린 버러지 같은 존잰데, 그거 하나 죽인 게 뭐 어떻다는 거야. 그렇지 않아? 아버지도 자주 얘기했잖아. 그런 놈들은 쓰레기나 마찬가지라고. 응? 그렇잖아."

렌은 유리에에게 마구 지껄였다. 유리에는 그런 렌의 눈을 똑바로 바라보며 천천히 말문을 열었다.

"오늘 너희 아버지와 이혼하고 왔다."

"……뭐?"

렌은 어리둥절했다.

"지금까지 엄마가 잘못했어."

유리에는 렌에게 솔직하게 털어놓았다.

"지금까지 네게 아무것도 가르쳐주지 못했구나. 뭐가 옳고 뭐고 그른지……."

"아, 무슨 소리 하는 거야."

렌은 쓴웃음을 지었다.

그럼에도 불구하고 유리에는 의연하게 말했다.

"네가 틀렸어."

유리에의 눈시울이 붉어졌다. 그리고 아들에게 타이르듯이 말했다.

"앞으로 평생, 사람 죽인 것을 잊지 말고 살아가렴. 네가 후회하는 날이 오면, 그때 나도 함께 후회하마."

렌은 조용히 어머니의 말을 듣고 있었다. 무언가를 정리하고 곰곰이 생각하는 듯했다. 무거운 분위기 속에서 렌이 천천히 입을 열었다.

"……어떻게 하면 돼? 나, 어떻게 하면 돼?"

렌은 갑자기 어머니에게 도움을 구하는 어린아이라도 된 것처럼 어머니의 다정한 말을 기다렸다. 유리에의 목소리가 숙연하게 울렸다.

"……둘이서 함께, 앞으로 속죄하며 살아가자."

다음 날 아침이었다. 사쿠라가 사무실 문을 연 순간 이번에도 리리코의 큰 목소리가 사쿠라의 귀로 날아들었다.

"그러니까 저는, 네? 그건 제 책임이라고 하시는 거예요? 네? 지금 그렇게 말씀하셨잖아요!"

"또 담임 선생님?"

"그런 모양이에요."

시노미야는 무덤덤하게 대답했다. 그러나 이번에는 리리코의 태도가 아주 조금 달랐다.

"아니 그러니까 제 책임……인 부분도 있긴 한데요, 선생님도 같이 대책을 강구해 보자는 거죠. 백지장도 맞들면 낫다잖아요. 네? 그런데요?"

"오, 왠지 진전이 있는 것 같네."

사쿠라가 웃었다.

"근데 왠지 시비조 같네요."

시노미야도 웃었다.

4. 히라사카 미오

반조는 낚싯대를 들고 낚시터의 가장자리를 걷고 있었다.

천천히 간이 의자에 앉아 낚싯줄을 늘어뜨린 다음, 늘 지니고 다니는 루어를 의자 옆에 내려놓았다. 등지느러미에 오렌지빛 그러데이션이 들어간 노란색 루어였다.

그곳으로 구둣발 소리와 함께 한 남자가 다가왔다.

"멋진 루어군요."

반조는 고개를 돌려 남자를 보았다.

"……전달할 물건이 있습니다."

남자는 이 한마디만 남긴 뒤 봉투를 두고 사라졌다.

반조는 긴장한 표정으로 봉투를 열었다. 그 안에는 메일 주소가 하나 적힌 종이가 들어 있었다.

anonymous@dwws.com

반조는 숨을 죽이고 눈을 크게 떴다.

그 주소 앞으로 메일을 보냈다.

「정보를 원한다.」

전송 버튼을 누르기 전에 크게 한 번 심호흡했다.

메일은 발송되었다.

휴대폰을 집어넣자마자 회신이 왔다. 그 빠른 속도에 당황하면서도 반조는 휴대폰 위로 엄지손가락을 조심스레 올려 메일을 열었다.

「당신에게 정의란 무엇입니까?」

"……정의라."

무의식중에 반조는 소리 내어 중얼거렸다.

다음 날 아침, 손가락살인대책실에 고시가야의 목소리가 울려 퍼졌다.

"자, 여러분. 주목!"

그 목소리에 이끌려 모두의 시선이 고시가야에게 집중되었다.

아직 반조는 출근 전이었다.

다들 쳐다보자 고시가야는 들뜬 목소리로 입을 열었다.

"이번에는 아주 비밀스러운 안건이네. 정보 보안에 각별히 신경 쓰도록."

"실례합니다."

그 목소리와 함께 들어온 사람은 깔끔하고 성실해 보이는 남자였다.

"도쿄에서 세무사로 활동하는 마카베 세이지 씨."

고시가야가 소개하자 세이지는 가볍게 고개 숙여 인사했다.

"그리고 사모님은……."

긴장한 고시가야의 목소리와 동시에 화려한 분위기를 물씬 풍기는 여자가 들어왔다.

"앗! 혹시 히라사카 미오?"

리리코가 갑자기 흥분했다.

"히라사카……?"

리리코와는 대조적으로 사쿠라는 멀뚱멀뚱 쳐다보기만 했다.

"옛 아이돌이야. 몰라?"

리리코가 잔뜩 상기된 목소리로 말했다.

"저희 세대는 아무래도……."

시노미야도 공감할 수 없는 모양이었다.

"역시 그런가."

고시가야가 안타까워하며 "자네는 팬이었지?" 하고 리리코에게 물었다.

"물론이죠. 그 멘트 유행이었잖아요."

"네코네코 야옹야옹."

리리코와 고시가야가 주거니 받거니 했다.

"그게 뭐예요?"

사쿠라는 전혀 감이 잡히지 않는다는 얼굴이었다.

"아이돌이 포즈 취하면서 하는 멘트. 실장님, 한번 해 보세요."

"뭐? 하라고? 지금? 흠……."

고시가야의 얼굴을 보니 아주 싫지는 않은 모양이었다. 고시가야가 정말 포즈를 취하려 하자 세이지가 "저기, 본론으로 들어가시죠." 하고 냉정하게 말했다.

"아, 죄송합니다."

고시가야가 멋쩍은 얼굴로 미오 쪽을 힐끗 보니 그녀가 차가운 눈빛으로 고시가야를 쳐다보고 있었다.

그때 반조가 들어왔다. 미오를 본 반조의 입에서 무심코 한마디가 튀어나왔다.

"아……. 네코네코 야옹야옹."

손가락살인대책실의 상담 부스 소파에 미오와 세이지가 나란히 앉았다.

건너편에는 반조와 사쿠라, 옆에는 고시가야가 서 있었다. 밖에 있는 리리코와 시노미야도 자못 궁금한지 몸을 앞으로 쑥 내밀고 들여다보았다.

"오늘은 어떤 일로 찾아오셨는지요."

반조가 말문을 열었다.

"혹시 아실지도 모르겠습니다만……."

세이지가 주간지를 꺼내 탁자에 펼쳐 놓았다.

어느 바에서 미오가 훤칠한 중년 남성과 친밀하게 대화하는 모습의 사진이 실려 있었다.

「옛 아이돌 네코네코 불륜」

"옛 아이돌, 네코네코 불륜……."

무심코 반조가 따라 읽었다.

「두 사람은 그 이후 팔짱을 끼고 시내의 고급 호텔로 사라졌다. 두 사람의 야옹야옹한 밤은 과연……!」

"저속하기 짝이 없네요."

사쿠라가 기사를 읽고 난 소감을 말했다.

미오가 난처한 목소리로 이야기를 꺼냈다.

"이 기사가 나온 다음부터 회사로 항의가 들어오고 협박 메일이 오고 있어요. 그 와중에 노이즈 마케팅이라는 소문까지 퍼지고요."

"음, 확실히 그러네요……."

시노미야가 미오의 말을 듣고 검색해 보더니 신음을 내뱉었다.

「옛날 아이돌이 기를 쓰네.」

「이 도둑고양이!」

「가족이 불쌍해.」

「천벌을 내리자!」

「불매 운동 시작!」

"이제 잠도 제대로 못 잘 지경이에요……."

미오의 얼굴은 수척했다.

"요즘 같은 세상에 불륜 저지른 게 뉴스거린가요?"

시노미야가 태연하게 말했다.

"대체 누구한테 무슨 피해를 줬다는 건지."

리리코도 말했다.

"그러니까요."

일부러 리리코와 시노미야 쪽으로 몸을 돌려가면서 사쿠라가 맞장구쳤다.

"저, 아까부터 불륜을 기정사실화하는 것 같습니다만……."

세이지가 의문을 던졌다.

"사실이 아닌가요?"

사쿠라는 눈을 동그랗게 뜨고 물었다.

"……우연히 바에서 만난 사람이랑 말이 잘 통했을 뿐이에요. 이름도 연락처도 몰라요."

미오는 난처한 눈빛으로 사쿠라에게 대답했다.

"저도 아내의 말을 믿습니다. 잡지사에도 소송을 걸 생각입니다."

세이지는 분노에 가득 찬 눈빛으로 호소했다.

"일단 저희는 인터넷에 올라온 게시글 중 특히 악질적인 내용을 추려내 명예 훼손 및 모욕죄 혐의로 개인 정보 공개를 요청하겠습니다."

"잘 부탁드립니다."

고시가야의 말에 세이지가 머리 숙여 인사했다.

반조는 미심쩍은 표정으로 미오의 얼굴을 빤히 쳐다보았다.

"선배, 말수가 적은 건 이해하겠는데 행선지 정도는 공유해 주셔야죠."

갑자기 사무실을 뛰쳐나온 반조의 뒤를 사쿠라가 숨 가쁘게 쫓아갔다.

"불씨 확인. 허위 사실인지 아닌지 알아봐야지."

"당사자가 아니라고 하잖아요."

"아니 땐 굴뚝에 연기 날까."

걸음을 멈추지 않고 반조는 성큼성큼 앞으로 나아갔다.

사쿠라는 한숨을 쉬면서 반조를 뒤따라갔다.

손가락살인대책실에서는 리리코가 PC로 '블라인드 경찰' 사이트를 살펴보는 한편, 그 옆에서 시노미야는 미오를 향한 비난 글을 집계하여 분석하고 있었다.

"어때?"

고시가야가 시노미야의 뒤에서 들여다보며 물었다.

"악질적인 글을 올린 건 오랜 열성 팬 몇 명뿐이에요. 시간은 많이 안 걸릴 겁니다."

시노미야는 덤덤하게 대답했다.

"이번 일 잘 풀리면, 미오 씨가 손가락살인대책실 홍보 대사로 나서 줄 수 없을까."

고시가야는 태평하게 상상을 펼치고 있었다.

"위에서 예산 따 와서 한번 해보죠."

리리코도 동주했다.

그때 '블라인드 경찰'에 새로운 댓글이 달렸다.

마카베 부부는 한적한 주택가에 위치한 세련된 단독주택에 살았다.

"혹시, 남편분도 계신가요?"

사쿠라가 미오에게 물었다.

"하필 오늘 고객 회사로 출장을 갔어요."

"아……, 마침 잘됐네요."

"네?"

미오는 어리둥절했다.

사쿠라는 반조와 눈빛을 교환한 뒤 말을 꺼냈다.

"잡지사에서 확인하고 왔습니다. 미오 씨……, A라는 남성분과 여러 번 만나셨죠?"

사쿠라는 잡지사에서 가지고 온 봉투와 편지 사본을 테이블에 살며시 올려놓았다.

미오의 표정이 순식간에 굳었다.

"저희한테 설명하신 내용과 모순되는군요."

반조는 평소처럼 냉정한 말투였다.

"솔직하게 얘기해 주세요. 저희한테 필요한 건 신뢰 관계입니다."

사쿠라가 미오의 눈을 보며 말했다.

"……죄송해요."

미오는 들릴까 말까 한 목소리로 사과했다.

"반년 전에 만나서, 그 후 한 달에 두어 번 정도……."

"왜 그러셨어요……. 세이지 씨 다정한 분 같던데."

사쿠라가 의문을 드러냈다.

미오는 캐비닛 위에 장식한 액자로 시선을 돌리고 생각에 잠긴 듯 잠시 바라보았다. 여행지에서 찍은 부부의 사진이었다. 미오는 만면에 웃음이 가득한 반면, 세이지는 무뚝뚝한 표정이었다.

액자에서 눈을 돌린 미오는 사쿠라와 반조에게 천천히 속내를 들려주었다.

"중학교 때 연예계에 발을 들인 후 우물 안 개구리로 살아왔어요. 그 사람이 기획사 고문 세무사로 드나들면서 연이 닿아 결혼했죠. 성실한 면에 반했어요. 하지만 그이는 저에게 마음을 주지 않아요. 저한테 아무런 관심이 없어요. 특히 3년 전부터는……."

반조는 미오의 말에서 위화감을 느꼈지만 이를 확인하기 전에 사쿠라가 먼저 물었다.

"상대 남성은 어디서 만나셨나요?"

"……만남 애플리케이션에서요."

미오가 대답했다.

"네? 연예인도 그런 걸 쓰세요?"

"그렇게 놀랄 일도 아니에요."

"상대방 이름은 아십니까?"

반조의 질문에 미오는 고개를 저었다.

"전혀 몰라요. 서로 '소말리(아비시니안 장모종 고양이-옮긴이)' 씨, '우쓰세미(매미 허물이라는 뜻-옮긴이)' 씨 라고 불렀어요."

"모바일 메신저로도 연락 안 하셨어요?"

사쿠라가 깜짝 놀란 듯이 물었다.

"네. 연락은 그 애플리케이션으로만 주고받았어요."

미오는 단호하게 말한 뒤 '우쓰세미'에 대해 이야기하기 시작했다.

"그 사람은 정말 다정하고 연락도 자주 해 주고……. 제가 우울할 땐 기운을 북돋워 주었어요."

그때 사쿠라의 휴대폰이 울렸다. 시노미야의 전화였다.

"잠시 실례하겠습니다."

사쿠라가 다른 곳으로 가서 전화를 받았다.

"네, 여보세요."

"'블라인드 경찰'에 「네코네코의 불륜은 야나기다가 밀고했다.」라는 글이 올라와서요. 야나기다란 사람이 누군지 미오 씨한테 물어봐 주실래요?"

거실로 돌아온 사쿠라가 미오에게 물었다.

"혹시 야나기다라는 사람이 누군지……."

사쿠라가 그 이름을 입에 올린 순간 미오는 차츰 호흡이 거칠어지고 손이 떨리기 시작했다.

"미오 씨! 왜 그러세요? 괜찮으세요?"

"세이지 씨한테 당장 연락해!"

반조가 사쿠라에게 지시했다.

겨우 진정된 미오가 침대에서 잠들었다. 그 곁을 남편 세이지가 걱정스럽게 지켰다.

잠시 후 거실에서 기다리던 반조와 사쿠라에게로 세이지가 돌아왔다.

"걱정 끼쳐 죄송합니다. 조금 쉬면 나아질 겁니다."

"다행이네요……."

사쿠라는 가슴을 쓸어내렸다.

"야나기다가 누굽니까?"

반조가 세이지에게 물었다.

"야나기다 오사무……. 3년 전 저희 부부를 지옥에 빠뜨린 놈입니다."

세이지는 당시의 일을 털어놓기 시작했다.

3년 전 어느 날 오후였다.

집에 있던 미오는 벨 소리를 듣고 현관으로 나갔다. 문을 열어보니 택배 기사 야나기다 오사무가 서 있었다.

"마카베 미오 씨죠? 택배 가지고 왔습니다."

"네, 수고가 많으세요."

"여기 전표에 사인해 주세요."

야나기다가 미오에게 전표를 건네려 한 순간, 그가 갑자기 동작을 멈추었다. 미오는 어리둥절했다.

"맙소사……. 혹시 히라사카 미오?"

야나기다의 얼굴에 일그러진 웃음이 떠올랐다. 야나기다는 열성적으로 떠들기 시작했다.

"진짜 팬이었어요! 사, 사인, 사인 좀 해 주세요! 전표에 말고 저한테요!"

무서워진 미오는 다급히 야나기다를 밀어내고 문을 걸어 잠갔다.

그런데도 야나기다는 멈추지 않았다.

"미오 씨! 미오 씨! 저 팬이라고요!" 하고 문을 연신 두드리며 소리쳤다.

"그 남자의 스토커 짓은 날이 갈수록 심해졌습니다."

반조와 사쿠라는 심각한 얼굴로 세이지의 말에 귀를 기울였다.

"아내는 외출도 못 하고 집에서 공포에 떨어야 했습니다. 그야말로 악몽이었어요."

"전형적인 스토커 규제법 위반이죠?"

사쿠라는 분노를 참아가며 반조에게 확인했다.

세이지는 그렇다는 듯이 고개를 가볍게 끄덕였다.

"실제로 징역 1년, 집행유예 3년 판결이 났습니다. 하지만 그 남자는 잘못을 뉘우치지도 않고 또다시 찾아왔어요."

"뭐라고요?"

사쿠라가 믿을 수 없다는 표정으로 소리를 높였다.

"사과하고 싶다는 구실로요. 순찰 중이던 경찰이 주의를 주자 야나기다는 욱해서 경찰을 들이받고 중상을 입혔습니다. 이번에야말로 명백한 상해죄, 실형이었죠."

"그리고 3년 만에 출소했다는 거군요."

사쿠라는 납득한 듯이 고개를 끄덕였다.

세이지의 말은 끝나지 않았다.

"저희 부부를 지옥에 빠뜨린 것도 모자라 이번에는 불륜이라는 말도 안 되는 소문을 퍼뜨려 아내의 명예를 훼손하다니……."

반조와 사쿠라는 서로 얼굴을 마주 보았다.

"야나기다는 정말 위험한 놈입니다. 어떻게든 체포해 주십시오."

간청하는 세이지에게 "알겠습니다." 하고 대답한 사쿠라는 "세이지 씨도 부디 아내분을 아껴 주세요."라는 말을 덧붙였다.

"네……?"

세이지는 미간을 찌푸렸다.

반조는 사쿠라를 나무라듯 팔꿈치로 쿡 찔렀다.

"풍향이 바뀌었네요."

손가락살인대책실에서 시노미야는 PC 화면을 보며 SNS상의 변화를 감지했다.

리리코가 시노미야의 PC를 들여다보았다.

"정말이네. 미오 씨가 타깃이 아니라……."

「스토커의 귀환.」

「3년 전 뉴스 봤는데 이 녀석 진짜 위험하더라.」
「역시 전과자는 풀어 주면 안 된다니까.」
「콩밥 좀 더 먹어야 할 듯.」
「분명 또 사고 칠걸? 전자 발찌 채워야 돼.」
「야나기다가 사는 연립 주택 찾아냄.」
「일식당 주방에서 일하나 봐. 쳐들어가자!」
「그 가게 무서워서 어떻게 가? 어딘데?」
야나기다를 공격하는 바람이 불기 시작한 것이다.
시노미야가 냉정하게 현 상황을 분석했다.
"불륜을 밀고한 사람이 예전 스토커라는 사실을 알고 표적을 야나기다로 옮겨 가고 있습니다."
"이 사람들은 뭐가 됐든 물어뜯을 것만 있으면 좋다는 건가?"
리리코는 신물이 났다.
"다들 자기가 정의라고 믿어 의심치 않는 게지."
고시가야는 고개를 절레절레 흔들었다.

어느 일식당 조리대에서 누가 봐도 알 수 있을 정도로 정성껏 칼을 가는 요리사가 있었다. 야나기다였다. 주방장이 그에게 휴대폰을 들고 다가왔다.
"야나기다."
이름이 불리자 야나기다는 칼을 갈던 손을 멈추었다.
"결국 우리 가게까지……."
주방장이 그렇게 말하며 휴대폰을 보여주었다. 야나기다가 일하는 곳이라는 소문이 퍼지면서 가게 이름이 노출된 것이다.

"미안하네만, 이제⋯⋯."

주방장은 말끝을 흐렸다.

"알겠습니다."

야나기다가 조리 모자를 벗었다.

"그동안 감사했습니다⋯⋯."

야나기다는 어깨를 축 늘어뜨리고 가게를 떠났다.

기운을 차린 미오가 거실 소파에서 휴대폰을 만지작거렸다. 만남 애플리케이션을 열어 메시지를 확인했지만 한 통도 와 있지 않았다. '우쓰세미'로 검색해 보니 화면에 「존재하지 않는 ID입니다.」라는 표시가 떴다.

"그래⋯⋯, 그렇구나⋯⋯."

미오는 힘없이 중얼거렸다.

그날 밤 미오는 침실에서 다시 만남 애플리케이션을 켰다. 그러자 미오의 계정으로 메시지가 도착했다.

제목은 「우쓰세미입니다.」였다.

미오는 환호했다. 아이콘도 예전 그대로였다.

「그 주간지 때문에 가족에게 탄로 날 뻔해서, 일단 애플리케이션을 삭제하고 다시 가입했어.」

"아, 그랬구나⋯⋯."

미오는 안도의 한숨을 내쉬었다.

'우쓰세미'의 메시지는 이어졌다.

「불안하게 해서 미안. 근데 네가 아이돌이었다니, 정말 깜짝 놀랐어.」

미오는 답장을 보냈다.

「소말리 : 이제 내가 싫어진 거야?」

「우쓰세미 : 말도 안 되는 소리. 그래도 달라질 건 없어.」

미오는 안도감에 몸이 녹아내리는 듯했다.

「우쓰세미 : 그쪽은 어때? 남편 분위기는?」

「소말리 : 날 감싸 주기는 하는데……, 왠지 의무감에 하는 느낌이야.」

세이지는 거실에서 고객 장부와 영수증을 검토하고 있었다.

반조와 사쿠라는 야나기다의 자택 앞에 서 있었다.

사쿠라는 잡지사에서 밀고 내용이 든 봉투를 받아 와 들고 있었다. 봉함된 봉투에는 소인과 우체국 이름이 인쇄되어 있었다.

"'블라인드 경찰'에 올라온 글을 곧이곧대로 믿는 건 위험하지만, 소인 우체국도 이 근처인 걸 보면 잡지사에 불륜을 밀고한 사람은 야나기다가 맞겠죠?"

사쿠라는 봉투의 소인을 보며 마지막으로 반조에게 물었다.

"그러니까 지금 그걸 확인하려는 거잖아."

그때 편의점 봉투를 든 남자가 두 사람 쪽으로 걸어왔다. 야나기다였다. 상당히 경계하는 눈치였다.

"저, 실례합니다."

사쿠라가 경찰 신분증을 내밀었다.

그걸 본 즉시 야나기다는 뒤돌아서 황급히 달아났다.

"수첩을 너무 빨리 꺼냈잖아!"

반조는 사쿠라에게 고함치며 도주하는 야나기다의 뒤를 쫓았다.

"그래서 눈앞에서 놓쳤다……, 이 말이야?"

사무실에서 두 사람의 보고를 들은 고시가야가 실망을 감추지 못했다.

"저 혼자 있었으면 붙잡았을 겁니다."

고시가야를 정면에서 바라보며 반조가 딱 잘라 말했다.

"입이 열 개라도 할 말이 없습니다."

사쿠라의 몸 전체에서 자책하는 것이 느껴졌다.

"이렇게 된 이상 기동수사대에 협조를 요청해야 하나……. 아니, 아직 스토커 용의가 불충분한가……."

고시가야는 금방 의견을 접었다. 리리코가 고시가야에게 말을 건넸다.

"어디 있는지 알아내는 건 시간문제 아닐까요. 지금 온 동네 사람이 자경단 같은데요, 뭘."

리리코의 PC에 표시된 '블라인드 경찰' 사이트에는 야나기다를 목격했다는 정보가 차례차례 올라왔다. 도주하는 사진이 첨부된 것도 있었다.

「비슷한 사람 봤어.」

「발견하는 즉시 통보할 것!」

「미나토구에 은신하고 있을 가능성 높음.」
"좀 지나친 것 같기도 하네요."
PC를 보며 시노미야가 중얼거렸다.
"근데 정말 빨리 잡아야 할 텐데……. 궁지에 몰려 무슨 짓을 저지를지……."
사쿠라가 걱정스럽게 말했다.

마카베 부부의 자택 거실에서는 미오가 휴대폰을 손에 들고 트위터에 올라온 댓글을 훑어보고 있었다.
「스토커 일은 안타깝지만 불륜은 별개의 문제지.」
「지금이라도 기자 회견 열어서 사과하면 다들 용서할 텐데.」
미오는 무심코 한숨을 내쉬었다. 스크롤을 내리자 그중에 '네코야나기(갯버들이라는 뜻, 네코네코와 야나기다를 조합한 단어로도 보임-옮긴이)'라는 임시 ID로 쓴 댓글이 달려 있었다. 그 글을 보자마자 미오의 손이 멈추었다. 공포와도 비슷한, 이루 말로 표현할 수 없는 심정이었다. 미오는 떨리는 손으로 천천히 댓글을 확인했다.
「네코야나기 : 내일 녹화 구경하러 갈게요♪」
미오의 얼굴에서 순식간에 핏기가 가셨다.

"네, 손가락살인대책실입니다. 네, 미오……, 아니 마카베 미오씨? 네, 네."
전화를 받은 고시가야는 곧바로 "미오 씨 트위터 열어 봐." 하고 시노미야에게 지시했다.

다른 팀원들도 시노미야의 PC를 들여다보았다.

「네코야나기 : 내일 녹화 구경하러 갈게요♪」

"보나 마나 야나기다가 쓴 거겠죠."

리리코가 선뜻 말했다. 무슨 상황인지 즉시 파악한 반조가 고시가야에게서 수화기를 빼앗아 들었다.

"반조입니다. 내일 스케줄을 아는 사람이 누굽니까?"

"스태프와 매니저, 가족 외에는 아무도 몰라요. 저 어떻게 해야 할지……."

미오가 초조해하고 있다는 사실이 전화기 너머로 전해졌다.

"진정하세요."

반조가 침착하게 말했다.

"다른 사람한테는 말한 적 없습니까?"

"……."

그 침묵이 의미하는 바를 이해한 반조가 전화기에 대고 "있군요." 하고 말했다.

"네……, 한 명……."

미오가 겸연쩍게 대답했다.

"그 불륜 상대 '우쓰세미'입니까?"

"네. 그런데 설마 그 사람이 정보를 흘릴 리가……."

"만일에 대비해 내일은 저희도 동행하겠습니다."

"위력에 의한 업무 방해 명목으로 영장 못 받을까요?"

사쿠라의 질문에 시노미야가 반사적으로 대답했다.

"'구경하러 갈게요'만으로는 설득력이 없죠."

"그러니까 스토커 피해 여성은 울며 겨자 먹기로 당하는 거잖아요. 우린 대체 무얼 위해 존재하는 걸까요."
사쿠라는 안타까운 마음을 내비쳤다.

바깥은 석양이 눈부셨다. 낮에 비해 기온도 상당히 떨어졌다.
어느 주차장 부지 안에 남자가 있었다. 승합차 내부에 숨어들어 추위를 견디는 그 남자는 바로 야나기다였다.

"불륜 상대의 신원을 조사해 줘."
반조가 주간지의 사진을 손가락으로 가리키며 시노미야에게 말했다.
"네?"
시노미야가 무심코 물었다.
"이성적으로 생각해 보면 은신 중인 야나기다가 녹화 현장을 알아냈을 리 없어. 이 불륜 상대를 조사해 봐야겠어."
"그 남자가 야나기다에게 협박을 받고 실토했을 가능성도 있겠군."
고시가야도 납득한 모양이었다.
"흠, 이렇다 할 용의는 없어서 법원 허가를 받는 건 어렵겠는데요."
야나기다의 신원을 조회하며 시노미야가 냉정하게 말했다.
"그럼 이쪽에서 꾀어내죠, 뭐."
리리코가 쉽사리 말했다.
다들 리리코의 말을 이해하지 못해 어리둥절한 얼굴로 그녀를 쳐다보았다.
"어차피 불륜 저지르는 남자니까 금방 낚일 거예요. 저 같은 미인이 접근하면 말이죠. 저도 그 만남 애플리케이션 가입되어 있거든요."

리리코가 자신만만하게 말했다.

"역시 프로야! 일사천리군."

고시가야가 그녀의 비위를 맞춰 주었다.

리리코는 재빨리 메시지를 입력했다.

"메시지 발신 완료!"

한 시간이 경과했다. 바깥은 제법 어두워졌다.

경시청 밖의 쌀쌀한 공기와는 반대로 사무실은 난방의 온기로 후덥지근했다.

리리코의 휴대폰을 들여다보던 팀원들도 점점 집중력이 흐트러졌다.

"답장이 영 안 오네요."

사쿠라가 말을 꺼냈다.

"흠, 직업 설정이 별로였나."

리리코가 말했다.

"공무원으로 했어?"

"상장 기업 사장실 비서요."

고시가야의 질문에 리리코가 의기양양하게 대답했다.

"그거 사기잖아요."

시노미야가 일침을 놓았다.

"스펙이 별로면 묻힌다고."

리리코는 당연하다는 듯이 말했다.

"그게 문제가 아닐 수도."

반조가 불쑥 끼어들었다.
"뭐라고요?"
리리코의 눈썹이 씰룩거리며 올라갔다.
"프로필 문제 아닌가. 사진이라든지."
스스로 자기 무덤을 파는 반조였다.

다음 날 아침, 어느 가게 앞에서 미오는 맛집 탐방 프로그램을 촬영하고 있었다.
"와, 이것 좀 보세요. 이 해산물 덮밥 굉장히 푸짐해요."
반조와 사쿠라 그리고 세이지는 카메라 주변에서 세심한 주의를 기울이며 경계하고 있었다. 특히 세이지는 잔뜩 긴장한 듯 보였다.
카메라 앞에서 미오는 계속해서 촬영에 임했다.
"그럼, 잘 먹겠습니다. 흐음, 역시 생선은 신선함이 제일 중요하네요."
그러나 생각만큼 흥이 살지 않자 본인도 이를 의식했는지 "죄송한데, 다시 한번 갈게요. 죄송합니다……." 하며 재촬영을 요구했다.
그때 세이지가 큰소리로 외쳤다.
"앗! 어이! 거기 서!"
그와 동시에 세이지는 길거리로 뛰쳐나가 모퉁이를 꺾었다. "거기 서!" 하는 목소리만 남기고 맹렬한 속도로 모습을 감췄다.
"야나기다?!"
사쿠라와 반조는 황급히 세이지의 뒤를 쫓았다.
모퉁이를 돌자 세이지가 쓰러져 있었다.
"세이지 씨!"

사쿠라가 소리쳤다.

반조는 서둘러 세이지를 일으켜 세웠다. 세이지의 팔에서 뚝뚝 떨어진 피가 아스팔트를 물들였다.

"그놈한테……, 야나기다한테……, 당했습니다……."

반조가 눈을 돌리자 세이지 옆에 피가 묻은 작은 식칼이 떨어져 있었다.

야나기다는 승합차에서 숨을 죽인 채 몸을 숨기고 있었다.

그는 손에 쥔 커터 칼의 칼날을 드르륵드르륵 올렸다 내렸다가를 반복하다가 천천히 자기 손목에 가져다 댔다.

마카베 부부의 자택 입구 앞에는 경찰이 보초를 서고 있었다.

침실에 누운 세이지의 팔에는 붕대가 감겨 있었다. 그 안쓰러운 모습을 보며 미오가 울먹이는 표정으로 곁을 지켰다.

"괜찮아. 별일 아니니까."

세이지는 웃는 얼굴로 미오를 달랬다.

"미안해. 나 때문에……."

미오는 슬픈 표정을 지었다.

"네 탓이 아니야. 야나기다 잘못이지."

"아니, 그게 아니라. 나……, 그동안 거짓말했어."

세이지가 그 말의 의미를 깨닫기까지는 그리 오래 걸리지 않았다.

"불륜……, 사실이었어?"

미오가 고개를 살며시 끄덕였다.

"미안해……. 당신은 자기 몸을 다쳐 가면서까지 날 지켜줬는데……."

"……솔직히 말해 줘서 고마워. 그걸로 됐어."

세이지가 다정하게 말했다.

"여보……."

미오는 세이지를 바라보았다.

"왠지 배고프네."

세이지가 쑥스럽게 웃으며 대답했다.

"뭐 만들어 올게."

미오는 침실을 나갔다.

홀로 침실에 남은 세이지는 팔에 감은 붕대를 자랑스러운 듯이 바라보았다.

손가락살인대책실에서는 급히 호출을 받고 온 수사1과 하토리 형사가 탐탁지 않은 표정으로 감식 자료를 살펴보았다.

"현장에 떨어진 칼에서 발견된 지문이 야나기다의 것과 일치했습니다. 용의는 충분해요. 수사1과도 야나기다의 수사에 협조 부탁드립니다."

사쿠라가 하토리에게 머리를 숙였다.

"고작 상해 사건에 왜 우리가……."

하토리는 냉정하게 말했다.

"무슨 일이 벌어진 다음에는 늦어요. 부탁드려요. 야나기다는 지금 어딘가에 몸을 숨기고 있어요. 이대로 있다가는 분명 큰일이 생길 거예요."

하토리는 반조를 빤히 쳐다보더니 휴대폰을 꺼내 누군가에게 전화를 걸었다.

"어, 나야. 지금 한가한 애들 좀 모아 줘."

하토리가 전화를 끊은 다음 "이번에 크게 빚지신 겁니다." 하고 고시가야에게 말했다.

"감사합니다!"

사쿠라는 하토리에게 재차 머리를 숙였다.

하토리는 반조의 곁으로 다가가 한마디 툭 내뱉었다.

"무슨 일 생기기 전에 행동해야지."

"무슨 뜻이야?"

"난 내팽개치지 않아."

하토리는 반조에게 그 말을 남긴 후 손가락살인대책실을 뒤로했다.

마카베 부부의 자택 부엌에서는 미오가 파스타 냄비에 면을 삶으며 남편의 식사를 준비하고 있었다.

옆에 둔 휴대폰을 힐끗 보니 만남 애플리케이션의 알림이 떠 있었다.

이를 확인한 미오가 무심코 휴대폰을 열었다.

「우쓰세미 : 괜찮아? 무슨 일 있었어?」

미오는 망설이다가 답변을 보내기로 했다.

「소말리 : 예전 그 스토커가 나타났는데 남편이 구해 줬어.」

「우쓰세미 : 그래? 그럼 이제 난 필요 없겠군.」

미오가 뭐라 답변해야 좋을지 몰라 주저하고 있으니 상대방이 또다시 메시지를 보냈다.

「우쓰세미 : 보고 싶어. 만약 네가 안 오면 단념할게.」

「우쓰세미 : 사랑해, 미오.」

미오는 휴대폰을 천천히 가슴에 끌어안았다.

냄비는 당장에라도 끓어 넘칠 기세였다.

치과 원장 히라기 유키야가 병원에서 나와 휴대폰으로 메시지를 보내고 있었다.

「그럼 호텔에서 기다릴게.」

히라기는 휴대폰을 집어넣고 진지한 얼굴로 걸어갔다.

치과 입구에 간판이 나와 있었다.

「오늘 진료는 끝났습니다.」

"어? 반조 선배는요?"

사무실로 들어온 사쿠라가 반조를 찾았다.

"확인할 게 있다고 나갔는데."

고시가야가 대답했다.

사쿠라는 의아한 표정으로 탁자에 놓인 주간지를 들고 사진을 보며 물었다.

"반조 선배는 미오 씨의 불륜 상대를 신경 쓰고 있었죠?"

"'우쓰세미'라는 사람?"

고시가야가 되물었다.

"네. 우쓰세미와 야나기다가 연결되어 있을지도 모른다고 했잖아요. 생각해 보면 야나기다의 입장에선 그 남자도 원망의 대상 중 하나니까,

아무래도 철저히 조사하는 편이…….”

그러자 “이미 하고 있어.”라는 리리코의 목소리가 들려 왔다.

리리코는 노트북을 열고 사쿠라를 향해 걸어와 으름장을 놓았다.

“내 메시지를 무시한 이놈도, 날 우습게 본 반조 와타루도 용서 못 해.”

“그거 때문이었어요?”

깜짝 놀라는 시노미야를 거들떠보지도 않고 리리코는 자신의 PC를 모니터에 연결했다. 모니터에는 트위터를 비롯한 여러 SNS가 열려 있었다. 리리코는 주간지를 가리키며 “여기에 고급스러워 보이는 와인 있지? 그레이트 빈티지 샤토 라투르. 분명 SNS에 자랑하는 글을 올렸을 것 같아서 조사해 봤어. 그랬더니 빙고. 내 직감이 맞았지.”

모니터에는 ‘스즈무시(방울벌레라는 뜻-옮긴이)’라는 계정명의 트위터가 떴다.

‘스즈무시’의 트위터에는 주간지에 실린 사진과 동일한 테이블과 와인 사진에 이를 자랑하는 문구가 적혀 있었다.

“역시!”

고시가야는 저도 모르게 감탄을 자아냈다.

“반드시 파헤치고 말겠어. 감히 나이 마흔 먹은 여자를 무시하다니……!”

리리코는 레이저를 쏘는 듯한 눈빛으로 반조의 책상을 노려보았다.

“귀녀로 변했다…….”

사쿠라가 오들오들 떨며 말했다.

시노미야는 자신의 휴대폰에서 ‘스즈무시’의 트위터를 열어보았다.

「여자 하나 때문에 된통 당했네.」

「덕분에 마누라한테 들켜서 가정 파탄.」

「뒷감당 제대로 해야 할 거야.」

불만에 가득 찬 글이 줄줄이 올라와 있었다.

"미오 씨를 상당히 원망하고 있네요."

시노미야가 말했다.

"설마……, 그 반대인 거 아닐까요?"

사쿠라가 번뜩 생각난 듯이 말을 꺼냈다.

"반대라니?"

고시가야가 물었다.

"야나기다가 불륜 상대를 협박해서 녹화 장소를 알아낸 게 아니라……."

사쿠라가 여기까지 말하자 고시가야가 눈치채고 뒷말을 이었다.

"불륜 상대가 야나기다에게 누설했다는 말이지? 근데 뭐 때문에?"

"불륜 상대는 야나기다를 이용해서 미오 씨에게 위해를 가하려고……."

사쿠라는 자신의 추리에 심취한 듯이 설명했다.

"결과적으로 남편분의 활약으로 미수로 끝났지만……, 만약 '우쓰세미'란 자가 아직 미오 씨를 원망하고 있다면……."

사쿠라가 심각한 얼굴로 생각에 잠겼다.

그러자 한동안 대화에 참여하지 않고 조용히 PC를 만지작거리던 리리코가 엔터키를 탁 두드렸다.

"좋았어! 페이스북 발견. 본명은 히라기 유키야. 직업은 치과 의사."

리리코는 모니터에 어느 치과 사이트의 원장 인사말 페이지를 띄웠다.

"역시! 선배가 적이 아니라 진짜 다행이라니까요!"

사쿠라가 무심코 말했다.

"그거 칭찬이야? 어? 그거 칭찬 맞지?"

리리코는 눈을 치켜뜨며 불편한 심기를 드러냈다.

그 시각 반조는 일식당 조리대에서 주방장에게 식칼 사진을 보여주고 있었다.

"아아, 그거 저희 칼 맞습니다. 어디서 그걸 찾으셨나요……?"

"야나기다가 반출한 겁니까?"

반조가 목소리를 낮추며 주방장에게 확인했다.

"글쎄요. 다만 마지막으로 쓴 사람은 야나기다가 맞습니다. 본인 말로는 잠깐 한눈을 판 사이에 없어졌다고 하더군요."

"……없어졌다?"

무심코 반조가 물었다.

"다른 직원들은 여지없이 야나기다를 의심했어요. 야나기다가 꾸며낸 이야기라느니 전과자는 손버릇도 나쁘다느니 불평했죠. 하지만 제 생각은 달랐어요……. 일을 할 땐 아주 성실했거든요."

주방장의 이야기를 듣고 반조는 무언가에 골몰했다.

그때 반조의 휴대폰이 울리자 밖으로 나가서 전화를 받았다.

"방금 하토리한테서 연락이 왔네. 야나기다의 은신처를 알아냈다는군. 자네도 당장 그쪽으로 합류하게."

전화기 너머에서 고시가야가 흥분한 목소리로 반조에게 소식을 알렸다.

"그 전에 시노미야를 바꿔 주십시오."

반조가 부탁했다.

시노미야가 전화를 받은 것을 확인하고 반조가 지시했다.

"지금부터 내가 말하는 장소와 시간의 CCTV를 확인해 줘."

"네? 갑자기 무슨 일인가요?"

시노미야가 깜짝 놀라 물었다.

"관리 회사에는 내가 말해 두지."

반조는 길가의 CCTV에 시선을 고정한 채 말했다.

어느 주차장 부지에서 두 형사가 승합차 앞에 서 있었다.

형사들은 얼굴을 마주 보며 호흡을 맞춘 뒤 승합차 문을 힘껏 열어젖혔다.

그러나 승합차 안에는 빈 도시락 용기 등이 나뒹굴고 있을 뿐이었다.

"제길, 한발 늦었나!"

한 형사가 승합차를 물색하던 중 쓰레기 더미 속에서 무언가를 주웠다. 커터 칼 상자였다.

그때 주위를 살펴보던 또 다른 형사가 저 멀리서 도망치는 야나기다를 발견했다.

"저기 있다!"

형사들은 곧바로 야나기다를 추격했다.

시내의 고급 호텔 앞에 택시 한 대가 도착했다. 택시에서 내린 미오는 호텔 안으로 빠르게 사라졌다.

"거기 서!"
형사들은 필사적으로 야나기다의 뒤를 쫓았다. 사방에 보행자가 많아 야나기다와의 거리는 좀처럼 줄어들지 않았다.
그때 도망치는 야나기다의 앞을 누군가가 가로막았다.
반조였다.
야나기다는 반조를 발견하자 천천히 품에서 커터 칼을 꺼내 들었다. 지나가던 사람들이 비명을 내질렀다.
"비켜!"
야나기다는 커터 칼을 쥔 채 반조에게 한 걸음씩 다가왔다.
반조는 칼날을 피해 몸을 휙 돌린 후 야나기다의 팔을 뒤로 꺾었다. 뒤쫓아 온 형사가 야나기다를 바닥에 눕히고 결박했다.
"체포 완료."
"난 아무것도 안 했어. 아무 짓도 안 했단 말이야!"
"단념하는 게 좋을 거야."

손가락살인대책실에서는 고시가야가 전화로 수사1과의 보고를 받았다.
"야나기다 확보! 수고했습니다!"
전화를 끊은 고시가야가 안도하는 목소리로 말했다.
"이로써 최악의 사태는 막았군……."
이와 동시에 반조의 지시로 CCTV를 분석했던 시노미야가 중얼거렸다.

"말도 안 돼……."

시노미야는 영상을 뒤로 감았다가 다시 한번 재생했다.

CCTV 영상에는 가게 안을 엿보며 기회를 노렸다가 안으로 들어가는 남자의 모습이 찍혀 있었다. 몇십 초가 흐른 후 그 남자는 식칼을 들고 가게를 빠져나왔다.

고급 호텔 방 앞에 미오가 서 있었다.

미오는 심호흡을 한 번 한 뒤 문을 노크하려고 손을 뻗었다.

히라기 유키야는 침대에 걸터앉아 누군가를 목 빠지게 기다리는 중이었다. 그때 문밖에서 노크 소리가 들렸다. 히라기는 들뜬 마음으로 일어나서 방 문을 열었다.

"어, 사나에?"

문 앞에 서 있는 사람은 사쿠라였다.

히라기가 얼떨결에 물었다.

"사나에……, 맞지?"

"네?"

사쿠라는 순간 어리둥절했다.

그러나 어리둥절한 건 히라기도 마찬가지였다.

사쿠라는 곧바로 정신을 차리고 경찰 신분증을 보여주며 말했다.

"경찰입니다."

그 말과 동시에 뒤에서 리리코가 나타났다.

"겨, 경찰?"

히라기의 얼굴에 당황한 기색이 역력했다.

"당신, 마카베 미오 씨의 불륜 상대로 보도됐던 '우쓰세미' 씨 맞죠?"

"그럼 어쩔 건데요? 정도껏 하시죠. 옛날 아이돌이랑 잠깐 만났다고 경찰 출동입니까? 그건 그냥 지나가는 여자 중 하나에 불과하다고요."

히라기가 정색하며 말했다.

사쿠라와 리리코는 얼굴을 마주하고 고개를 갸웃했다.

미오가 노크하자 잠시 후 문이 열렸다. 문이 열리자마자 미오는 참지 못하고 남자의 품으로 뛰어들어 안겼다.

곧바로 무언가 이상함을 느꼈다. 고개를 들어 올린 미오는 상대의 얼굴을 보고 그 자리에 얼어붙었다.

사쿠라와 리리코는 히라기 유키야의 이야기를 듣고 있었다.

"그럼 여기서 누구와 만날 약속이었는데요?"

"아, 그러니까 사나에라고요."

히라기는 볼통스럽게 대답하며 자기 휴대폰을 꺼내 '사나에'와의 대화를 보여주었다.

히라기의 ID는 '스즈무시'로 바뀌고 아이콘도 변경되어 있었다.

"스즈무시……? ID 바꾸셨어요?"

화들짝 놀란 사쿠라가 히라기에게 물었다.

"주간지에 기사 뜨자마자 바로 바꿨어요. 가족에게 들켜서 일단 탈퇴했고요."

히라기는 그야 당연한 것 아니냐는 얼굴로 대답했다.
"네? 그럼 지금 미오 씨랑 연락을 주고받는 사람은……."

걸어가며 전화를 받은 반조는 험악한 표정을 지었다.
전화기 너머에서 흥분한 시노미야의 목소리가 들려 왔다.
"CCTV 확인했습니다. 식칼을 훔친 사람은……, 남편 마카베 세이지 씨였습니다!"

"어떻게 당신이 여기에……."
미오의 질문에 세이지는 쓸쓸한 목소리로 입을 열었다.
"그건 내가 할 말이야. 어떻게, 어떻게 네가 여기에 있어?"
"뭐……?"
"이번에야말로, 이번에는 정말, 다시 잘해 볼 수 있을 거라 생각했는데……. 야나기다한테서 당신을 지켜내면, 날 봐 줄 거라 생각했는데……."

"자작극이었어."
반조는 계속 걸으면서 시노미야와 통화했다.
"네?"
"야나기다가 일하는 가게에서 칼을 훔친 사람은 남편 마카베 세이지였어. '네코야나기'라는 ID를 이용해서 마치 녹화 현장에 야나기다가 올 것 같은 분위기를 풍긴 다음, 당일엔 범인을 발견한 척하고 쫓아갔지. 그리고 보는 눈이 없는 곳에서 훔친 칼을 꺼내 스스로 팔을 그었어. 그렇게 경찰이 야나기다를 체포하도록 혼선을 일으킨 거야."

"……."

"지금 미오 씨는 집에 있나?"

시노미야는 상황을 이해한 고시가야에게 전화를 바꿔 주었다.

"방금 보초 선 경관에게 확인하니 혼자 택시를 타고 외출했다는군."

"행선지는요?"

"운전기사한테 미엘파르크 호텔로 가 달라고 했대."

전화를 끊는 것도 잊고 반조는 그 호텔로 뛰어갔다.

세이지는 휴대폰 화면을 미오에게 들이밀었다.

화면에는 주간지에 실린 사진이 떠 있었다.

"난 처음부터 알고 있었어. 네가 바람피우고 있다는 걸."

"잡지에 제보한 사람이 설마……."

미오가 깨달은 듯이 세이지에게 물었다.

"그놈은 불륜 사실이 터지자마자 겁이 나서 바로 회원 탈퇴했어. 고작 그 정도 남자였다고."

세이지는 냉담한 태도로 말했다.

"탈퇴했다고? ……하지만……."

미오는 자기 휴대폰을 확인했다.

세이지는 일그러진 웃음을 지었다.

"내가 며칠 전에 그 애플리케이션에 가입했어."

"뭐?"

"'우쓰세미'라는 ID로. 그리고 캡처해 둔 그놈 사진을 아이콘으로 설정했지."

"그럴 수가……."

"네 속마음을 떠보고 싶어서 말이야."

"이거, 당신이……."

미오는 굳은 얼굴로 자신의 휴대폰과 세이지를 번갈아가며 쳐다보았다.

"난 내 몸을 던져 가며 널 지켰어. 넌 불륜 사실을 솔직히 고백해 주었지. 이제 우린 다시 시작할 수 있을 거라 생각했는데……."

「우쓰세미 : 괜찮아? 무슨 일 있었어?」
「소말리 : 예전 그 스토커가 나타났는데 남편이 구해줬어.」
「우쓰세미 : 그래? 그럼 이제 난 필요 없겠군.」
「우쓰세미 : 보고 싶어. 만약 네가 안 오면 단념할게.」

세이지는 떨리는 손으로 문자를 입력했다.

「우쓰세미 : 사랑해, 미오.」

"그럴 수가……."

모든 사실을 알게 된 미오는 절망과 공포가 동시에 엄습했다.

"왜 온 거야……."

세이지가 말하면서 미오에게 한 걸음씩 다가왔다.

"왜 온 거야!"

세이지는 미오를 침대에 쓰러뜨리고 있는 힘껏 목을 조르기 시작했다.

삽시간에 미오의 낯빛이 새파래지더니 급기야 파열할 것처럼 부풀어 올랐다.

"너한테 난 단지 한 집에 사는 존재일 뿐이었지. 하지만 넌 나의 전부였어. 널 만난 그 순간부터……, 사랑했는데."

미오의 눈에는 눈물이 차올랐다.

"나도 곧 따라갈게."

그때 문이 벌컥 열리며 뛰어든 남자가 세이지를 세게 밀쳐냈다.

"괜찮으십니까?"

반조가 미오에게 달려갔다.

미오는 숨을 거칠게 몰아쉬며 반쯤 넋이 나간 표정으로 천장을 바라보았다.

"마카베 세이지, 살인 미수 혐의로 현행범 체포한다."

반조는 세이지를 바닥에 눕히고 제압했다.

그리고 이번에는 미오를 향해 단호하게 말했다.

"3년 전 스토커 사건으로 힘들어 한 사람은 당신만이 아닙니다. 상대방을 바라보지 않았던 건 피차일반 아닙니까?"

미오는 잠자코 반조의 말에 귀 기울였다.

세이지가 기어들어 가는 목소리로 미오에게 말했다.

"……그 당시 넌 의지가 안 되는 내게 실망했을 테고, 나도 그 이후 너를 어떻게 대해야 할지 몰랐어."

그제야 미오가 간신히 입을 열었다.

"……이제 당신은 나한테 관심이 없다고만 생각했어."

"그럴 리가 없잖아. 난 항상, 너를……."

세이지가 재빨리 미오의 말을 부정했다.

철컥. 어깨를 축 늘어뜨린 세이지에게 반조는 수갑을 채웠다.

"……."

"여보, 미안해……, 그리고 고마워……."

경시청 취조실 의자에 앉은 야나기다는 고개를 푹 숙이고 있었다.

그때 문이 열리며 하토리가 들어왔다.

"석방이야. 그만 돌아가도 돼."

"하지만 전 길거리에서 칼을……."

야나기다가 눈을 동그랗게 뜨고 하토리를 보았다.

"다친 사람은 없었어. 엄밀히 말하면 우리가 무작정 쫓아간 탓이지."

하토리는 사무적으로 대답했다.

그러나 야나기다는 기뻐하는 내색도 없이 말하기 시작했다.

"전 예전부터 다른 사람과의 거리를 가늠하는 게 힘들었습니다. 가까이 다가가면 저를 싫어하고, 또 그런 일이 되풀이되고……. 이번에야말로 아무에게도 피해 주지 말고 조용히 살자고 결심했었습니다. 형사님, 전과자는 평생 이렇게 살아야 하나요? 아무리 뉘우치고 반성해도 세상은 절 용서해 주지 않는 건가요……."

묵묵히 야나기다의 말을 듣고 있던 하토리가 입을 열었다.

"주방장이 돌아오라고 전해 달라는군."

"네?"

"자네 성실하다면서."

야나기다는 여러 가지 생각이 교차한 끝에 마음속에 한 줄기 빛이 밝혀지는 것을 느꼈다.

손가락살인대책실에서 리리코는 인터넷 뉴스로 미오의 사건을 보고 있었다.
"두 사람, 결국 이혼 안 했네."
리리코가 중얼거렸다.
"남편도 사랑에 취해 폭주한 느낌이었죠."
시노미야가 대답했다.
"그렇지. 말주변 없는 사람은 이래저래 골치 아프다니까."
말하다가 문득 깨달았는지 리리코가 물었다.
"어? 그러고 보니 우리 팀 말주변 없는 사람은 어디 갔지?"
"조금 전까지 있었는데……."
사쿠라도 궁금해졌다.
사무실 어디에도 반조의 모습은 없었다.
그때 사쿠라가 예전부터 궁금했던 것을 고시가야에게 물었다.
"실장님, 슬슬 가르쳐주실 때도 됐잖아요. 수사1과의 하토리 형사가 반조 선배를 눈엣가시로 여기는 이유요. 죽었다는 파트너 구라키 씨와 연관 있는 거죠?"
"……나도 잘은 모르는데, 구라키 형사는 2년 전 어느 살인 사건 수사에서 경찰이 체포한 피의자와는 별개로 진범이 있다는 정보를 입수한 모양이야. 그리고 그녀 혼자 진범을 끈질기게 추적했지."

반조는 어스름하고 지저분한 폐창고 안에서 뛰어가고 있었다.

파트너 구라키 세나를 찾고 있었지만 그림자도 보이지 않았다.

그리고 드디어 전방의 층계참에서 그녀의 모습을 발견했다. 구라키는 권총을 겨누고 있었다.

"구라키……."

반조가 내뱉은 그 말은 소리가 되기 전에 입 안에서 사라졌다.

구라키가 권총을 겨눈 곳을 따라가 보니, 그 끝에 있는 용의자 역시 구라키를 권총으로 겨누고 있었다.

반조가 구라키에게 다가가려고 한 걸음 내디딘 순간, 두 발의 총성이 울렸다.

양쪽 다 가슴에 총을 맞았다.

남자는 계단 아래로 추락하고 구라키는 그 자리에서 튕겨 오르듯 쓰러졌다.

반조는 몇 초간 그 자리에 넋을 잃고 서 있다가 구라키에게로 달려갔다.

"결과적으로 용의자는 사망하고 진상은 미궁에 빠졌지. 그리고 구라키도……. 반조는 파트너의 단독 행동을 말리지 못한 걸 사무치게 후회하고 있어."

고시가야는 생각에 잠긴 듯한 눈빛으로 말했다.

"결국 그 정보는 엉터리였다나 봐."

리리코가 한마디 덧붙였다.

"……그런 일이……."

"뭐, 당시 구라키의 행동에 관해서는 수수께끼가 많지만……. 어쨌든 그 일로 반조도 책임을 지고 일선에서 물러나게 된 거야."

사쿠라는 고시가야의 이야기를 가만히 들었다.

"하지만 반조는 지금도 포기하지 않고 당시 파트너에게 무슨 일이 있었는지 파헤치고 다닌다는 소문이야."

"반조 선배도……, 구하지 못했구나……."

사쿠라는 중얼거리며 반조의 책상을 보았다. 그 위에는 루어가 놓여 있었다.

5. 호시노 슈이치

바다가 내려다보이는 전망 좋은 곳에 그 요양원은 있었다.

잔디밭이 드넓게 펼쳐진 정원에서 간호사가 환자의 휠체어를 밀면서 걷고 있었다.

그때 휠체어 앞으로 한 남자가 다가와 몸을 웅크리고 앉더니 환자를 올려다보았다. 반조였다.

반조는 환자에게 말을 걸었다.

"오늘은 날이 쌀쌀하군, 구라키."

하지만 구라키의 표정에서 의식은 느껴지지 않았다. 초점이 흐린 눈으로 파도가 이는 바다를 멍하니 바라보았다. 아니, 그녀는 이제 무엇을 보거나 들어도 반응하지 못할 뿐 아니라 아무것도 느끼지 못하는 듯 보였다.

"건강 상태는 양호해요. 선생님은 희망을 버리지 말라고 하셨어요."

"……벌써 2년입니다만."

반조는 중얼거렸다.

"어쩌면 본인이 이대로 있는 걸 선택했는지도 모르죠."

간호사는 다정한 눈빛으로 구라키를 쳐다보며 말했다.
반조도 구라키를 보며 2년 전 일을 떠올렸다.

폐창고에서 반조는 총을 맞고 쓰러진 구라키 세나에게 달려갔다.
"구라키! 정신 차려!"
구라키는 희미해져 가는 의식 속에서 반조에게 가까스로 루어를 건네며 입술을 살짝 움직였다.
"……어나니머스……."
등지느러미에 오렌지빛 그러데이션이 들어간 노란색 루어였다.
그리고 구라키는 눈을 감았다.

호시노 슈이치는 도서관 의자에 앉아 휴대폰을 만지작거리고 있었다.
「유튜버 사와티는 머저리.」
「말이 너무 많아.」
「쥐뿔도 모르는 주제에.」
「나가 죽어라.」
호시노가 글을 올리고 있는 곳으로 도서관 사서가 다가왔다. 명찰에 '야마나 시오리'라고 적혀 있었다.
"곧 폐관 시간입니다."
호시노는 재빨리 휴대폰을 뒤집었다. 하지만 당황한 나머지 책을 바닥에 떨어뜨리고 말았다. 시오리는 책을 주워 주었다.
"죄송합니다. 금방 나갈게요."
시오리에게 책을 건네받고 호시노는 도서관을 빠져나갔다.

사와티 스튜디오에서는 재킷을 맞춰 입은 스태프 여럿이 유튜브 촬영 준비를 하느라 분주했다.

사와이시 케이타, 통칭 사와티는 머리를 밝은색으로 물들이고 성격이 싹싹해 보이는 젊은 유튜버였다.

사와티와 마주 보고 앉은 사람은 반조와 사쿠라였다. 스마트폰으로 그의 유튜브 채널을 보며 사쿠라가 입을 열었다.

"구독자 300만 명이라니, 사와이시 씨 정말 대단하네요."

"아녜요. 목표 달성하려면 한참 멀었어요. 톱 유튜버의 구독자층은 훨씬 두텁거든요."

사와티가 겸손하게 말했다.

사쿠라는 감탄하며 고개를 끄덕였다.

"형사님들도 유튜브 보세요?"

사와티가 반조와 사쿠라에게 물었다.

"네, 봄……."

사쿠라가 말하려는데 반조가 "안 봅니다." 하고 단호하게 사쿠라의 말을 잘랐다.

"죄송합니다."

사쿠라가 쓴웃음을 지으며 사와티에게 사과한 후 "아, 진짜!" 하고 속삭이며 반조를 쿡 찔렀다.

반조는 눈 하나 깜빡이지 않고 사와티에게 물었다.

"협박을 받고 계신다고요?"

사와티는 냉정하게 현 상황을 설명하기 시작했다.

"네, 약 한 달 전부터 트위터에서 인신공격하는 글이 엄청 늘었어요."

사쿠라가 그의 트위터 댓글난을 아래로 내리자 「사와티 시끄러워.」, 「얼굴만 봐도 역겨워.」, 「사와티는 낚시 초보임. 꺼져.」 등의 욕설이 줄줄이 나타났다.

"심하네요."

"제 직업 특성상 이런 일은 익숙해서 아무렇지도 않습니다. 그런데 조사하다 보니 한 익명 계정이 악성 댓글을 무더기로 올렸다는 사실을 알게 됐어요. 바로 이겁니다."

사와티가 그 익명 계정을 반조와 사쿠라에게 보여주었다.

"그래서 이 계정으로 다이렉트 메시지를 보냈어요. 악성 댓글 좀 그만 달라고요. 근데 대화를 하다 보니 슬슬 겁이 나더라고요……."

사쿠라에게 확인해 보라며 사와티가 휴대폰을 건넸다.

화면에는 트위터의 익명 계정과 사와티가 주고받은 대화 내용이 표시되었다. 다이렉트 메시지는 다른 사람에게 노출되지 않아서 그런지 익명 계정의 발언은 훨씬 공격적이었다.

「사죄해! 사죄 안 할 거면 목숨으로 갚든지.」

「사죄 못 하겠으면 죽어! 목매달아. 칼로 경동맥 끊으면 편하게 죽을 수 있어.」

"무얼 사죄하라는 겁니까?"

반조가 물었다.

사와티는 눈에 힘을 주며 두 사람을 보더니 목소리 톤을 낮추고 말했다.

"실은 의심 가는 사람이 한 명 있습니다."

손가락살인대책실의 대형 모니터에는 호시노의 이력서가 떠 있었다.

"호시노 슈이치, 29세. 사와이시 케이타 씨, 통칭 사와티의 온라인 카페 전 회원이에요. 집은 이미 비웠고 아르바이트를 하는 곳은 무단결근 중입니다. 가까운 지인도 없이 혈혈단신으로 지냈던 모양이에요."

사쿠라는 모니터를 넘겨 호시노와 사와이시의 사진을 이분할된 화면에 각각 표시했다.

"정확히 한 달 전 사와이시 씨는 호시노 슈이치를 온라인 카페에서 강제 탈퇴시켰는데, 이에 대한 원한으로 협박을 하고 있는 것 같다고 합니다."

"왜 강제로 탈퇴시킨 건데?"

고시가야가 물었다.

사쿠라 대신 반조가 대답했다.

"온라인 카페 내에서 다른 회원들에게 폭언을 던지고 시비를 거는 일이 잦아서 궁여지책으로 탈퇴를 시켰다는군요."

"그렇군. 근데 그 온라인 카페가 뭐 하는 곳이야?"

"백문이 불여일견일 것 같아 미리 가입해 두었어요."

고시가야가 질문할 줄 알았다는 듯 리리코가 의기양양하게 나섰다.

"앗, 정말요? 어떤 곳이에요?"

사쿠라가 물었다.

"기본적으로 운영자인 사와이시 씨가 자기 블로그 글과 동영상을 올리고, 낚시나 요리 비법을 공유하는 곳이에요."

PC를 조작해서 세 사람에게 화면을 보여주며 리리코가 설명했다.

"동시에 회원끼리 정보를 교환하고 친목을 도모하기도 하고요. 특히 대화방이 활발하게 운영되고 있어요."

화면에 온라인 카페의 대화방이 표시됐다.

"예를 들어 카페 회원이 낚시하러 가서 사진을 올렸다고 가정해 보죠."

리리코는 도마 위에 물고기가 놓인 사진을 대화방에 첨부하고 「전갱이 잡았어요!」라는 설명을 달았다.

"그러면 다른 회원이 그 글에, 아 벌써 달렸네요. 이렇게 트리 구조로 댓글과 별점을 달아서 평가하는 거예요."

리리코는 PC 화면을 가리켰다.

「엄청 멋진 전갱이네요! ★★★★」, 「부러워요! 저도 얼른 낚시 가고 싶어졌어요! ★★★★★」 등의 글이 이어졌다.

"이런 기능이 있어서 회원끼리 서로 친해지기도 하나 봐요."

리리코가 설명을 덧붙였다.

"오호, 꽤 재밌어 보이네요."

사쿠라가 천진난만하게 말했다.

"호시노는 이런 공간에서 분위기를 흐린 거예요. 탈퇴 당해도 싸죠."

"어이, 이 사진 어떻게 된 거야?"

반조가 불쑥 끼어들었다.

리리코의 온라인 카페 계정에 자그마치 반조의 사진이 사용된 것이다. 석양을 바라보며 생각에 잠긴 반조의 옆얼굴. 그 얼굴이 아이콘으로 설정되고 계정의 닉네임은 '론리울프'로 되어 있었다.

"어머, 이거 반조 선배예요?"

사쿠라가 웃었다.

"내 사진 쓰는 건 꺼려져서."

리리코가 뻔뻔하게 말했다.

"이거 언제 찍은 거야? 아니, 어딘데?"

고시가야는 싱글벙글했다.

"그저께 옥상에 올라갔더니 반조 형사가 엄청 무게 잡고 있길래 나도 모르게 찍었죠."

"너무 웃겨요."

사쿠라가 즐거워하며 깔깔거렸다.

"몰래 찍지 마."

반조는 성난 표정으로 자기 자리로 돌아갔다.

그때 사무실 문이 열리며 시노미야가 들어왔다.

"다녀왔습니다. 그 익명 계정이 인신공격 글을 올린 장소를 알아냈습니다. 도서관 공공 와이파이를 이용했더라고요."

그 말을 들은 고시가야가 지시를 내렸다.

"그럼 반조, 사쿠라, 잘 부탁하네."

주인 없는 공실의 내부는 어두컴컴했다.

호시노가 손에 든 휴대폰 화면만이 유일하게 어렴풋한 빛을 발했다.

호시노는 조용히 손가락을 움직이며 문자를 입력했다.

「죽어. 죽어. 죽어. 죽어.」

반조와 사쿠라는 도서관 직원에게 탐문 조사를 진행했다. 수사 협조 의뢰서를 제출하고 호시노의 사진을 보여주자 선뜻 대답해 주었다.

"아, 이 사람 자주 와요."

"정말요?"

사쿠라가 무심코 기쁜 내색을 드러냈다.

"잠시만 기다려 보세요."

그 말을 남기고 직원은 카운터 안쪽으로 들어갔다. 누군가를 데리고 오려는 모양이었다. 그동안 사쿠라는 반조에게 물었다.

"웬일로 의뢰서를 떼어 오셨네요."

"뭐?"

"평소에는 거의 임의로 조사하셨잖아요."

"도서관은 개인의 정신적 자유를 중시하는 장소야. 그러니 의뢰서가 없으면 개인 정보를 가르쳐 주지 않아. 수사의 기본이지."

그 직원이 다른 사서인 야마나 시오리와 시무라 하루카를 데리고 돌아왔다.

시오리가 가볍게 인사한 후 말을 꺼냈다.

"호시노 씨 말씀이시죠? 자주 오세요."

"날짜와 시간은 기억하시나요?"

사쿠라가 묻자 시오리는 고개를 갸웃하다가 좌우로 흔들었다.

"그것까지는……."

"어떤 분이신가요?"

"겸손한 분이긴 한데……."

"대화해 보신 적 있으세요?"

"대화라고 해 봐야 카운터 너머로 인사하는 정도였죠."

"아……."

이번엔 반대로 시오리가 사쿠라에게 질문했다.

"정말 호시노 씨가 범인인가요?"

"아니요, 아직 단정할 수 있는 단계는 아닙니다."

사쿠라가 신중하게 말을 골라 가며 대답했다.

이번에는 옆에 있던 시무라가 고개를 끄덕이면서 말하기 시작했다.

"그러고 보니 뭔가 아귀가 맞네요."

"무슨 말씀이세요?"

"왠지 좀 꺼림칙한 느낌이 있었거든요."

시무라가 미간을 찌푸리며 대답했다.

"가끔 중얼중얼 혼잣말하지 않았어?"

시무라의 말을 듣고 다른 직원이 맞장구쳤다.

"맞아, 맞아!"

시무라가 고개를 끄덕이며 다소 흥분한 목소리로 대답했다.

"휴대폰 보면서 작은 목소리로 중얼중얼……. 그렇지?"

시오리에게 동의를 구했지만 그녀는 애매하게 말끝을 흐렸다.

반조는 그런 시오리의 반응을 의식하며 카운터 위를 가리키고 말했다.

"저 카메라 영상 볼 수 있습니까? 만약 그 사람이 찍혀 있다면 증거가 될지도 모르니까요."

손가락살인대책실에서 시노미야는 CCTV 영상을 확인했다.

"여러 번 찍혀 있네요."

"그 계정이 인신공격 글을 올린 일시와 비교하면 어떤가?"

"거의 일치합니다."

반조의 질문에 시노미야가 대답했다.

"그렇다면……."

고시가야가 운을 뗐다.

"범인이 거의 확실합니다. 어디 있는지만 알아내면 영장 발부받고 체포할 수 있지 않을까요?"

그러나 고시가야의 표정은 어두웠다.

"근데 지금 어디 있는지를 모른다는 게 문제지……. 뭔가 단서는 없나?"

지금까지 조사해서 알아낸 호시노라는 남자의 인물상을 사쿠라가 소리 내어 정리했다.

"부모와도 몇 년간 연락을 끊고 산 데다 친한 지인도 없어요. 아르바이트를 하던 공장에서는 동료들에게 무시당해 항상 혼자 지냈어요……. 호시노의 정보를 아는 사람이 극히 드물어요."

"온라인 카페에서 다른 회원들에게 물어봤는데 평판이 아주 안 좋네요."

리리코가 말했다.

"어떤데요?"

리리코는 카페에서 수집한 호시노의 정보를 공유했다.

"대화방에서 호되게 당했다는 사람이 수두룩해. 탈퇴시키길 잘했다는 분위기야."

"현실에서도 가상의 공간에서도……."

"고립무원인가……."

시노미야의 말을 고시가야가 이어받았다.

"이런 사람이랑은 조금만 얽혀도 진짜 피곤해진다니까."

리리코가 한숨 섞인 목소리로 투덜거렸다.

"실생활에서의 욕구 불만을 온라인에서 터프린 건가."

"그럴 시간이 있으면 주변 사람들과 좀 더 어울리려고 노력하면 좋을 텐데……."

"노력해도 안 되는 사람도 있어요."

사쿠라가 끼어들었다.

"뭐? 그래도 어엿한 성인이라면 직장 동료나 이웃하고는 제대로 커뮤니케이션해야 하잖아?"

리리코는 일반적인 의견을 내세웠다.

"그렇긴 하지만……."

사쿠라가 잠시 말을 멈추었다.

묵묵히 수사 자료를 읽고 있던 반조도 사쿠라에게 시선을 던졌다. 마치 자신의 감정과 생각을 곰곰 헤아리듯 사쿠라가 다시 말하기 시작했다.

"선배 말대로 그런 사람이랑 얽히면 피곤해질지도 몰라요. 그것도 모르는 바는 아니지만, 피곤해진다는 이유로 그 사람을 배제해도 되는 걸까요? 아주 사소한 일을 계기로 세상과의 접점을 잃어버리는 사람도 틀림없이 있을 거예요."

사쿠라가 퇴근 준비를 마쳤을 무렵, 시노미야가 다가와서 다짜고짜 말을 꺼냈다.

"아까 하신 말씀, 무슨 의미인지 알 것 같아요."
"응? 뭐가?"
사쿠라가 물었다.
"아주 사소한 일을 계기로 세상과의 접점을 잃어버린다는 말이요."
"아아……."
시노미야는 진지한 표정으로 계속 말했다.
"저, 학창 시절에 항상 집에만 틀어박혀 있어서 친구도 하나 없었어요. 지금은 우연히 손가락살인대책실에 들어와서 어떻게든 직장 생활을 하고 있지만, 그건 정말 우연히 그렇게 된 거고, 자칫했다가는 호시노처럼 고립됐을지도 몰라요. 남의 일 같지가 않아요."
"시노미야 참 기특하네. 그런 생각도 할 줄 알고."
"선배도 말씀하셨잖아요."
시노미야는 조금 쑥스러워하며 대답했다.
"그걸 좀 더 빨리 눈치챘으면 좋았을 텐데."
사쿠라가 말했다.
"네……?"

그 쓸쓸한 공실에는 지저분한 음식쓰레기와 페트병, 담요 따위가 어지럽게 나뒹굴었다. 호시노는 꾀죄죄한 담요를 뒤집어쓴 채 웅크리고 있었다.
그때 휴대폰 알림이 울렸다. 트위터에 다이렉트 메시지가 도착했다. 사와티가 보낸 메시지였다.
「경찰에 신고해서 조사 중이야. 각오하는 게 좋을 거야.」

호시노는 그 메시지를 우두커니 바라보았다.

다음 날 아침, 손가락살인대책실에서는 각 팀원이 호시노의 정보를 수집하고 있었다. PC를 보던 리리코가 말을 꺼냈다.
"뭔가 이상한데?"
"무슨 일이야?"
고시가야가 물었다.
"아니, 호시노 말이에요. 온라인 카페 대화방의 과거 내역을 조사하는 중인데요, 카페 가입 초기에는 다른 회원들이랑 꽤 친하게 지냈어요."
"친하게?"
사쿠라가 저도 모르게 물었다.
"이거 봐. 이게 호시노의 닉네임이야."
모두 리리코의 PC 화면을 들여다보자 온라인 카페의 대화방 이력이 떠 있었다.
호시노의 닉네임은 '스타피시'였다.
"불가사리네요."
시노미야가 말했다.
「스타피시 : 오늘은 참돔 잡았습니다!」
설명과 함께 만면에 웃음이 가득한 사진을 게시했다. 그러자 다른 회원들도 답글을 달았다.
「우와! 대단하네요! 저렇게 큰 참돔은 처음 봐요. ★★★★★」, 「스타피시 님, 프로 같아요! ★★★★」
「'스타피시'가 굴 요리를 가르쳐 드립니다.」라는 글에는 「너무 맛

있어 보여요. 가게 차리세요. 하하. ★★★★」, 「굴 맛있죠. 저도 좋아합니다. ★★★★★」라는 답글이 달려 있었다.

"제법 잘 어울리고 있는데요?"

시노미야가 말했다.

"회원들이 말한 호시노의 이미지와는 차이가 큰데? 밝아 보이잖아."

"사와이시 씨가 한 말과도 모순되네요. 폭언을 던지고 시비를 걸었다고 했는데."

고시가야와 마찬가지로 사쿠라도 의구심을 드러냈다.

"그렇죠? 근데 이상한 게 또 있어요."

리리코가 다시 마우스를 조작했다.

"강제 탈퇴 당하기 직전 3주간 호시노의 게시물은 일절 없고, 그 대신……"

리리코가 창을 띄운 그 시기의 대화방에는 「삭제된 게시물입니다.」라는 문구가 표시되었다.

"이런 문구가 연달아 나와요."

리리코는 의아한 표정을 지었다.

"호시노의 글이 삭제됐다는 거야?"

고시가야가 리리코의 뒤에서 들여다보며 물었다.

"아마도요. 호시노의 글이 모조리 사라졌어요."

"그러다가 12월 30일에 강제 탈퇴?"

시노미야도 의아한 듯이 말했다.

고시가야는 상황을 분석하고 모두에게 자신의 추리를 내놓았다.

"게시물이 잇따라 삭제되던 시기에 탈퇴로 이어지는 사건이 발생했다?"

"게시물은 아무나 삭제 가능한 거예요?"

"관리자에게만 삭제 권한이 있는 것 같아."

사쿠라의 질문에 리리코가 답했다.

"사와이시만……."

반조가 중얼거렸다.

"이렇게 다른 사람들이랑 즐겁게 소통하던 사람이 갑자기 폭언을 던진다는 게 자연스러운 일인가요?"

망설이는 사쿠라의 말을 듣고 반조가 천천히 입을 뗐다.

"다시 한번 부딪혀 볼까."

스튜디오에서는 반조와 사쿠라가 사와티와 대치하고 있었.

사쿠라가 대화방의 삭제 화면을 보여주자 사와티가 고개를 끄덕이며 인정했다.

"아, 맞아요. 호시노가 폭언을 퍼부은 글이에요. 제가 말씀드렸죠? 다른 회원들한테 시비를 걸었다고요."

"그럼 삭제하신 이유도 그것 때문인가요?"

사쿠라가 물었다.

"네. 모처럼 탈퇴까지 시켰는데 게시물이 남아 있으면 볼 때마다 생각나서 불쾌하잖아요. 그래서 지웠어요."

사와티가 태연하게 말했다.

"그렇군요……."

"근데 그게 왜요?"

사와티는 사쿠라에게 되물었다.

"글이 삭제되기 전에는 호시노 씨가 카페 회원들과 즐겁게 대화를 주고받는 내용이 많이 있었거든요."

"네?"

사와티가 놀란 목소리로 물었다.

"저희가 들은 이야기와는 상당히 다르더군요."

"흠, 그런 시기도 있었나 보네요."

반조의 말에 사와티는 냉정하게 대답했다.

하지만 반조는 눈 하나 깜빡하지 않고 사와티를 쳐다보았다.

"친하게 지내던 사람이 어느 날 갑자기 폭언을 던지기 시작했다? 너무 급격한 변화라는 생각 안 드십니까? 저희는 무언가 폭언을 할 만한 계기가 있었을 것으로 추정하고 있습니다. 짐작 가는 일 없으십니까?"

"없습니다."

사와티가 확실히 선을 그었다.

"전혀 없습니까?"

"없다니까요. 보나 마나 개인적으로 무슨 스트레스라도 받았겠죠. 분명 현실에서도 겉도는 놈일 거예요. 그래서 애먼 사람들한테 화풀이한 거라고요. 진짜 민폐라니까요."

사와티가 마구 지껄였다. 지난번과는 딴사람처럼 불쾌감을 노골적으로 드러냈다.

"근데 지금 뭡니까? 절 의심이라도 하시는 겁니까? 그렇게 시간이 남아돌면 빨리 그놈이나 잡아 주시죠."

그때 반조는 사와티의 뒤에서 작업하던 스태프와 눈이 마주쳤다. 그러자 그 스태프는 허둥지둥 눈을 피하더니 작업에 몰두하는 시늉을 했다.

땅거미가 내리기 시작한 거리에서 호시노는 후드티셔츠의 모자를 뒤집어쓰고 걸었다.
앞에서 여자가 걸어왔다. 도서관 직원 야마나 시오리였다. 서로 상대방을 알아보고 멈춰 섰다.
"호시노 씨, 이 근처에 사세요?"
"네……, 뭐……."
호시노가 무뚝뚝하게 대답했다.
"그럼 꽤 가깝네요. 저도 이 근처 살거든요."
시오리는 어쩐지 기뻐 보였다.
"아, 네."
"어, 그 책 뭐였죠? 자주 읽으시던 바다 생물에 관한 책이요."
"……."
"도서관에 오실 때마다 읽으셨던……."
"……."
시오리는 화제를 바꾸기로 했다.
"요즘은 잘 안 오시네요."
호시노는 여전히 침묵으로 일관했다.
"……갑자기 말 걸어서 죄송해요. 전 저쪽이에요. 그럼 도서관에서 또 뵐게요."
시오리가 돌아서려고 할 때였다.

"『일본 근해에 서식하는 갑각류의 생태』"

돌연 호시노가 중얼거렸다.

"그 책의 상권입니다."

호시노가 덧붙여 말했다.

그러자 시오리는 안심한 듯이 말을 쏟아냈다.

"아하. 저도 요즘 바다 생물에 관한 책을 읽고 있는데, 갑각류에도 관심 있어요."

"……수중에서는 가장 번식한 종이라 알아두면 손해 볼 건 없습니다."

"새우나 게 종류 말하는 거죠?"

"공벌레도."

"네? 공벌레요?"

"광범위하게 보면 갑각류입니다."

"어머, 저도 읽고 싶네요. 재미있을 거 같아요."

"명작입니다. 지금 이 책 하권을 찾고 있는데 절판이네요."

"아, 그렇군요."

시오리와 호시노는 단숨에 여기까지 이야기한 후 화제가 떨어지자 대화가 툭 끊겼다. 두 사람 사이에 침묵이 흘렀다.

잠시 후 시오리가 천천히 입을 열었다.

"저……, 실은……, 아, 아무것도 아니에요. 흠, 공벌레라니……."

"……경찰이 왔었군요."

횡설수설하는 시오리를 보며 호시노가 말했다.

시오리는 아무 대답도 하지 못했다.

"역시. 그걸 묻고 싶었던 거군요."

호시노는 시오리의 태도를 보며 상황을 파악한 눈치였다.

"아뇨, 그런 건······."

시오리는 부인할 생각이었지만 다음 말을 잇지 못했다.

"경찰이 찾고 있는 범인, 저 맞습니다. 피해 끼쳐서 죄송합니다."

호시노는 고개를 깊숙이 숙였다.

시오리는 그저 고개 숙인 호시노를 물끄러미 바라보았다. 이윽고 시오리가 입을 열었다.

"예전에 손님한테 혼난 적이 있어요. 이 도서관은 책 구색이 맘에 안 든다고, 왜 이렇게 유명한 책이 없느냐고요. 세금으로 운영하는 곳이니 좀 더 읽을 만한 책을 갖다 놓으라고 하더라고요. 도서관 장서를 정하는 건 사서의 일이니 한껏 기죽었죠······."

"음······."

호시노는 시오리가 하는 말의 의도를 알아차리지 못했다.

"여긴 다른 도서관에 없는 책이 있어서 좋다고, 호시노 씨가 말씀하신 거 기억하세요? 저 그 말 들었을 때 얼마나 기뻤는지 몰라요. 만약 제가 도울 일이 있으면 언제든 연락 주세요."

시오리가 또박또박 말한 후 수첩에 자신의 전화번호를 써서 호시노에게 건넸다.

호시노는 그 종이를 말없이 받아들었다.

사방이 칠흑처럼 어두워졌을 무렵, 사와티 스튜디오의 입구 앞에는 반조가 서 있었다.

잠시 후 스태프인 오토모가 스튜디오에서 나왔다.

반조는 곧바로 오토모에게 다가가 말을 걸었다.
"잠시 시간 괜찮으십니까?"

다음 날 아침, 손가락살인대책실에서 반조가 팀원들에게 인쇄된 자료를 내밀었다.
"이게 뭐야?"
고시가야가 반조에게 물었다.
"온라인 카페에서 호시노를 집단 따돌림 한 증거입니다."
반조가 거침없이 말했다.
"집단 따돌림?"
"예전에 카페 내에서 호시노가 분위기 파악을 못 한다고 여럿이 합세해서 괴롭혔다고 합니다. 사와이시의 스태프가 당시 기록을 저장해 놓았더군요."

「스타피시 : 큰 병어를 잡았습니다. 비결 전수합니다!」
사와티가 댓글을 달았다.
「스타피시 씨, 그 병어 진짜로 잡은 건가요? ★」
그러자 사와티를 추종하는 다른 회원들이 몰려와 동조했다.
「그러게요. 이거 산 거죠? 큭큭. ★」, 「애당초 별로 크지도 않음. ★」, 「비법 전수라니……. 누가 물어봤대? 풉. ★」

반조가 상황을 해석했다.
"호시노가 글을 올리면 사와이시가 비판적인 댓글을 쓰고, 이를 기점으로 다른 회원들이 몰려와 공격한 겁니다."

반조의 말대로 자료를 보니 다른 게시물에서도 비슷한 양상을 보였다.

「스타피시 : 이번에는 낚시하는 영상을 찍었습니다! 비결을 쉽게 가르쳐 드립니다!」

실제로 낚시한 증거 영상을 올려도 사와티가 즉시 딴지를 놓았다.

「얼굴이 안 찍혔잖아요. 어떻게 믿으라는 건지. ★」

다른 회원들도 덩달아 비난했다.

「그러게, 진짜. 크큭.」, 「근데 이 녀석은 왜 맨날 거들먹거리는 거야? 우릴 가르치겠다고? 참나. ★」, 「스타피시라는 닉네임은 뭔데?」, 「새삼 웃김. 하하.」

"카페에서 호시노의 인기가 높아지면서 사와이시가 뒷전으로 밀리자 눈에 거슬렸던 것 같다고 합니다."

"그런 이유로……."

사쿠라가 무심코 탄식을 내뱉었다.

반조의 말은 이어졌다.

"이런 일이 계속되자 호시노도 반박하다가 점점 제어가 안 된 것이죠."

「닥쳐! 쥐뿔도 모르는 주제에!!」, 「사와티는 그냥 머저리임.」, 「나가 죽어!!!」

자료를 다 훑어본 리리코가 반조에게 물었다.

"이 시기가……."

"게시물 삭제 시기와 겹쳐."

반조가 냉정하게 대답했다.

"이 일을 은폐하기 위해 삭제했다는 말인가."

시노미야가 이제야 이해가 간다는 듯이 말했다.

"즉, 호시노는 협박의 가해자인 동시에 집단 따돌림의 피해자인 셈이지."

반조가 결론을 지었다.

"근데 이게 그렇게까지 집착할 일인가?"

고시가야가 의문을 드러냈다.

"여기밖에 없었던 것 아닐까요."

시노미야가 진지한 얼굴로 말했다.

"현실에서 호시노는 마음을 둘 곳이 아무 데도 없었어요. 그러니 그 사람에게는 여기가 유일한, 가까스로 찾아낸 자신의 공간이었던 거죠."

시노미야는 과거의 자신을 오버랩하여 생각하는 듯했다.

"부당해요. 호시노 씨가 무슨 잘못이라고……."

사쿠라가 슬픈 목소리로 말했다.

"아니, 협박하고 있는 건 사실이니까."

"하지만 따돌림이 없었다면 협박도 하지 않았을 거예요."

"뭐, 이쪽이나 저쪽이나 오십보백보지."

사와티 스튜디오로 찾아간 사쿠라는 사와티와 둘이서 이야기를 나

놨다.

"뭐요? 사과?"

사와티가 놀라서 억양을 높였다.

"네. 사와이시 씨가 사과하면 호시노 씨도 그만둘 거라 생각합니다. 그 사람은 처음부터 사과를 요구하고 있었으니까요."

"따돌림이 있었다는 말을 정말 믿는 건가요?"

시치미를 떼는 사와티에게 사쿠라는 숨을 한 번 내쉰 뒤 증거 자료를 보여주었다.

"이 자료를 보고도 그렇게 말씀하실 건가요?"

"이걸 누가……."

자료를 보고 동요하는 사와티에게 사쿠라가 말했다.

"서로 자기 잘못을 사과하고 화해하면 그걸로 끝날 문제입니다. 한번 생각해 보시죠."

아무것도 없는 공실에서 호시노가 시오리의 전화번호가 적힌 종이를 손에 쥐고 멍하니 바라보고 있었다.

그때 호시노의 휴대폰에서 트위터의 다이렉트 메시지 착신음이 울렸다.

사와티가 보낸 메시지였다.

「처참하게 짓밟아 주지.」

메시지에 첨부된 유튜브 URL을 클릭하자 동영상이 송출되었다.

"안녕하세요, 사와티입니다. 오늘은 여러분께 꼭 알려드려야 할 소식이 있습니다."

그 무렵 사무실에서 PC를 보고 있던 시노미야가 소리를 높였다.

"어……! 잠깐 이것 좀 보세요!"

사와티는 카메라를 바라보며 호소했다.

"얼마 전 온라인 카페를 탈퇴한 회원으로부터 이런 다이렉트 메시지가 왔습니다."

사와티는 카메라를 향해 휴대폰을 내밀고 익명 계정이 보낸 협박 메시지를 보여주었다.

"이 메시지를 보고 무서워져서 경시청 손가락살인대책실에 수사를 의뢰했습니다. 그런데 놀랍게도 경찰은 그놈한테 사과해라, 그러면 원만히 해결될 거다, 라며 저에게 사죄를 강요했습니다. 설마 경찰이 그런 말을 할 줄은 상상도 못 했던 저는 절망에 빠졌습니다. 지금 심히 공포를 느끼고 있습니다."

조금 뜸을 들였다가 사와티는 카메라를 향해 단호하게 말했다.

"하지만 저는 정정당당하게 맞서 싸우겠습니다! 여러분, 이번 일을 어떻게 생각하십니까? 제가 사과해야 하는 걸까요?"

손가락살인대책실에서는 팀원들이 모니터로 송출되는 영상을 시청하고 있었다.

"왜 단독 행동을 한 거지?"

고시가야가 사쿠라를 보며 질책했다.

"죄송합니다……."

사쿠라는 고개를 숙인 채 조용히 사과했다.

"SNS는 이번 건으로 아주 야단법석입니다."

"그럴 법도 하지."

시노미야가 보고하자 고시가야는 당연하다는 듯이 말했다.

시노미야의 PC와 연결된 모니터에는 실시간으로 SNS에 올라오는 글이 하나씩 떴다.

「경찰 못 믿겠네.」

「무시무시한 권력의 횡포.」

「근데 왜 사과를 하라는 건데? 전혀 할 필요 없음.」

그중에 「협박범 찾아냈다! 이놈인 듯.」이라는 글이 올라오면서 호시노의 신상 정보가 줄줄이 노출됐다.

"큰일 났네. 다 털렸어."

리리코가 무심코 말했다.

그러나 거기서 그치지 않았다.

「이 사람 사와티 카페 회원이었나 봐.」

「지 맘대로 일 그만두고 지금 백수래.」

「뭐야, 인간쓰레기잖아.」

이런 글 사이에서 호시노의 익명 계정이 눈에 띄었다.

「내가 너희를 기필코 단죄해 주마. 이건 모두의 대의를 위해서야.」

"앗, 호시노가 글 올렸네."

리리코가 발견했다.

"그런 말 하면 타는 불에 기름 붓는 꼴인데……"

시노미야의 걱정대로 SNS는 점점 거세게 불타올랐다.

「뭐래? 얘 무슨 소리 하냐?」

「머리가 어떻게 된 거 아니야? 하하.」

「다 같이 혼쭐 좀 내 줍시다.」
"이게 다 저 때문이에요……."
사쿠라는 무거운 한숨을 내쉬었다.

도서관 직원인 곤노와 시무라는 상기된 목소리로 대화하고 있었다.
"트위터 봤어? 그 호시노라는 남자, 위험한 사람이었어."
"협박 내용 봤는데 너무 무섭더라. 그런 사람이 여기에 다녔다니."
곤노와 시무라는 잔뜩 흥분해 있었다.
시오리는 옆에 놓인 휴대폰이 진동하는 것을 전혀 알아차리지 못했다. 아무 말도 못 한 채 그저 두 사람을 바라볼 뿐이었다.

누군가 공실 안으로 들어오자 휴대폰 화면을 바라보고 있던 호시노가 재빨리 경계 태세를 취했다.
들어온 사람은 부동산 중개인과 임차인이었다. 그들은 곧 호시노를 발견했다.
"어이, 당신 거기서 뭐 하는 거야?"
호시노는 잽싸게 도망쳤다.
"어? 저 녀석 트위터에서 유명한 놈 아니야?"
호시노를 알아본 임차인이 휴대폰 카메라를 꺼내 들었다.

손가락살인대책실에서는 팀원들이 필사적으로 호시노의 정보를 수집하고 있었다.
"호시노 목격 제보입니다!"

트위터에서 「호시노 발견!」이라는 제목에 공실 주소와 함께 도망치는 호시노의 사진이 첨부된 게시물을 찾아내고 시노미야가 소리쳤다.

사쿠라는 그 트위터를 보자마자 사무실을 뛰쳐나갔다. 반조도 뒤따라 나갔다.

"잠깐 기다려!"

반조가 사쿠라의 팔을 붙들고 말렸다.

"지금 가 봐야 이미 떠나고 없어. 침착해."

"전 침착해요."

사쿠라의 흥분한 목소리가 복도에 울려 퍼졌다.

"왜 단독으로 움직였지?"

반조가 사쿠라의 팔을 놓고 물었다.

"사와이시를 만나러 간다는 얘기를 왜 아무한테도 안 했느냐고."

"말했으면 말렸을 거잖아요……. 호시노에게만 일방적으로 죄를 묻는 건 불합리해요. 사와이시에게도 죄가 있다고요. 그러니 사와이시가 피해 신고를 철회하기만 하면 전부 원만하게……."

"넌 호시노한테 너무 감정 이입 하고 있어. 머리 좀 식혀!"

반조는 위압적으로 사쿠라의 말을 제지했다.

그때 하토리가 걸어왔다. 하지만 반조와 사쿠라의 심상치 않은 분위기를 감지하고는 얼른 몸을 숨겼다.

"……죄송해요."

사쿠라는 숨을 고르고 반조에게 사과한 뒤 천천히 말문을 열었다.

"3년 전에 친구가 자살했어요. 고등학교 때부터 친했던 아이예요…….

그 애는 원래부터 사람 사귀는 게 서툴러서 직장에서도 외톨이였나 봐요. 한때는 인터넷에서 마음 둘 곳을 찾은 적도 있는데, 거기서도 잘 적응하지 못했어요."

반조는 진지한 눈빛으로 사쿠라의 말을 들었다.

"저한테 여러 번 도와달라는 신호를 보냈어요. 하지만 전 일이 바쁘고 지금은 여유가 없다는 핑계로……, 결국은 무시한 거죠. 저밖에 없는데……. 분명 절망했을 거예요……. 그 애는 스스로 차도로 뛰어들었어요……. 다 저 때문이에요."

사쿠라의 목소리는 떨렸다.

"지금도 생각해요. 제가 그때 친구에게 조금이라도 손을 내밀었다면, 조금이라도 친구의 편이 되어 주었다면, 그런 일은 벌어지지 않았을 거라고요."

사쿠라의 눈에 눈물이 핑 돌았다. 하지만 꾹 참으며 말했다.

"죄송해요. 왜 이런 얘기를……. 돌아가죠."

사쿠라가 발길을 돌리려는 차에 반조가 천천히 입을 열었다.

"……나도 파트너를 구하지 못했어."

갑작스런 고백에 사쿠라는 깜짝 놀라 돌아보았다.

"수없이 자책했지만 과거는 바꿀 수 없어. 너도 나도 마찬가지야. 두 번 다시 똑같은 일을 되풀이할 순 없잖아. 그러니 여기서 막자고. 아직 늦지 않았어."

"네."

반조의 힘 있는 설득에 사쿠라 역시 힘차게 대답했다.

두 사람의 모습을 하토리는 뒤편에서 계속 지켜보고 있었다.

그때 사쿠라의 전화가 울렸다. 전화기 너머에서 시오리의 목소리가 들렸다.

"방금 휴대폰을 보니 호시노 씨한테서 전화가 와 있었어요……. 전화 온 줄 모르고 못 받았더니 음성 메시지를 남겼더라고요……."

손가락살인대책실에서 자리에 앉아 있던 고시가야가 목소리를 높였다.

"사와이시가 상습범이라고?"

고개를 끄덕이며 리리코가 말했다.

"이번에 호시노가 타깃이었듯이 과거에도 온라인 카페에서 괴롭힘이 있었다고 해요."

"그래? 정보원은 누군데?"

"어나니머스."

리리코는 자기 자리로 다가오는 고시가야에게 '블라인드 경찰'의 게시판을 보여주었다.

시노미야가 상황을 보고했다.

"어나니머스라는 인물이 그 정보를 누출했는데, 여론이 몹시 들썩이고 있어요."

「뭐야, 사와티 최악이잖아.」

「원래부터 수상한 냄새가 났어.」

「털면 뭔가 더 나올 것 같지 않아?」

「다 같이 파헤쳐 보자!」

"그렇군. 대의를 위한다는 말은 이런 의미인가."

고시가야가 중얼거렸다.

"네?"

"왜, 아까 호시노가 익명으로 올린 글 말일세. 단죄하겠다고, 이건 모두의 대의를 위해서라고 했잖나."

어나니머스의 글을 가리키며 고시가야가 말했다.

"이 글 보고 호시노가 올린 거 아닐까?"

"호시노가 글을 올린 시각은 16시 15분. 어나니머스의 글이 15시 53분이니까, 시간순으로 따지면 가능한 이야기죠."

"거, 일이 커졌군."

고시가야는 그렇게 말하며 자기 자리로 돌아갔다.

"……그런데 단죄를 한다는 게 무슨 뜻일까요?"

리리코가 중얼거렸다.

"뭐? 그냥 응수한 거 아니겠어?"

"내가 너희를 기필코 단죄하겠다는 말, 뭔가 구체적이랄까. 결의가 느껴지지 않아요?"

반조와 사쿠라는 도서관에서 시오리의 휴대폰에 남겨진 호시노의 음성 메시지를 확인했다.

"여보세요……. 호시노입니다. 빌린 책 반납하러 갈 수가 없어서, 길거리에 있는 로커에 넣어 두었습니다. 조만간 관리 회사에서 연락이 갈 것 같습니다. ……저 같은 놈 얘기를 들어 주셔서 감사합니다."

여기에서 메시지가 끝났다.

"로커? 어디에 있는 거지?"

사쿠라는 잠시 생각하다가 기대하는 눈빛으로 반조를 쳐다보았다.

반조는 다시 한번 음성 메시지를 재생하더니 눈을 감고 귀를 기울였다.

"긴노하네 공동 모금에 작은 후원 부탁드립니다."

반조는 확신에 찬 목소리로 말했다.

"모금 활동을 하는 목소리가 들려. 장소를 알아낼 수 있을지도 모르겠어."

손가락살인대책실에서 고시가야가 사쿠라에게 전화를 걸었다.

"긴노하네 공동 모금에 문의했더니 오늘 16시경 모금 활동을 한 곳은 도쿄에서 한 군데뿐이었다는군. 지금 지도를 보내겠네."

반조와 사쿠라는 고시가야가 보내 준 지도를 참고하여 역 근처에 있는 로커로 갔다.

두 사람은 하나하나 주의 깊게 로커를 수색했다.

잠시 후 자물쇠가 잠겨 있지 않은 로커를 하나 찾아냈다. 그 안에는 책이 들어 있었다.

『일본 근해에 서식하는 갑각류의 생태 - 상권』

주위를 둘러보던 반조가 빌딩 CCTV를 발견했다.

"CCTV 영상 확인하러 가자."

반조와 사쿠라는 그 빌딩으로 달려갔다.

각자 떨어져 혼잡한 인파 속을 달리다가 사쿠라가 불현듯 발걸음을 멈추었다.

후드를 뒤집어쓴 남자의 뒷모습이 눈에 들어온 것이다. 사쿠라는 재빨리 그 남자를 쫓아 뛰기 시작했다.

반조가 뒤돌아보자 사쿠라의 모습이 사라져 있었다.

"이 자식 단독 행동 하지 말라고 했잖아!"

반조는 무심코 혀를 찼다.

"호시노 씨!"

사쿠라가 부르자 남자가 돌아보았다.

"……죄송합니다. 제가 잘못 봤네요."

사쿠라가 머리를 숙이자 남자는 의아한 표정으로 가던 길을 갔다.

그의 멀어져 가는 뒷모습을 멍하니 바라보던 사쿠라는 문득 인기척을 느끼고 천천히 고개를 옆으로 돌리자 큰길 건너편에 후드를 뒤집어쓴 남자가 또 한 명 걸어가고 있었다.

그 남자가 누군지 확신한 사쿠라는 휴대폰을 꺼내 들었다.

큰길을 따라 걷는 호시노의 눈은 결의에 찬 듯 힘이 베여 있었다. 호시노의 휴대폰이 울렸다. 화면에 모르는 번호가 떴다.

호시노는 잠시 주저하다가 천천히 전화를 받았다.

"……호시노 씨죠? 움직이지 말고 거기에 계세요."

"……누구시죠?"

"경시청의 우수이 사쿠라입니다."

호시노가 시선을 돌리자 큰길 건너편에서 자기 쪽을 보며 전화하는 정장 차림의 젊은 여자가 있었다.

그 여자가 경시청의 우수이 사쿠라라는 것을 금방 알아차렸다.

"호시노 씨, 지금 무슨 생각 하고 계시죠? 혹시 무모한 일을 꾸미고 계신다면 그만두세요. 하고 싶은 말이 있으시거든 얼마든지 들어드릴

게요."

호시노는 나직이 물었다.

"……이 번호 어떻게 알았지?"

"야마나 시오리 씨한테 들었습니다."

"……야마나……."

그 이름을 들은 호시노는 심한 충격을 받았다.

사쿠라는 건너편에 있는 호시노에게 시선을 고정한 채 말했다.

"도서관의 야마나 시오리 씨요. 조금 전에 전화하셨죠?"

전화기 너머의 호시노는 묵묵부답이었지만 사쿠라는 개의치 않았다.

"당신은 지금 혼자라고 생각할지도 몰라요. 하지만 그렇지 않아요. 당신을 받아줄 사람도, 당신이 존재할 곳도 틀림없이 있어요. 그러니까……."

"없잖아."

전화기 너머에서 자조하던 호시노가 강한 어조로 말하기 시작했다.

"결국엔 다들 배신해. 아무도 나 같은 건 신경 쓰지 않아. 그런 데가 어디에 있다는 거야. 아무 데도 없었어. 어디에도 그런 사람은 없었다고."

차마 말을 잇지 못하고 휴대폰을 귀에 댄 채 우뚝 서 있는 사쿠라에게로 반조가 뛰어왔다.

그 모습을 멀찍이 떨어진 곳에서 보고 있던 호시노는 전화를 끊고 어디론가 달려갔다.

"반조 선배, 어떻게 해야……."

"호시노가 어디로 가는지 알아냈어!"

시노미야는 사무실에서 PC로 '블라인드 경찰'의 게시판을 띄웠다. 게시판에는 「사와티 구독자 300만 달성 기념 기획 생방송이 있다.」, 「장소는 OO. 일시는 XX.」, 「호시노 씨, 직접 만나서 얘기할 기회예요!」 등의 글이 있었다.

"아마 호시노는 여기로 가고 있을 겁니다."

시노미야가 말하자 고시가야는 급박한 표정으로 지시했다.

"즉시 수사1과에 연락해."

사와티는 스태프들과 함께 생방송 준비에 한창이었다.

그리고 마침내 생방송이 시작됐다.

"네, 안녕하세요. 사와티입니다. 이런저런 일로 어수선한 상황입니다만, 어두운 소식만 전해 드릴 수는 없죠! 그래서 기념으로 첫 생방송을 기획했습니다. 무슨 기념이냐고요? 여러분, 300만 돌파 감사합니다!"

사와티의 경쾌한 목소리와 스태프들의 박수 소리가 울렸다.

손가락살인대책실의 모니터에도 이제 막 시작한 사와티의 생방송이 흘러나오고 있었다.

고시가야와 시노미야와 리리코는 모니터 속 사와티의 모습을 바라보았다.

"관중이 제법 많은 것 같은데요?"

화면 속에서 사와티가 우쭐거리며 떠들기 시작했다.

이윽고 반조와 사쿠라가 생방송 현장에 도착했다.

겹겹이 늘어선 관중의 안쪽에서 카메라를 향해 떠드는 사와티를 발견했다.

"정말 감격입니다. 여러분도 축하해 주고 계시죠?"

반조와 사쿠라는 인파를 가르며 호시노의 모습을 찾아다녔다. 하지만 혼잡한 틈바구니에서 호시노를 발견하는 일은 그리 녹록지 않았다. 그런 두 사람을 흘끗 곁눈질하며 후드를 뒤집어쓴 호시노가 사와티에게 은밀히 접근했다. 호시노는 품에서 무언가를 꺼내 들었다.

"그럼 이번 기획 방송을 소개하자면……."

아무것도 눈치채지 못한 사와티가 말을 꺼낸 순간, 관중 속에서 호시노가 불쑥 뛰쳐나왔다.

"사와티!!"

마치 짐승이 포효하는 듯한 소리였다. 촬영 현장은 쥐 죽은 듯이 고요해졌다. 호시노의 손에는 칼이 쥐여 있었다.

"어, 어?!"

촬영 현장이 전율에 휩싸였다. 지금까지의 평온했던 곳이 아수라장으로 돌변했다.

반조와 사쿠라는 혼란스러운 현장을 보고 단번에 상황을 파악했다.

"호시노 씨!"

사쿠라가 소리를 질렀다.

"자, 잠깐. 머, 멈춰! 뭐야!"

도망치려고 우왕좌왕하는 사와티와 스태프를 벼랑 끝으로 몰아가듯 호시노는 한걸음씩 다가갔다.

"네 놈만은! 내가 네 놈만은!"

"누, 누구야 너!"

애타게 절규하는 사와티에게 호시노는 울부짖는 듯한 목소리로 외쳤다.

"단죄를 하고야 말겠다!!"

"……호시노?"

사와티가 누군지 깨달았을 때는 이미 자신을 향해 달려든 호시노의 모습이 눈앞에 와 있었다. 간발의 차로 피했으나 사와티는 몸의 중심을 잃고 고꾸라졌다. 호시노도 함께 넘어졌지만 재빨리 일어나 다시 사와티를 덮쳤다.

반조와 사쿠라는 아비규환이 된 인파 속을 파헤치며 달려왔다. 한시의 유예도 없었다.

도서관에서는 곤노와 시무라가 휴대폰으로 그 광경을 보면서 시끄럽게 소리쳤다.

"말도 안 돼! 위험해, 위험해!"

"이거 실화야?"

시오리는 두 사람의 휴대폰 영상을 보자마자 쏜살같이 뛰쳐나갔다.

촬영 현장에서는 쓰러진 사와티를 호시노가 위에서 내려다보고 있었다.

손에는 칼이 있었다. 결국 호시노는 칼을 치켜들고 아래로 내리찍었다.

사와티가 눈을 질끈 감은 그 순간, 호시노가 누군가에게 떠밀려 나가 떨어졌다.

하토리였다.

뒤에서 수사1과의 다른 형사들도 달려왔다. 경관 여러 명이 사와티를 둘러싸듯 호시노를 막아섰다. 다른 경관들이 그를 제압하려고 했으나 호시노는 칼을 휘두르며 위협했다.

하토리가 호시노에게 소리쳤다.

"호시노! 칼 내려놔!"

"비켜! 저놈을 단죄해야 돼!"

"그런 짓 해 봤자 아무 도움도 안 돼. 남들한테 구경거리나 제공할 뿐이라고."

"닥쳐!"

하토리의 말을 듣고 호시노는 격노하며 칼을 세게 쥐었다.

그곳으로 반조와 사쿠라가 도착했다.

사쿠라가 호시노를 향해 소리쳤다.

"호시노 씨! 멈추세요! 아직 늦지 않았어요. 되돌릴 수 있어요!"

사쿠라의 외침에 호시노는 순간 주저했다.

"이게 너희가 한 짓에 대한 복수다!"

호시노는 그렇게 소리치며 자기 배를 찔렀다.

시오리의 휴대폰 유튜브에서도 그 비극이 생중계되었다.

시오리는 그 자리에 무너져 내렸다.

형사들이 하나둘 쓰러진 호시노에게로 다가갔다.

사쿠라와 반조는 움직이지 못한 채 그 자리에 망연히 서 있었다.

비극이 벌어지고 며칠 후였다. 손가락살인대책실에서 리리코가 그날 이후의 상황을 고시가야와 시노미야에게 알렸다.
"조사해 보니 사와이시가 인터넷 따돌림의 상습범이었다는 사실은 거의 확실해요. 어나미머스는 이를 공개함으로써 사와이시에게 사적 처벌을 한 건지도 몰라요……. 계정은 폐쇄되고 인터넷은 사와이시에 대한 비난으로 들끓고 있어요. 어나니머스의 의도대로 된 거겠죠."
"하지만 그 희생양이 된 호시노 씨의 인생은 어떻게 되는 거죠?"
그러자 고시가야도 전에 없이 강경한 어조로 말했다.
"사적 처벌이라니, 용납할 수 없는 일이지."

사와티 스튜디오에는 PC 앞에 망연자실하게 앉아 있는 사와티가 있었다. PC 화면에는 이용 정지된 사와티의 계정이 떠 있었다.

호시노는 경찰 병원에 입원했다. 병실에서 눈을 감고 누워 있는 호시노의 곁에서 사쿠라가 살며시 말을 걸었다.
"앞으로는 그러지 마세요."
"……."
"아무도 날 신경 쓰지 않는다는 말 하지 마세요."
"……."
"당신이 존재할 곳은 반드시 있어요."
그때 인기척을 느낀 사쿠라가 병실 문을 열었다.

시오리가 서 있었다.

사쿠라는 아무 말 없이 병실을 나왔다.

시오리는 계속 눈 감고 있는 호시노 옆에 조용히 앉더니 가방에서 무언가를 꺼냈다.

"구하기 정말 힘들었어요. 앞으로도 이런저런 얘기 들려주세요."

시오리의 손에는 『일본 근해에 서식하는 갑각류의 생태 - 하권』이 들려 있었다.

호시노의 감은 눈에서 한줄기 눈물이 흘러내렸다.

사쿠라가 병실을 나오자 복도에 서 있던 반조와 눈이 마주쳤다.

"아······."

말을 걸 겨를도 없이 반조는 휙 뒤돌아 엘리베이터로 걸어갔다. 사쿠라는 저도 모르게 미소를 지으며 가벼운 발걸음으로 반조를 뒤따라갔다.

손가락살인대책실도 평범한 일상으로 돌아갔다. 팀원들이 각자 업무를 보고 있을 때 전화벨 소리가 울렸다.

고시가야가 받았다.

"네, 손가락살인대책실입니다."

"조가사키 부장일세."

이름을 듣고 고시가야는 화들짝 놀랐다.

"······형사부장님!"

그 목소리에 팀원들이 일제히 고시가야 쪽을 바라보았다.

조가사키는 형사 부장실에서 나지막한 목소리로 말했다.

"인터넷에서 화제인 어나니머스에 대해 보고하게. 손가락살인대책실의 존속과 관련된 문제일지도 모르네."

안색이 창백해진 고시가야를 반조와 사쿠라가 쳐다보았다.

6. 스에마쓰 카오리

수명이 다 되어 가는 가로등 불빛이 깜박깜박 점멸했다.

대학생 구누기 소이치로는 평소처럼 학교에서 집으로 돌아가는 길이었다. 이 근방은 한적한 주택가라 낮에는 평온하고 살기 좋지만, 저녁만 되면 인적이 끊기고 다소 스산했다.

불현듯 등 뒤에서 자동차 라이트가 빛을 비췄다. 소이치로는 차를 먼저 보내려고 도로 우측으로 붙었다. 뒤에서 나타난 검은 승합차는 소이치로를 지나치는가 싶더니 브레이크 소리와 함께 시야를 가로막으며 급정차했다.

눈앞에 나타난 무례한 검은 승합차로 인해 소이치로의 단정한 얼굴이 의문으로 일그러졌다.

승합차 운전석에서 남자가 뛰쳐나왔다. 남자는 기묘한 가면을 쓰고 있었다. 우는 얼굴인지 웃는 얼굴인지 분간이 가지 않는 기이한 광대 가면을 보며 소이치로는 무슨 영문인가 싶어 그 자리에 우뚝 섰다. 그러자 갑자기 전신을 관통하는 통증이 느껴졌다.

"으악……."

남자의 오른손에는 전기 충격기가 쥐여 있었다.

소이치로의 다부진 몸은 중심을 잃고 털썩 쓰러졌다. 가면을 쓴 남자는 승합차 뒷문을 열어 소이치로의 몸을 난폭하게 밀어 넣은 후 운전석에 올라탔다. 액셀을 밟는 소리와 함께 검은 승합차는 맹렬한 속도로 밤의 어둠 속으로 사라졌다. 가로등 불빛은 마치 위험을 알리는 경고등처럼 마구 깜박였다.

조가사키 아키후미는 형사부장실에서 책상에 양쪽 팔꿈치를 괸 자세로 용건을 꺼냈다.

"그 어나니마스에 관해서 말인데……."

조가사키의 앞에는 딱딱하게 서서 심각한 표정을 지은 고시가야가 있었다.

"내부에서 소문이 돌고 있네."

"어떤 소문 말씀이신지……."

"손가락살인대책실의 누군가가 어나니머스와 내통하고 있다, 혹은 어나니머스 본인이다, 라는 소문이네."

어처구니없어하는 고시가야의 비난 섞인 눈초리를 느끼며 조가사키는 말을 이었다.

"바로 며칠 전에도 경찰 간부 출신의 실명이 고발됐어. 분명 정보가 새고 있네."

"형사부장님, 외람된 말씀입니다만……, 경찰 내부의 모든 파일은 공유 서버에서 관리되고 있습니다. 권한을 가진 사람이라면 누구든 접근 가능합니다."

"······손가락살인대책실에는 그자도 있으니까."

고시가야의 반론을 들으며 조가사키는 수사1과에서 손가락살인대책실로 좌천된 인물의 얼굴을 떠올렸다.

손가락살인대책실로 돌아온 고시가야는 일부러 밝은 목소리로 떵떵거렸다.

"아무튼 우리 손가락살인대책실을 모함하는 무리가 있지만 안심들 하라고. 이 몸이 따끔하게 한마디 하고 왔으니까."

"분명 입도 벙긋 못 하고 순순히 물러났을 거예요."

사쿠라가 손등으로 입을 가리며 반조에게 소곤소곤 귀엣말을 했다.

반조는 들리지 않는다는 양 시선을 아래로 던졌다.

실망스런 표정으로 리리코가 입을 삐죽 내밀고 푸념했다.

"왠지 기운이 쪽 빠지네. 주위에서 그런 식으로 생각하다니. 그렇지, 시노미야?"

"맘대로 지껄이라죠······."

시노미야는 PC 화면을 뚫어져라 쳐다보며 건성으로 대답했다.

"뭐야, 반응이 시원찮네. 근데 아까부터 뭐 보고 있어?"

리리코가 시노미야의 어깨 너머로 PC 화면을 들여다보니, 인터넷 뉴스 사이트에 까맣고 굵은 고딕체로 큼지막한 헤드라인이 쓰여 있었다.

시노미야가 화면을 보며 말했다.

"얼마 전 여대생이 바에서 강제로 술을 마시다 사망한 사건입니다."

"아, 맞아. 근데 웬일인지 경찰이 수사를 안 하고 넘어갔다고 시끄러웠지."

시노미야의 말을 들은 사쿠라가 아는 체했다.

"그 가게 주인이 경찰 간부 출신이었거든요. 근데 '블라인드 경찰'에 그 사실이 밝혀지면서 여론의 압박을 받고 경찰도 움직일 수밖에 없었죠."

"자자, 무슨 얘기들 하나? 일하자고, 일."

팀원들 사이의 심상치 않은 분위기를 감지하고 고시가야가 나섰지만 시노미야는 멈추지 않았다.

"그 사실을 밝힌 인물이……, 어나니머스입니다."

눈을 동그랗게 뜨고 사쿠라가 다시 화면을 보았다. 이제껏 무반응으로 일관했던 반조도 고개를 들어 시선을 돌렸다.

"경찰이 은폐하려 했던 죄악을 어나니머스가 끄집어낸 겁니다."

시노미야는 침착하게 설명한 후 애써 흥분을 억누르며 중얼거렸다.

"대단해……."

들릴까 말까 한 시노미야의 혼잣말에 반조는 인상을 찌푸렸다.

그때 젊은 여자의 목소리가 들려왔다.

"저……, 여기가 손가락살인대책실인가요?"

입구에는 젊은 여자가 쭈뼛쭈뼛 서 있었다.

이를 알아챈 고시가야가 대답했다.

"스에마쓰 카오리 씨? 얘기 들었습니다. 들어오세요."

고시가야는 여자를 상담 부스로 안내하고 사쿠라와 반조를 손짓으로 불렀다.

사쿠라가 조서 내용을 확인하며 카오리에게 물었다.

"스에마쓰 카오리 씨, 19세. 전문학교 1학년. 며칠 전부터 익명의 인신공격 메일을 받으셨다고요."

"네."

심각한 목소리로 대답하며 카오리가 고개를 끄덕였다.

"어떤 내용이었나요?"

"그게……. 이유는 모르겠지만 제가 아니라 제 남자 친구에 관한 내용이었어요."

"남자 친구요?"

의아해하는 사쿠라에게 카오리는 자신의 휴대폰을 보여주었다. 카오리의 왼쪽 손목에서 무지갯빛 팔찌가 빛났다. 순간 그 팔찌에 시선을 빼앗겼으나 사쿠라는 이내 휴대폰으로 눈을 돌렸다.

「네 남자 친구 용서할 수 없어.」

「그런 놈이랑 사귀는 네 머릿속이 이해가 안 가.」

"……그렇군요."

"그 남자 친구가 누굽니까?"

반조가 묻자 카오리는 휴대폰 사진을 보여주었다. 모델처럼 다부진 체형과 단정한 얼굴의 인상 좋은 남자가 찍혀 있었다.

"게이요 대학 1학년 구누기 소이치로입니다."

자기 자리에서 귀를 쫑긋 세우고 있던 리리코가 무심코 소리쳤다.

"구누기 소이치로? 그 야구부 꽃미남 왕자?"

"꽃미남 왕자라니. 선배, 레이더 반경이 너무 넓은 거 아닌가요."

넌더리를 내는 시노미야에게 리리코는 한술 더 뜨며 말했다.

"차기 에이스 후보. 아이 엄마들 사이에서 인기야."

고시가야가 카오리에게 물었다.

"관할서에서는 뭐라고 하던가요?"

"내용도 구체적이지 않고 지금 단계에서는 움직일 수 없다고요. 그래서 여기를 소개받고 왔어요."

불안한 표정으로 카오리가 대답했다.

"누가 그런 메일을 보냈는지 짐작 가는 사람은 없나요?"

"단순한 인신공격이면 무시했을 텐데……, 이런 메일도 와서……."

「전부 빼앗아 줄 테니 각오해.」

그 글을 본 사쿠라가 고시가야에게 물었다.

"이건 도가 지나치죠?"

"그러네. 협박으로 해석되는군."

"게다가 어젯밤부터 남자 친구랑 연락이 안 돼요. 오늘 데이트 약속이 있었는데."

카오리가 불안에 떨며 고백하자 사쿠라가 무심코 반조를 쳐다보았다.

그때 시노미야가 자리에서 다급한 목소리로 팀원들을 불렀다.

"잠깐 여기 좀 와 보세요! 유튜브에 이상한 동영상이 올라왔는데……, 구누기 소이치로 씨 이름이……."

시노미야의 PC 화면에 나오는 어두운 동영상에는 'No Game'이라는 제목이 붙어 있었다.

시노미야가 재생 버튼을 눌렀다.

어느 폐공장일까. 폐자재가 굴러다니는 어두컴컴한 공간 한복판에 의자가 덩그러니 놓여 있었다.

그 의자에는 머리에 마대 자루를 뒤집어쓴 청년이 묶여 있었다. 꼼지락꼼지락 움직이는 것을 보니 의식은 있는 듯했다.

"뭐지 이거……? 감금……?"

사쿠라가 의문을 드러냈다.

그때 소름 끼치는 광대 가면을 쓴 남자가 나타났다. 어두운 폐허와 이질감이 느껴지는 화려한 가면을 쓴 그 남자는 청년에게 뒤집어씌운 마대를 천천히 벗겼다. 결박된 몸으로 안간힘을 다해 발버둥 치는 가련한 청년의 얼굴이 화면에 잡혔다.

"이건……."

반조가 숨을 죽였다.

사쿠라는 상담 부스에서 기다리고 있던 카오리를 불렀다. 당황한 사쿠라의 목소리를 듣고 허겁지겁 뛰어온 카오리는 화면에 비친 청년의 얼굴을 보자마자 눈을 크게 뜨고 소리쳤다.

"소이치로!"

그 소리에 모두가 말문을 잃었다. 가면을 쓴 남자가 천천히 카메라 앞으로 다가왔다.

"이 남자 뭐야……."

무심코 리리코가 중얼거렸다.

가면을 쓴 남자는 천천히 입을 열었다.

"구누기 소이치로. 난 이놈한테 소중한 것을 빼앗겼어. 그러니 나도 되갚아 주겠어. 이런 놈에게만 밝은 미래가 있다는 건 절대 용납 못 해."

증오에 가득 찬 목소리로 말하는 남자의 왼손에는 쇠망치가 들려 있었다.

이를 본 소이치로는 이성을 잃고 더욱 버둥거리기 시작했다.

남자는 오른손을 주머니에 찔러 넣어 디지털 숫자가 적힌 기계를 꺼냈다.

'4:00:00'라고 표시된 디지털 타이머였다. 그 위에 붙어 있는 빨간 버튼을 누르자 숫자가 움직이기 시작했다.

남자는 카메라를 향해 말했다.

"잘 들어. 제한 시간은 네 시간. 오후 2시까지 아무도 이곳을 찾아내지 못하면 이놈은 끝장이야. 다들 애지중지하는 꽃미남 왕자잖아? 그럼 건투를 빌지."

그다음 남자는 소이치로에게 말을 걸며 천천히 카메라로 손을 뻗었다. 그리고 화면은 꺼졌다.

모두가 아연실색한 얼굴로 어두워진 화면을 바라보았다.

「이거 실화야?」, 「그 소이치로 맞아?」, 「멈춰! 우리의 소중한 꽃미남이!」, 「경찰 뭐 하고 있어?」, 「이놈 위험하네.」, 「특정반 서둘러!」 등의 댓글이 잇따라 달렸다.

카오리는 후들후들 떨리는 자신의 어깨를 양손으로 감싸 쥐었다.

"자, 일단 진정해요."

사쿠라는 카오리의 어깨를 끌어안고 다정하게 말하며 상담 부스로 데려갔다.

"이건 명백한 감금 사건이야……."

반조는 고시가야의 말에는 반응하지 않고 댓글이 올라오는 화면을 응시했다.

수사1과의 하토리는 손가락살인대책실에서 젊은 형사와 함께 문제의 영상을 확인한 후 손목시계를 보며 고시가야에게 물었다.

"오후 2시…….벌써 네 시간도 안 남았군. 범인의 구체적 요구는 뭘

니까?"

"특별히 없습니다."

"상황은 알겠습니다. 이후 지휘권은 수사1과에서 가져가죠."

"알겠습니다."

물러나려는 하토리 일행에게 시노미야가 물었다.

"저희는 무슨 일을 할까요?"

하토리와 함께 온 젊은 형사가 비웃듯이 말했다.

"평소처럼 인터넷 서핑이나 하든가. 아무도 기대 안 하니까. 더구나 이 중에 어나니머스가 있는지 누가 알아."

마지막에는 노골적으로 반조를 노려보았다. 반조도 말없이 날카로운 시선을 던졌다.

"가자."

하토리는 젊은 형사를 데리고 사무실을 빠져나갔다.

"함부로 바보 취급이나 하고……."

"어쨌든 우리가 할 수 있는 일은 전력을 다해 보자고."

분통을 터뜨리는 시노미야에게 고시가야가 평소와 같은 말투로 타일렀다.

"시노미야, 감금 장소를 특정할 수 있겠나?"

"아마 공공 와이파이를 썼을 겁니다. 계정을 조사하면 신상 정보는 알아낼 수 있다 해도 위치까지는……."

"인신공격 메일에서 뭔가 건질 수 있을지도 모르지. 사람 목숨과 관련된 일이니 긴급 조회가 가능할 걸세."

"한번 부딪혀 보죠."

고시가야가 지시하자 리리코가 대답하며 사무실을 뛰쳐나갔다.

손가락살인대책실의 움직임이 어수선해진 가운데, 상담 부스 소파에 앉은 카오리는 열심히 휴대폰을 조작하고 있었다. 무언가를 쓴 다음 전송 버튼을 눌렀다. 그때 반조가 들어왔다.

"소이치로 씨와의 관계를 조금 더 자세히 들려주시겠습니까?"

"소이치로는 저와 고등학교 동급생이자 야구부 에이스였어요. 전 매니저였고요."

"그때부터 교제하신 건가요?"

"아뇨. 졸업 후에 우연히 만났는데, 그때부터 사귀게 됐어요."

"그렇습니까."

TV 화면에는 셔터 소리와 빛이 교차했다. 회견석에 앉은 소이치로의 부모에게 질문이 쏟아졌다.

"아드님을 납치한 범인이 누군지 짐작 가십니까?"

"지금은 아무것도 모릅니다. 그저 걱정만 하고 있을 따름입니다."

"몸값에 대한 요구는 있었나요?"

"아닙니다. 하지만 돈이라면 얼마든지 드리겠습니다! 아들을 돌려주십시오!"

카메라를 향해 비통한 목소리로 절규하는 부모를 비추던 화면이 화려한 복장의 여자 리포터로 전환됐다. 리포터는 심각한 얼굴로 전했다.

"범인이 지정한 오후 2시까지 앞으로 세 시간 조금 남았습니다. 구누기 소이치로 씨의 안부가 염려되는 상황입니다."

모니터에서 나오는 와이드쇼를 힐끗 보며 고시가야가 투덜거렸다.
"가급적 범인을 자극하지 않으면 좋겠는데……."
"어……? 카오리 씨가 글 올렸네요."
트위터를 보던 시노미야가 퍼뜩 발견했다. 시노미야의 뒤에서 고시가야가 화면을 들여다보았다.
「(확산 요망) 제 남자 친구가 납치됐습니다. 게이요 대학 1학년. 야구부 구누기 소이치로. 유튜브에서 No Game으로 검색! 여러분의 힘을 빌려주세요!」
카오리의 실명 계정으로 올린 그 글에는 소이치로의 사진도 첨부되어 있었다.
"범인을 자극하면 역효과가 아닐지……. 삭제하라고 해야겠군."
카오리에게 가려는 고시가야를 시노미야가 말렸다.
"아, 이미 확산되기 시작했습니다."
"남자 친구를 구하고 싶은 간절한 마음으로 올린 거잖아요. 게다가 이 글을 계기로 단서를 잡을 수 있을지도 몰라요."
사쿠라가 덧붙였다.
그때 잠자코 있던 반조가 입을 열었다.
"범인의 목적은 도대체 뭐지."
"그건 소중한 것을 빼앗겠다는……."
사쿠라가 자신 없게 대답했다.
"죽이진 않더라도 두 번 다시 야구를 못 하도록 신체를 망가뜨리겠다는 의미일지도 모르지."
고시가야도 대답했다.

"그렇다면 굳이 방송을 내보내고 제한 시간까지 설정해서 사람들을 부추기는 목적은 뭡니까?"

반조가 또다시 질문했다.

"그만큼 원한이 쌓인 것 아닐까요? 일부러 여자 친구한테 공격 메일까지 보냈을 정도니까."

반조는 자료를 한 장 집어 들었다. 거기에는 카오리에게 보낸 인신공격 메일의 내용이 정리되어 있었다. 반조는 상담 부스로 가서 카오리에게 그 자료를 보여주었다.

"인신공격 메일 중에 이런 문구가 있었습니다."

「그놈은 살인자다.」

「절대 잊을 수 없어.」

자료를 보는 카오리에게 반조는 태블릿으로 조금 전의 감금 영상을 보여주었다.

"과거에 뭔가 짚이는 일 없습니까? 이 남자 말입니다."

영상에 빨려들어 갈듯 집중하던 카오리가 겨우 목소리를 짜내며 이야기하기 시작했다.

"……아라이 케이타의 목소리와 비슷해요……."

"아라이 케이타?"

카오리는 반조에게 자기 휴대폰 사진을 보여주었다.

"고등학교 때 찍은……, 한참 전 사진이긴 하지만……."

고등학교 시절의 야구부 단체 사진이었다. 카오리와 소이치로도 함께 있었다.

카오리는 그중 한 사람을 지목했다. 웃고 있는데도 어딘가 난폭한 분위기를 풍기는 소년이었다.

"이 사람이 아라이 케이타예요. 저희의 꿈을 무너뜨린 장본인이죠."

반조는 묵묵히 카오리의 말에 귀 기울였다.

"고등학교 3학년 봄, 저희 야구부는 고시엔 야구 대회에 출전하는 것을 목표로 단합했어요. 그 무렵 아라이 케이타는 소이치로에게 에이스 자리를 빼앗겨 화가 난 상태였어요. 그러다 어느 날 폭발해서……. 아라이 케이타는 소이치로의 멱살을 잡고 때리다가 결국 분에 못 이겨 눕히고 올라타서는……."

시노미야가 기가 막힌다는 투로 말했다.

"폭력을 쓰다니, 사리 분별을 못 하는군. 뒷일을 생각했어야지."

"맞아요. 그 일 때문에 야구부는 출전 정지를 당했어요."

"그럼 범인은 아라이 케이타겠네요?"

사쿠라가 묻자 카오리는 고개를 가로저었다.

"아뇨, 아라이 케이타는 죽었어요."

모두가 놀란 가운데 카오리가 계속 이야기했다.

"폭력 사건 직후 교통사고가 났어요. 아라이 케이타는 빨간 신호인 줄 모르고 휴대폰을 보면서 걷다가 트럭에 치여서 그만……."

"그럼 이 남자는……?"

태블릿 영상에 나오는 남자를 가리키며 고시가야가 물었다.

"아라이 케이타에게는 한 살 아래 남동생이 있어요. 아마 아라이 쇼타라는 이름일 거예요."

"아라이 쇼타?"

그 이름을 되묻는 사쿠라에게 카오리는 고개를 끄덕였다.

"형 케이타와 목소리가 비슷한 것 같아요."

그 시각 폐공장에서는 소이치로와 가면을 쓴 남자가 마주 보고 있었다.
방송 중계는 중단한 상태였다.
남자는 천천히 광대 가면을 벗으며 소이치로에게 물었다.
"내가 누군지 알겠나?"
소이치로는 입을 열지 못했다.
그곳에는 죽은 아라이 케이타와 매우 닮은 남자가 서 있었다.
"아라이 케이타의 동생이다."

"적반하장도 유분수지. 엄밀히 따지자면 아라이 케이타의 입장에선 자업자득 아닌가요?"
퉁명스럽게 내뱉은 시노미야의 그 말에 카오리의 표정이 살짝 굳었다.
그때 리리코가 노트북을 한 손에 든 채 돌아왔다.
"인신공격 메일을 보낸 사람을 알아냈어요. 아라이 쇼타, 18세. 네리마구에 거주하고 있어요."
리리코는 설명하며 PDF 데이터를 모니터로 전송했다. 사쿠라가 다른 팀원들의 얼굴을 바라보았다.
"예상이 들어맞았네요······."
"뭐? 뭐가?"
"나중에 설명하지. 계속해 보게."

상황을 이해하지 못한 리리코에게 고시가야는 보고를 재촉했다.

"아라이 쇼타는 행실이 불량했던 모양입니다. 17세 당시 오토바이 절도 미수로 사진과 지문이 등록되어 있습니다."

"본부에 보고하고 오겠네."

고시가야가 서둘러 본부로 향했다.

그때 트위터 화면을 보고 있던 시노미야가 무의식중에 소리를 높였다.

"아, 말도 안 돼……."

리리코가 시노미야에게 물었다.

"무슨 일이야?"

"우리보다 먼저 아라이 쇼타의 존재를 알아낸 사람이 있어요."

시노미야가 손가락으로 가리킨 화면에는 「구누기 소이치로의 납치범은 2년 전 폭력 사건을 일으킨 범인의 동생이다.」라고 적혀 있었다. 또한 아라이 쇼타의 실명과 야구부에서 일어난 사건의 내막이 자세하게 기술되고 마지막에는 「#구누기 소이치로를 구하라」라는 해시태그가 달려 있었다.

계정명은 '네리마 제2고등학교 졸업생입니다'였다.

상담 부스의 카오리도 이 글을 발견한 즉시 리트윗했다.

시시각각 돌아가는 시곗바늘을 바라보며 카오리는 간절히 기도하는 표정을 지었다.

폐공장에서는 쇼타가 '네리마 제2고등학교 졸업생입니다'라는 고발자에 의해 만천하에 드러난 자신의 신상 정보를 보고 있었다.

그 트윗에는 수많은 댓글이 달렸다.
「그 사건 기억나!」
「동생의 추가 보복인가?」
「그 사건과 연결됐을 줄이야.」
「얼른 구해야 하는데!」
등의 의견이 모이고 있었다.
"방금 그 익명 트윗, 카오리 씨가 리트윗하면서 엄청난 속도로 퍼지고 있어요."
"제보도 속속 들어오고 있어."
사쿠라와 리리코가 번갈아가며 말했다.
본부에서 돌아온 고시가야가 자리로 가면서 시노미야에게 지시를 내렸다.
"시간이 없네. 손가락살인대책실 게시판에서도 제보를 받게."
"알겠습니다."
그때 시노미야가 '블라인드 경찰'에서 어떤 글을 발견하고는 몸이 굳었다.

반조는 다시 카오리에게 물었다.
"동생 아라이 쇼타와는 면식이 있습니까?"
"네? 아뇨, 없는데요……."
"그가 왜 이렇게 이목을 끌려고 하는 걸까요. 혹시 짚이는 점 없으십니까?"
"죄송해요……. 전 그런 것까지는……."

고시가야가 PC에서 손가락살인대책실의 공식 사이트 게시판을 열었다. 그러자 관리자 계정으로 쓴 글이 올라와 있었다.

"뭐지?"

고시가야는 의아해하며 그 글에 첨부된 사진을 열었다.

같은 야경 사진이 여러 장 있었다. 자세히 들여다보니 화면 구석에 가면을 쓴 남자가 소이치로를 승합차에 밀어 넣는 모습이 찍혀 있었다. 그리고 이런 설명이 붙어 있었다.

「납치 순간에 포착된 사진입니다. 이 승합차를 목격하신 분은 손가락살인대책실로 제보 부탁드립니다.」

낯선 사진과 글이 올라온 것을 본 고시가야는 저도 모르게 험악한 목소리로 말했다.

"납치 순간?! 이거 누구야? 대체 우리 게시판에 누가 이런 글 올렸어?"

모두 머릿속에 물음표를 떠올리고 있으니 시노미야가 조용히 손을 들었다.

"시노미야! 이 사진 어디서 났어?"

"조금 전 '블라인드 경찰'에 올라온 겁니다."

"블라인드 경찰?!"

태연하게 털어놓는 시노미야의 말을 듣고 일제히 한목소리로 물었다.

시노미야는 사무실 중앙에 자리 잡은 대형 모니터에 '블라인드 경찰' 게시판 화면을 띄웠다. 납치 사진과 함께 「야경을 촬영하고 있는데 우연히 찍혔습니다. 이거 지금 화제인 꽃미남 왕자 납치 장면일까요?」라는 글이 달려 있었다.

"정보에 신빙성이 있다고 판단해서 퍼 왔습니다. 유력한 정보입니다. 손가락살인대책실의 오명을 벗기 위해서라도…….”

상기된 얼굴로 말하는 시노미야에게 반조가 버럭 화를 냈다.

"지금 네가 무슨 짓을 했는지 알고 있어? 근거도 모르는 정보를 경찰 공식 발표 자료로 쓴 거라고!"

"알고 있습니다. 하지만 지금은 시간이 얼마…….”

"그렇다고 우리가 인터넷에 떠도는 정보에 함부로 놀아나도 된다는 얘기는 아니잖아!"

"그럼 보고도 모르는 척하라는 말씀이신가요?"

시노미야는 전에 없이 흥분하며 반조에게 날을 세웠다.

"한시를 다투는 일입니다. 그리고 아무리 봐도 악의적인 글이 아니라고요. 시민의 선의에 기대는 게 무슨 잘못이라는 겁니까!"

벽시계는 이미 13시를 넘어서고 있었다.

모두 숨을 죽이고 두 사람을 쳐다보는 가운데 반조가 입을 열었다.

"애당초 범인의 목적이 불분명해. 이목을 끌려고 혈안이 돼 있어. 필요한 정보가 때마침 굴러들어오는 이 상황도 수상하고. 지나치게 순조롭게 흘러가고 있단 말이야."

"전혀 순조롭지 않습니다. 아직 감금 장소에 관한 실마리는 하나도 못 잡았다고요."

입을 굳게 닫은 반조에게 시노미야가 한마디 더 내뱉었다.

"형사님은 그렇게 해서 파트너도 내팽개치지 않았나요?!"

"뭐라고?"

"그만들 하세요!"

일촉즉발의 두 사람 사이에 끼어들어 사쿠라가 중재하려 하자 리리코가 휴대폰을 보며 목소리를 높였다.

"엄청난데? 트렌드 베스트 10에 들어갔어."

리리코가 휴대폰을 보여주었다. 화면에는 「#구누기 소이치로를 구하라」가 트렌드에 들어가 있었다.

"연예인이랑 저명인사들도 줄줄이 확산에 동참하고 있어."

"열기가 대단하네……."

"반조, 자네가 하는 말에도 일리는 있네만 어쨌든 지금은 시간이 촉박하네. 게다가 인터넷에 올라온 정보를 자세히 조사하는 것도 우리 손가락살인대책실의 임무잖나."

"……알겠습니다."

마지못해 대답한 반조는 프린터로 출력한 종이를 들고 문으로 향했다.

"어디 가요?"

리리코가 묻는 말에 반조는 대꾸하지 않고 밖으로 나갔다.

"아 진짜, 페이퍼리스라니까."

시노미야가 성을 내며 말했다.

반조가 나간 문을 바라보며 잠시 망설이던 사쿠라는 결심하고 사무실을 뛰쳐나갔다.

"기다리세요!"

반조가 뒤돌아보니 사쿠라가 헐레벌떡 쫓아오고 있었다.

"방금 뭐 출력하셨어요?"

"사고로 사망한 아라이 케이타에 관한 검색 결과야."

반조는 인쇄한 내용을 보여주었다.

"2년 전 글도 남아 있네요."

"그래. 대부분이 비난과 공격이지만……, 실제로 교류가 있던 학생들은 그를 옹호하기도 했어."

반조가 보여준 종이에는 「케이타는 그렇게 나쁜 놈이 아니었어.」 「걔는 누구보다 고시엔 야구 대회에 출전하는 게 꿈이었는데.」, 「케이타가 아무 이유 없이 폭력을 휘둘렀을 리 없어.」 등 호의적인 의견이 적혀 있고 그 밑에 빨간 줄이 그어져 있었다.

"소수의 목소리는 감쪽같이 묻힌 거군요……."

"아라이 케이타의 죽음이 이번 사건의 열쇠를 쥐고 있어."

굳은 결의를 보이는 반조의 옆얼굴에 사쿠라는 어느새 시선을 빼앗겼다.

반조가 앞으로 걸어가자 사쿠라도 말없이 따라갔다.

"……따라오지 마."

"저도 갈게요. 파트너니까요."

숙연하게 대답하는 사쿠라를 보며 반조는 2년 전 일을 떠올렸다.

험악한 얼굴로 걸어가는 반조의 앞을 구라키가 막아서며 물었다.

"또 단독으로 움직이려고 하시네요. 수사본부가 내린 결론에 반박할 생각이세요?"

"상관없어. 신경 쓰이는 게 있으면 확인하는 게 당연하잖아."

그러면서 반조는 서둘러 가던 길을 가려 했다.

"저도 갈게요."

"따라오지 마."
"신경 쓰이니까 확인하려고요. 선배가 뭘 하려는지."
"⋯⋯네 입장도 난처해질 거야."
"다음에 또 서운한 말 하시면 한 대 칠 겁니다."
입을 비죽 내밀고 말하는 구라키를 보며 반조는 무심코 쓴웃음을 지었다.

사쿠라의 모습이 2년 전 그날의 구라키와 닮아 보였다.
"맘대로 해."
반조와 사쿠라는 나란히 걸어 나갔다.

TV 화면에서는 구누기 소이치로 부모의 회견이 이어지고 있었다.
소이치로의 이름과 사진이 나왔다. 여자 리포터는 마이크를 들고 심각한 표정으로 상황 설명을 이어 나갔다.
"범인이 지정한 오후 2시까지 앞으로 1시간도 채 남지 않았습니다. 여전히 예단은 금물입니다만⋯⋯, 인터넷에는 범행에 사용된 것으로 보이는 검은 승합차를 목격했다는 제보가 속속 등장하고 있습니다."
시노미야가 '블라인드 경찰'에 올라온 내용을 팀원들에게 보고했다.
"'블라인드 경찰'에도 승합차 목격담이 잇따라 올라오고 있습니다."
그중에는 목격 장소와 시각이 정확히 기재된 제보가 많아 시노미야의 얼굴에 화색이 돌았다.
"트위터에는 누가 봐도 허위사실이거나 관심을 끌려는 글이 많은데, 확실히 이쪽은 작성자들의 수준이 달라요. 정보의 정확성도 높은 것 같습니다."

"'블라인드 경찰'도 약에 쓰일 때가 있네……."

리리코가 감탄하자 시노미야는 여러 SNS의 동향을 살펴보며 흥분해서 말했다.

"아직은 살 만한 세상이네요. 카오리 씨의 호소에 네티즌들이 선의의 물결로 응답하고 있어요."

「우리에게도 할 수 있는 일이 있어.」

「승합차 목격 제보를 기다립니다.」

「꽃미남 왕자를 구하는 모임.」

등 우호적인 글이 연달아 올라왔다.

상담 부스에 혼자 있던 카오리는 연신 휴대폰을 들여다보았다. 점점 퍼져 나가는 해시태그의 화면을 잠시 바라보다가 카오리는 결심한 듯이 일어섰다.

시노미야는 빠른 속도로 키보드를 두드리며 무언가를 계산했다.

"목격 제보를 시간순으로 늘어놓고……. 차의 제한 속도를 고려해서 물리적인 이동 가능 범위를 계산하면……."

중앙 모니터에 도내의 지도가 뜨고 목격 지점이 표시됐다. 그 점을 기준으로 여러 개의 동심원이 나타났다가 서서히 좁혀졌다. 고시가야가 흥분을 감추지 못하고 감탄했다.

"오오!"

"상당히 범위가 좁혀졌네요."

"본부에 정보를 공유해야겠어."

그때 리리코가 유튜브를 보면서 소리쳤다.
"아라이 쇼타가 생중계를 시작했어요!!"

가면을 써서 표정이 보이지 않는데도 불구하고 쇼타의 난폭함은 가릴 수 없었다. 휴대폰을 보며 카메라를 향해 사나운 목소리로 외쳤다.
"설마 이 쓰레기 같은 놈을 위해 사람들이 이렇게까지 움직일 줄이야. 앞으로 20분……. 이것만큼은 확실히 말해 두지. 이번 게임에서 이놈이 이길 일은 절대 없어! 절대로 없다고!"

"무슨 의미지……?"
의아해하는 고시가야에게 시노미야는 우쭐대는 표정으로 대답했다.
"아무 말이나 내뱉은 거겠죠. 이제 반경 2킬로미터 이내로 좁혀졌습니다. 아라이 쇼타도 초조해진 겁니다."
시노미야는 벽시계를 다시 한번 확인했다.
"이기는 건 우리라고!"

그 무렵 반조와 사쿠라는 차량 통행이 많은 교차로의 한 모퉁이에 서 있었다.
"여기는……?"
"아라이 케이타가 사고로 죽은 장소야."
"……."
가드레일 밑에 꽃다발이 놓여 있었다.
"오늘은 아라이 케이타의 기일이야."

"아, 그랬군요. 누가 헌화한 걸까요?"

사쿠라는 꽃다발이 놓인 곳으로 가까이 다가갔다. 그 옆에는 반짝이는 무지갯빛 원석 팔찌가 함께 놓여 있었다.

"이건……."

사쿠라는 그 팔찌를 주워 들었다.

소이치로의 입에 붙은 박스 테이프가 거칠게 떼어졌다. 소이치로의 시선이 가면을 벗은 쇼타의 맨얼굴을 향했다.

"……날 어떻게 할 작정이지?"

소이치로의 질문을 무시한 채 쇼타는 의자에 앉아 휴대폰을 만지작거리며 담담하게 입을 열었다.

"좋은 형이었어. 정의롭고 가족을 생각할 줄 알고."

"집어치워. 먼저 때린 건 그놈이야. 그 사건 때문에 우린 고시엔 출전의 꿈을 접었다고."

쇼타의 휴대폰에는 트위터 화면이 떠 있었다. 그 해시태그는 급기야 트렌드 1위까지 올라갔다. 쇼타는 웃음을 띠며 천천히 타이머를 보았다. 30초도 채 남지 않았다.

의자에서 일어난 쇼타는 쇠망치를 들고 한 걸음 한 걸음 카메라로 다가갔다.

다시 가면을 쓰고 방송을 재개한 쇼타는 소이치로 쪽으로 가더니 의자를 걷어차서 넘어뜨렸다.

거세게 저항하는 소이치로의 묶인 팔을 푼 뒤 무릎에 체중을 실어 오른팔을 짓누르고 손목을 바닥에 갖다 댔다. 그리고 자기 손에 든 망치를 높이 쳐들고 소리쳤다.

"약속했던 시간이다!!"

"그만해!!"

힘껏 찍어 내린 망치는 소이치로의 오른손을 가까스로 비켜 바닥을 내리쳤다. 소이치로는 잔뜩 경직된 얼굴로 쇼타에게 애원했다.

"부탁이야……. 제발……. 살려줘."

"절대 용서 못 해!"

쇼타는 다시 망치를 들어 올렸다.

그때 출입문을 걷어차는 소리와 함께 하토리의 목소리가 울렸다.

"움직이지 마!"

폐공장을 찾아낸 수사1과의 형사들이 일제히 안으로 들이닥쳤다. 형사들의 급습으로 얼떨결에 동작을 멈췄던 쇼타는 순식간에 포위되었다.

젊은 형사가 카메라와 타이머를 멈췄다. 포박이 풀린 소이치로는 형사들에게 제압되어 바닥에 엎드린 쇼타를 향해 가소롭다는 듯이 말했다.

"자기가 이길 거라고 장담하더니만……. 못난 형에 못난 아우군."

가면이 벗겨진 쇼타는 웬일인지 대담한 미소를 지으며 반박했다.

"내가 말했지? 빼앗아 주겠다고."

예상치 못한 쇼타의 태도에 소이치로의 표정은 굳었다.

와이드쇼에서는 폐공장 앞에서의 중계방송을 송출했다.

경찰 관계자가 오가는 가운데, 구출된 소이치로가 형사와 함께 건물에서 비틀비틀 걸어 나왔다. 「구출된 구누기 소이치로 씨(19세)」라는 자막 뒤에서 소이치로는 기자들에게 직접 감사를 표하고 있었다.

모니터를 보며 시노미야가 환호성을 질렀다.

"좋았어!"

"그래. 성과를 냈으니까 수사1과에서도 인정해 주겠지."

안도하는 고시아갸에게 리리코가 말했다.

"아, 실장님. 아라이 쇼타를 제일 처음 특정한 졸업생의 트위터 계정 조회 결과 나왔네요."

결과를 확인한 리리코는 트위터에 상세한 정보를 올린 계정명 '네리마 제2고등학교 졸업생입니다'의 주소가 마음에 걸렸다. 고시가야가 물었다.

"무슨 일이야?"

"왠지 낯익은 주소인데……. 아!"

모니터를 전환해서 리리코는 아라이 쇼타의 개인 정보 공개 청구 서류를 띄웠다.

"맙소사. 카오리 씨한테 협박 메일을 보낸 주소와 일치해!"

경악하는 리리코에게 고시가야가 반론을 제기했다.

"그럴 리가. 카오리 씨를 협박한 범인은 아라이 쇼타라고. 그런데 본인이 직접 '아라이 쇼타가 범인입니다.' 하고 자진해서 밝힐 리가 없잖나."

시노미야도 동의했다.

"뭔가 착오가 있었겠죠. 그것보다 카오리 씨, 소이치로 씨가 무사히……. 어라?"

시노미야가 상담 부스로 가 보니 어느새 카오리는 자취를 감춘 뒤였다.
"어디 갔지……."
시노미야가 얼빠진 목소리로 중얼거렸다.

사쿠라는 아라이 케이타의 사고 현장에 놓인 팔찌를 손에 들었다.
"이거 카오리 씨 팔찌예요."
"……뭐? 어떻게 알아?"
"카오리 씨가 차고 있었잖아요!"
사쿠라가 어이없다는 듯이 대답했다.
"사무실에서 카오리 씨가 휴대폰 보여줬을 때 손목에 차고 있던 무지갯빛 팔찌, 분명 이거였어요. 하여간 남자들은 무심하다니까!"
이 말에는 과연 반조도 반박하지 못했다.
"어? 그럼 카오리 씨가 조금 전에 여기에 들렀다는 말이네요?"
"카오리 씨는 아라이 케이타의 기일에 꽃다발을 헌화하러 왔다. 그리고 이 팔찌를 두고 갔다……."
"그런 셈이네요."
"……이 원석 뭔지 아나?"
"독특한 색이네요."
사쿠라는 휴대폰으로 원석의 종류를 검색했다.
"어쩌면 이번 감금 사건에는 전혀 다른 목적이 숨겨져 있는지도 모르겠군."
반조는 꽃다발을 보며 중얼거렸다.
"아, 이거예요. 래브라도라이트."

사쿠라의 휴대폰에 팔찌와 똑같은 무지갯빛 원석 사진이 떴다.

PC를 보던 시노미야가 초조한 목소리로 외쳤다.
"실장님, 감금 영상을 올린 계정에 카오리 씨가! 생방송인가? 모니터에 띄우겠습니다!"

대형 모니터 화면에 카오리의 모습이 잡혔다. 카오리는 바닥에 고정해 둔 휴대폰 앞에 서 있는 듯했다. 쓸쓸한 겨울 숲이 배경으로 보였으나 아무래도 합성 화면 같았다. 장소를 추정할 만한 단서는 없었다. 이윽고 카오리가 조심스레 말문을 열었다.

"지금 이 영상을 보고 계신 여러분, 저는 구누기 소이치로의 여자 친구로서 제 글을 퍼뜨려 달라고 부탁드린 스에마쓰 카오리입니다. 이제부터 진실을 밝히고자 합니다."

카오리는 여기서 말을 멈추었다. 그리고 잠시 침묵을 지켰다가 용기를 내어 입을 열기 시작했다.

"먼저, 구누기 소이치로는 저의 남자 친구가 아닙니다. 실제 남자 친구는……, 아라이 케이타입니다."

"말도 안 돼……."

손가락살인대책실의 모니터를 보며 믿을 수 없다는 표정으로 시노미야가 중얼거렸다.

"2년 전 저희 야구부에서 일어난 폭력 사건. 구누기 소이치로에게 폭력을 휘두른 사람은 아라이 케이타가 맞지만, 그럴 수밖에 없었던 이유가 있습니다. 그때 매니저였던 저는……, 저는……, 구누이 소이치로에게……, 강간을 당했습니다."

반조와 사쿠라도 카오리의 방송을 보고 있었다.
"아……."
사쿠라가 탄식을 내뱉었다.

카오리는 떨리는 목소리로 말을 이었다.
"저와 케이타는 어릴 적부터 친한 친구였습니다. 하지만 구누기 소이치로는 그런 저희 두 사람이 눈엣가시였던 모양입니다."

2년 전 봄.
카오리는 야구부실에서 혼자 부원들의 세탁물을 개고 있었다. 갑자기 야구부실로 들이닥친 소이치로는 카오리에게 분통을 터뜨렸다.
"……너 말이야, 왜 내 문자 무시해?"
"어? 아, 무시가 아니라 무슨 뜻인지 이해가 안 가서……."
"내 여자 친구 시켜 준다니까."
난처해서 아무 말도 못 하는 카오리에게 소이치로가 다그쳤다.
"왜? 케이타 때문에? 그런 놈이 어디가 좋은데?"
심상치 않은 분위기를 느낀 카오리가 말없이 나가려 했으나 소이치로가 문을 붙들고 막아섰다.
카오리는 소이치로를 노려보며 말했다.
"최악이네."
그 한마디에 소이치로가 돌변했다.
"별것도 아닌 게 유세 떨지 마!"
소이치로는 카오리를 테이블 위로 떠밀고 쓰러진 그녀 위에 올라탔다.
 비명을 지르는 카오리의 입을 팔로 막고 온몸으로 저항하는 그녀를 있는 힘껏 억눌렀다. 그러고는 카오리의 속옷을 막무가내로 벗겨냈다. 그녀는 버틸 재간이 없었다.

"카오리, 집에 가자!"
 잠시 후 연습을 끝낸 케이타가 야구부실로 들어왔다.
 그런데 뜻밖에도 안에 있는 사람은 소이치로였다.
"어? 너도 있었어?"
 소이치로는 아무 대꾸도 하지 않고 케이타의 옆을 지나쳤다.
 야구부실 구석의 테이블이 보였다. 그 위에는 옆으로 누운 카오리가 있었다. 옷은 헝클어지고 멍하니 뜬 눈에서는 쉴 새 없이 눈물이 흘렀다.
 케이타는 고함을 질렀다. 참을 수 없는 분노가 끓어올랐다.
"구누기 소이치로, 거기 서!!"
 조용히 빠져나가려는 소이치로를 돌려세우고 멱살을 잡았다.
"너 이 자식 카오리한테 무슨 짓 했어!"
"아무 짓도 안 했어."
"절대 용서 못 해!"
 케이타의 오른손 주먹이 소이치로의 왼쪽 뺨으로 날아들었다. 소이치로가 쓰러졌지만 케이타는 멈추지 않고 주먹을 휘둘렀다.
 시큼한 땀 냄새가 밴 야구부실에 소이치로의 신음과 케이타의 고함이 뒤엉켰다. 카오리는 테이블에 누운 채 미동도 하지 않았다.

유튜브 속 카오리는 화면을 향해 말했다.

"그때 제게 용기가 있었다면 좋았을 텐데……, 하지만 저는 경찰에 신고하지 못했습니다. 차마 제가 강간을 당했다는 말은……. 도저히 입이 떨어지지 않았습니다. 케이타는 그런 저를 지켜주었습니다. 아무 말 없이 혼자 모든 책임을 떠안았습니다. 하지만 생각 없는 다른 학생들에 의해 잘못된 정보가 퍼지자 케이타는 인터넷에서 일방적으로 손가락질을 받았습니다."

2년 전 봄의 교차로.

케이타는 생기 없는 눈빛을 스마트폰에 고정한 채 걸어가고 있었다.

화면의 어느 게시판에는 「네리마 제2고등학교 폭력 선수, 아라이 케이타를 규탄한다」라는 글이 올라와 있었다. 케이타의 본명과 사진, 주소 등 개인 정보까지 노출되어 있었다.

「이놈이 야구부의 꿈을 무너뜨렸어.」
「야구부 출신으로서 절대 용서 못 해.」
「에이스를 때리다니 정신 나간 거 아니야?」
「저런 놈은 살 가치가 없어.」
「인생 끝장났지.」

셀 수 없이 많은 욕설과 비난이 난무했다.

보행자 신호가 빨간색으로 바뀌었다. 넋이 나간 케이타는 이를 깨닫지 못하고 횡단보도를 건넜다. 자동차 라이트가 케이타의 옆얼굴을 비추며 경적을 마구 울렸다. 큰 충돌음과 함께 케이타의 몸이 공중으로 붕 떠올랐다. 바닥에 떨어져 균열이 간 스마트폰 화면에는 두 글자가 또렷

이 떠올랐다.

「죽어!」

카오리는 휴대폰 너머로 절박하게 호소했다.
"케이타는 살해당한 것이나 다름없습니다. 구누기 소이치로에게, 그리고 악의적인 네티즌에 의해……."

와이드쇼에서는 구출된 소이치로의 인터뷰가 방송되었다. 안도감이 드는지 생글생글 웃으며 감사 인사를 전하는 소이치로에게 한 기자가 휴대폰 화면을 들이밀었다.
"지금 인터넷에서 이런 방송이 나오고 있습니다만……."
휴대폰에서는 카오리의 생중계 방송이 흘러나오고 있었다. 자신이 저지른 과거의 죄를 고발하고 있다는 사실을 깨닫고 동요하는 소이치로에게 기자들이 잇따라 질문을 퍼부었다.
"저 여성이 하는 말이 사실인가요?"
"아, 아닙니다."
"그럼 거짓말을 하고 있다는 건가요?"
젊은 형사가 인파를 헤치고 소이치로를 호위하며 검은 순찰차로 데려갔다.

모니터에서 나오는 와이드쇼를 지켜본 고시가야가 천장을 올려다보았다.
"처음부터 스에마쓰 카오리 씨의 목적은 이거였군……. 아라이 케이타의 동생과 결탁해서 구누기 소이치로를 납치하고, 자신은 피해자의 여자 친구 행세를 한 거야."

고시가야는 납치 당시의 사진을 보며 말했다.

"이 납치 사진을 '블라인드 경찰'에 올린 것도 그들인가. 일부러 시선을 끌려고……."

눈 깜짝할 사이에 생중계 시청자 수가 급증했다. 리리코는 화면에 시선을 고정한 채 중얼거렸다.

"네티즌의 선의를 악용해서 구누기 소이치로가 저지른 일을 만천하에 폭로했다……."

시노미야는 입을 열지 못했다.

고시가야는 후회가 밀려들었다.

"범인을 추적하려는 의분과 광기에 휘둘린 게지. 하필이면 손가락살인대책실까지 장단에 놀아나다니."

그때 시노미야의 휴대폰이 울렸다. 반조였다. 시노미야는 손가락을 부들부들 떨며 통화 버튼을 눌렀다.

"반조 형사님……, 죄송합니다! 제가 무슨 짓을……."

"그건 됐고 당장 카오리 씨가 있는 곳을 찾아내!"

전화기 너머로 반조가 소리쳤다.

사쿠라는 반조의 휴대폰을 빼앗아 들었다.

"래브라도라이트라는 원석의 의미는……, '재회'야. 카오리 씨는 케이타 씨가 사망한 현장에 그 원석 팔찌를 두고 갔어. 그 말은 즉……."

반조는 휴대폰을 다시 빼앗아 시노미야에게 지시했다.

"지금 아라이 케이타의 사고 현장에 있어. 카오리 씨도 그렇게 멀리는 못 갔을 거야. 빨리 위치를 찾아내! 카오리 씨는 아라이 케이타의 뒤를 따라갈 생각인지도 모른다고!"

전화를 끊은 시노미야는 PC 소프트웨어로 카오리의 생중계를 실시간으로 분석했다. 카오리의 머리카락과 옷자락이 바람에 흔들릴 때마다 합성 화면에 틈이 생기면서 실제 배경이 조금씩 드러났다.
"배경이 드러난 부분을 레이어 최상위로……."
분석 결과 전망 좋은 풍경이 나타났다. 그것을 본 리리코가 말했다.
"건물 옥상이야……."
"파크타워가 보여요. 이 시각에 그림자가 이쪽으로 생긴 걸 보면……."
시노미야가 키보드를 두드리자 PC 화면에 네리마구 상세 지도가 표시됐다. 그 지도 위에 조건을 적용한 결과 장소가 몇 군데 떴다.

"제가 전하고 싶었던 말은 이상입니다. 여러분은 아마 선의로 정보를 퍼뜨려 주셨을 테지요. 진심으로 감사드립니다. 하지만 자기 눈으로 확인하지도 않은 것을 과연 진실이라고 단언할 수 있을까요. 부디 상상해 보시기를 바랍니다. 당신의 손가락이 사람을 죽일 수도 있다는 사실을……."
카오리의 방송에 댓글이 넘쳐났다. 두둔하는 의견도 많았지만 「장난해?」, 「너야말로 거짓말로 전 국민한테 피해를 끼쳤잖아.」, 「지금 하는 말도 미심쩍은데.」 등의 부정적인 의견도 점점 늘어났다.
"물론 제가 하는 말을 믿지 못하는 분도 계시겠지요."

카오리는 영상에 입힌 합성 배경을 해제했다. 어느 건물 옥상이었다. 카오리는 카메라를 켜 놓은 채 천천히 일어섰다.

"그러면 직접 두 눈으로 확인해 주세요. 제가 거짓말을 하고 있지 않다는 건 지금부터 저의 행동을 보면 아실 수 있으리라 생각합니다."

카오리는 이어서 말했다.

"케이타의 남동생은 저의 계획에 협조해 주었을 뿐입니다. 여러분, 부디 그를 탓하지 말아 주세요. 저는……, 케이타를 만나러 가겠습니다. 이제 여한은 없습니다."

카오리는 발을 돌려 곧장 걸어갔다. 그녀가 향하는 곳은 옥상의 끝이었다.

검은 순찰차의 뒷좌석에서 형사에게 붙들려 있는 쇼타는 조수석에서 카오리의 영상을 보고 있는 하토리의 휴대폰 화면을 향해 거칠게 소리쳤다.

"얘기가 다르잖아! 카오리 씨 바보 같은 짓 그만둬!"

카오리는 한 단 높은 옥상 가장자리에 천천히 오른발을 올린 후 곧 두 발로 섰다.

상쾌하고 화창한 겨울 하늘이 펼쳐져 있었다. 지금은 이미 이 세상을 떠난 연인이 바로 눈앞에 있는 듯했다. 그의 모습을 떠올리며 눈을 감고 밖으로 한 걸음을 뗐다.

바로 그때 뒤에서 누군가가 카오리를 끌어안았다. 카오리는 다시 옥상으로 끌어내려졌다.

혼란스러워하는 그녀의 옆에는 반조가 넘어져 있었다.

"괜찮으십니까?!"

반조는 아슬아슬하게 사고를 막았다. 한발 늦게 사쿠라가 뛰어들어왔다.

"아, 다행이다!!"

얼빠진 표정으로 주저앉은 카오리가 물었다.

"형사님……? 어떻게 여기를…….""

사쿠라가 뒤에서 카오리의 어깨를 살며시 감싸 안고 부드러운 목소리로 말했다.

"케이타 씨의 사고 현장에 갔었어요. 그러지 않았다면 이 근처에 있지 않았을 거예요. 케이타 씨가 카오리 씨를 또 한 번 구했네요."

"저, 저는…….""

"지금 이게 뭐 하는 짓이야!!"

별안간 반조가 소리쳤다. 반조는 천천히 일어나서 위압적으로 카오리를 노려보았다.

"그러면 케이타가 기뻐할 거라고 생각했나?!"

주먹을 쥔 손이 부들부들 떨렸다.

놀라움과 두려움으로 입을 떡 벌린 채 아무 말도 못 하는 카오리 앞에서, 이내 평정심을 되찾은 반조가 나직이 한숨을 내쉰 뒤 바지에 붙은 먼지를 털어냈다.

반조는 잠시 하늘을 올려다보았다가 카오리에게로 시선을 돌리고는 조용하고도 단호한 목소리로 한마디 했다.

"함부로 버려도 되는 목숨 같은 건 없어."

카오리의 눈에서는 눈물이 주르륵 흘러내렸다.

반조는 카오리의 휴대폰을 주워 방송을 중지했다.

사무실로 돌아온 반조와 사쿠라에게 고시가야가 말했다.
"수고했네. 두 사람 다 정말 잘해 줬어."
"아닙니다."
사쿠라는 고개를 가로저었다.
"인터넷을 이용하는 부서에서 오히려 이용을 당하다니. 명색이 실장이면서 참 한심하군."
PC를 보던 리리코가 시선을 돌려 두 사람에게 알렸다.
"구누기 소이치로의 여죄가 드러나고 있나 봐."
"네?"
"쉬쉬했던 피해자들이 하나둘 입을 열고 있어. 카오리 씨의 행동에 용기를 얻었다면서."
"용기라……. 그녀의 행동은 헛되지 않았네요."
사쿠라가 반조를 바라보았지만 그는 떨떠름한 표정을 지었다.
"……하지만 결코 바람직한 방법은 아니야."
"저……, 반조 형사님께 몹쓸 말을……."
심각한 얼굴로 서 있는 시노미야의 어깨에 손을 올리고 무뚝뚝하지만 온기가 느껴지는 목소리로 반조가 말했다.
"네 덕분에 구할 수 있었어."
"……형사님."

그날 밤, 반조는 사무실에 홀로 남아 있었다.

'어나니머스'에게서 온 메일을 PC 화면에 띄워 놓고 물끄러미 바라보았다.

「당신에게 정의란 무엇입니까?」

반조는 옥상에서 카오리와 나눈 대화를 떠올렸다.

사쿠라가 사무실에 연락하겠다면서 먼저 옥상을 나간 뒤였다.

부들부들 떨면서 앉아 있는 카오리에게 반조는 코트를 걸쳐 주었다. 카오리는 가볍게 인사한 후 반조를 올려다보며 말했다.

"실은……. 어나니머스라는 사람한테서 다이렉트 메시지가 왔어요."

"뭐?"

"제 나름대로 인터넷에서 조사를 했어요. 구누기 소이치로의 피해자가 저 말고도 있지 않을까 생각했거든요. 그래서 '블라인드 경찰'에서 제보를 받는데 어나니머스란 사람에게 연락이 왔어요. 다들 나서는 게 두려워서 숨어 있다고요. 그러더니 묻더군요. 당신은 악을 용서할 수 있느냐고……."

반조가 미간을 찌푸렸다.

"그래서……, 이번 계획을 세우게 된 거예요."

7. 노란색 루어

방 안은 칠흑처럼 어두웠다. 어둠 속에서 PC 화면이 천천히 빛을 발하자 눈이 뜨였다. 그 빛에 이끌리듯 손가락이 움직이며 글자를 입력한다.
「고발합니다.」
「직장 상사의 괴롭힘에 시달리다 자살.」
'블라인드 경찰'의 관리자 화면이었다. 글자 입력을 마친 손가락이 마지막에 이름을 적어 넣었다.
어나니머스.

반조와 사쿠라가 가바야마 푸드 본사 정문에 도착했을 때는 불길함을 자아내는 노란색 진입 금지 테이프가 철거되는 참이었다. 주위에는 아직 구경꾼이 남아 있어 소란의 여운은 가시지 않았다.
수사를 일단락한 형사가 가바야마 푸드 직원 두 사람에게 상황을 설명했다.
"사내와 주변에서 폭발물은 확인되지 않았습니다. 예고 시간도 지났으니 누군가 장난을 쳤다고 봐야 할 것 같습니다."

반조와 사쿠라는 그들에게 가볍게 인사하며 다가가서 사쿠라의 휴대폰 화면을 보여주었다.

"귀사의 SNS에 올라온 폭파 예고입니다."

반조는 살벌한 내용의 글을 직원이 확인하는 것을 보고 나서 물었다.

"이 계정을 보신 적 있으십니까?"

"전혀 없습니다. 그런 악질적인 장난 때문에 중요한 행사가 중단되다니……."

한탄하는 직원에게 사쿠라가 물었다.

"가바야마 푸드는 상사가 사원을 괴롭혀서 자살하게 한 악덕 기업이라고 인터넷이 시끄럽던데……."

그 말을 들은 직원이 발끈했다.

"그건 이미 경찰 조사 후 증거가 없는 걸로 결론 났다고요!"

또 다른 직원도 성을 냈다.

"명예 훼손 글을 싸지르질 않나, 폭파 예고를 하질 않나……. 인터넷은 무법 지대랍니까?!"

사쿠라는 두 사람에게 단호하게 말했다.

"범인을 찾아내서 반드시 체포하겠습니다!"

"긴급 정보 공개 요청 허가 났습니다. 폭파 예고를 한 사람은 고야나기 유헤이, 진난 대학 학생입니다."

손가락살인대책실에서 시노미야가 고시가야와 리리코에게 보고했다.

"같은 계정으로 대학 이름까지 밝히고……, 죄의식이 없나 보네."

리리코가 중얼거렸다.

고야나기 유헤이의 거처는 아주 쉽게 밝혀졌다. 반조와 사쿠라가 급히 출동했다.

사쿠라가 경찰 신분증을 보여주며 추궁하자 고야나기는 달아나려 했지만, 뒤에 서 있는 반조를 보고 단념했다.

한껏 위축되어 새우등을 한 고야나기에게 사쿠라는 SNS 화면을 내밀었다.

"왜 이런 글을 올렸죠?"

사쿠라가 다소 강경한 어조로 묻자 고야나기는 등을 더욱 움츠렸다.

"그게……, 직장 내 괴롭힘을 은폐하다니, 가만히 있을 수 없잖아요. 악은 처벌해야죠."

"인터넷에 올라온 정보를 그대로 믿었다가 만약 허위 사실로 밝혀지면 어떻게 하려고요?"

그러자 고야나기는 구부린 등을 쭉 펴면서 자신만만하게 대답했다.

"그럴 리 없어요. 그 정보를 퍼뜨린 사람은 어나니머스니까요."

사쿠라는 순간 말문이 막혔다. 고야나기는 자랑스럽게 말을 이었다.

"최근에 얼마나 대단했는지 모르세요? '블라인드 경찰'의 어나니머스, 완전히 신이라니까요?"

두 사람은 사무실로 돌아와서 이번 폭파 예고 사건의 수사 결과를 보고했다.

"또 어나니머스의 수작인가……."

고시가야가 인상을 찌푸리며 말했다.

"요즘 움직임이 활발해졌네요."

사쿠라의 표정은 진지했다.

"사흘 전에도 불기소 처분된 대학생 성폭행범의 주소를 어나니머스가 공개했고, 결과적으로 그 학생은 상해를 입었습니다."

시노미야는 최근 일어난 사건의 수사 데이터를 보면서 보고했다.

"얼마 전에는 그 야구부원들 복수에도 가담했고."

리리코도 거들었다.

"공통점은 악을 처단한다는 거네요."

"현대판 다크 히어로, 온라인 다크 나이트, 뭐 이런 건가?"

사쿠라와 리리코가 말했다.

대화의 흐름이 탐탁지 않았는지 고시가야가 쓴소리를 던졌다.

"잠깐, 잠깐. 그렇게 미화하면 안 되지. 수사 정보를 누설하는 경찰 내부의 문제아라니까. 그렇지, 반조?"

"정의를 가장한 비뚤어진 놈이겠죠."

반조는 딱 잘라 말했다.

"법치국가에서는 무죄 추정이 원칙이니까. 이런 방식은 인정할 수 없지."

고시가야가 결론을 내렸다.

"엇, 떴습니다!"

PC를 보고 있던 시노미야가 별안간 큰소리로 외쳤다.

"뭐가?"

사쿠라가 물었다.

"'블라인드 경찰'에……, 가바야마 푸드 사원이 내부 고발 글을 올렸습니다!"

그 말을 들은 일동은 시노미야 주위에 모여 화면을 들여다보았다.

「더 이상 피해를 키우지 않기 위해 고발합니다. 자살한 직원은 상사의 괴롭힘에 내내 시달려 왔습니다. 사내 직원들은 모두 알고 있는 사실이지만 사건 이후 사장의 함구령이 떨어져 아무도 진실을 밝히지 못하고 있습니다.」

게시물에는 고발자의 글과 함께 사장이 쓴 것으로 보이는 공지문의 스크린숏이 첨부되어 있었다.

"이거 일이 심각해지겠는데."

시노미야가 무심코 중얼거렸다.

플래시 섬광이 난비하는 회견장에서 가바야마 푸드의 가바야마 사장이 카메라를 향해 머리를 조아리며 사죄했다.

"여러분께 심려를 끼쳐 대단히 죄송합니다."

기다렸다는 듯이 한 기자가 질문을 던졌다.

"직장 내 괴롭힘을 직접 은폐하려고 했다는 소문이 사실입니까?"

"아, 그게 저는……."

기자들은 가바야마가 변명할 여유를 주지 않았다. 가차 없이 질문 공세를 퍼부었다.

"사장님이 쓰셨다는 공지문이 어느 사이트에 공개됐습니다!"

"사죄할 생각은 없으십니까?"

"사원이 목숨을 잃은 사건입니다!"

가바야마가 횡설수설하자 한 직원이 다급히 끼어들어 큰 목소리로 회견을 중단했다.

"오늘 회견은 이만 마치겠습니다!"

회견장은 떠들썩했다. 고성이 오가는 가운데 가바야마 사장은 직원의 호위를 받으며 재빨리 자리를 빠져나갔다.

그 기자 회견이 동영상 사이트와 뉴스 사이트에 업로드되자마자 빠르게 댓글이 달렸다.

「역시 괴롭힘을 은폐했었군.」

「결국 승리했다!」

「살인자 기업.」

「이번에도 어나니머스가 처단했네.」

「어나니머스 님을 당할 자는 없다.」

"어나니머스의 글이 내부 고발자에게 용기를 줬다고 네티즌들의 칭송이 자자합니다."

시노미야가 말하자 리리코도 태블릿을 보며 덧붙였다.

"가바야마 사장, 탈탈 털리고 있어요. ……아, 자택 벽에 낙서 테러까지 당한 모양이에요."

사쿠라는 인터넷에 형성된 불온한 분위기를 문제 삼았다.

"이건 좀 위험한데요. 사적 복수를 허용하는 분위기랄까."

"요즘에는 온 국민이 스트레스가 쌓여 있으니까……."

리리코는 한숨 섞인 목소리로 중얼거렸다.

착신음이 울리자 반조가 휴대폰을 꺼냈다.
「제가 추구하는 정의가 어떻습니까, 반조 형사. - 어나니머스 -」
"……무슨 수작이야."
"아, 어나니머스의 게시물이 또 올라왔어요!"
시노미야의 목소리가 사무실에 울렸다.
"이번에는 동영상입니다."

칠흑 같은 화면에 노이즈가 생기는가 싶더니 어나니머스로 추정되는 인물이 섬뜩한 가면을 쓰고 나타나 정면을 바라보며 입을 열었다.
"처음 인사드립니다. 어나니머스입니다. 오늘은 이 영상을 시청하고 계신 여러분께 다음 타깃을 예고해 드리고자 합니다."
가면을 쓴 남자는 소름 끼치는 목소리로 천천히 얘기하기 시작했다.
"다음에 제가 고발할 대상은 이 나라 최대의 악이자 난공불락의 소굴. 그 정체는 바로……, 경찰입니다."
화면을 응시하던 팀원들은 까무러치게 놀랐다.
"부패한 이 거대한 조직을 엄중히 처벌할 때가 왔습니다. 선량한 시민 여러분, 이제 일어날 때입니다."
어나니머스가 말을 마치자 화면이 새카매지며 영상은 끝났다.
"경찰의 죄를 폭로하겠다는 건가……."
고시가야가 불쑥 중얼거렸다.
"어나니머스의 궁극적인 타깃은, 경찰……?"
사쿠라는 곤혹스러운 표정을 지었다.
반조는 휴대폰으로 어나니머스에게 메시지를 보냈다.

「네 멋대로 하게 두진 않을 거야.」

경시청 일각에서 취재진이 둘러싸고 질의응답을 하고 있었다.
기자들에게 둘러싸인 고시가야는 마치 준비된 글을 읽듯이 말했다.
"어나니머스라는 인물이 공개한 게시물에 관하여 말씀드리자면, 저희 경찰은 한 점의 부끄러움도 없으므로 허위 사실에 지나치게 동요하지 않으시기를 시민과 언론 관계자 여러분께 간곡히 부탁드립니다. 또한 저희는 이 사실무근의 영상을 현재 조사 중이며 결코 좌시하지 않을 것입니다. 다시 한번 시민 여러분과 언론 관계자분들께서는 이러한 유언비어에 현혹되지 마시기를 바랍니다. 이상입니다."
원하던 답변이 아니었는지 기자들이 술렁였다.

형사부장실에서 조가사키는 몹시 못마땅한 표정으로 뉴스를 시청하고 있었다. 고시가야의 회견 장면이 나간 후 아나운서는 이렇게 마무리 지었다.
"금일 경시청이 이례적인 발표를 했습니다만, '블라인드 경찰'이라고 불리는 사이트와 어나니머스라는 인물을 지지하는 네티즌들의 목소리가 점점 높아지고 있습니다."

고시가야와 반조를 형사부장실로 호출한 조가사키는 두 사람 앞에서 SNS에 올라온 글을 소리 내어 읽었다.
"「어나니머스야말로 이 시대의 경찰이다.」, 「경찰은 이제 한물간 조직이다.」……경찰에 대한 비난과 공격 일색이군."

조가사키가 한숨을 쉬었다.

"이번 일은 경찰의 위신이 걸린 중대한 사태네. ……어나니머스가 손가락살인대책실 내부에 있다는 소문도 돌고 있어."

"형사부장님, 그건……."

"그게 아니라면 자네들이 정체를 밝혀내게."

조가사키는 고시가야의 말을 자르고 반조를 바라보았다.

"반조, 자네한테 거는 기대가 크네. 뭐, 자네가 어나니머스라면 얘기는 달라지겠지만."

조가사키의 눈빛이 매섭게 빛났다.

"조만간 국가 공안 위원장인 하세베 국무대신과 회식이 있을 예정이니, 그때까지는 해결해 주기를 바라네."

"형사부장님 점수 따는 데 협조하라는 말씀이십니까?

날카로운 눈빛으로 맞서는 반조에게 조가사키가 말했다.

"공격 대상을 잘못짚은 것 같군. 이건 인터넷을 이용한 신형 범죄야. 해결을 못 하면 손가락살인대책실은 존재 가치가 없는 걸로 결론지을 수밖에."

반조와 고시가야는 아무런 반론도 제기하지 못했다.

두 사람이 사무실로 돌아오자 팀원들은 '블라인드 경찰' 사이트를 주시하는 중이었다.

고시가야가 조가사키에게 들은 말을 모두에게 전달했다.

"방금 위에서 정식으로 어나니머스 수사에 착수하라는 지시가 떨어졌네. 이건 우리 부서의 존속과 관련된 사안이야."

"위장 IP 주소를 썼는데 정체를 알아낼 방법이 있을까요?"

사쿠라가 다른 팀원들의 얼굴을 살폈다.

"어나니머스가 경찰 내부에 있다는 것만은 확실해."

리리코가 입술을 꽉 깨물었다. 경찰만 아는 정보가 여러 번 노출됐기 때문이다.

"어나니머스의 목적을 생각해 봅시다. 이 자가 원하는 게 뭔지."

그러면서 반조는 어나니머스에게서 온 메일을 보여주었다.

「제가 추구하는 정의를 보여드리지요. 어나니머스.」

"뭐, 뭐예요?"

사쿠라가 소리쳤다.

"어나니머스가 왜 선배한테 메일을 보낸 거죠?"

"이 주소로 메일을 몇 번 주고받았지만 계정주는 확인할 수 없었습니다."

"아, 그걸 왜 아직까지 보고하지 않고……."

고시가야가 반조를 나무랐을 때 '블라인드 경찰' 사이트를 보던 시노미야가 소리를 높였다.

"또 떴습니다……!"

그 목소리를 신호로 모두 시노미야의 주위로 모여들었다.

PC 화면으로 영상이 재생되고 칠흑 같은 어둠 속에서 가면이 나타났다. 이윽고 어나니머스의 소름끼치는 목소리가 울렸다.

"그럼 지금부터 경찰이 저지른 믿기 힘든 비리를 고발하겠습니다. 그건 바로……."

손가락살인대책실의 5인은 숨을 죽이고 다음 말을 기다렸다.

"살인범 조작."

어나니머스는 가면 뒤에서 웃고 있는 듯했다.

"뭐, 뭐라고?"

사쿠라의 눈이 휘둥그레졌다.

어나니머스는 다시 소름 끼치는 목소리로 말했다.

"2년 전 '오타구 사장 피살 사건'에서 경찰은 무고한 사람에게 날조한 증거를 들이밀며 자백을 강요했고, 결과적으로 죄 없는 남자가 스스로 목숨을 끊었습니다. 그 남자의 이름은 사와노보리 하지메. 그는 범인 신분으로 송치되었지요."

다들 놀란 표정을 감추지 못했다.

"이 사건의 진범은 피해자의 전 부하인 야마무로 고스게입니다. ……모두의 힘으로 정의를 되찾읍시다. 경찰에게 정의는 없습니다."

화면이 툭 꺼지며 새카매졌다. 손가락살인대책실은 정적에 잠겼다. 시노미야가 작은 목소리로 중얼거렸다.

"충격적이네요……. 범인 조작이라……."

사쿠라도 조심스레 입을 열었다.

"만약 그 말이 사실이라면, 경찰의 신용은 바닥까지 추락할 거예요……."

놀란 것은 손가락살인대책실의 팀원뿐만이 아니었다. 이 영상을 본 각계각층의 사람이 충격을 받았다.

「이거 실화야?」

「심각한데?」

전국의 네티즌이 크게 동요했다. 형사부장실에서도 마찬가지였다. 조가사키는 입을 반쯤 벌린 채 동영상을 보고 있었다.

SNS에서는 「경찰의 민낯이 드러났다.」, 「경찰 비리 철저히 수사해라.」 등의 글이 넘쳐났다.

"이미 인터넷에서는 사실인 양 확산되고 있어요. 대체 경찰에 대한 불신이 얼마나 깊은 거야……."

리리코가 탄식했다. 사쿠라는 반조에게 물었다.

"이 고발이 어나니머스의 궁극적인 목적일까요……?"

"……그렇겠지."

"지금까지는 네티즌들에게 신뢰를 얻기 위한 물밑 작업이었나……."

고시가야도 그제야 깨달은 듯이 말했다.

시노미야는 곧바로 어나니머스가 언급한 사건을 검색했다.

"아, 이거네요. 오타구 사장 피살 사건. 2년 전 오타구 거리에서 불법 금융사 사장이 피살됐는데, 얼마 후 경찰은 사와노보리 하지메를 용의자로 지목했습니다."

그다음은 반조가 나서서 설명했다

"그 직후 사와노보리 하지메는 유치장에서 자살했고 그대로 범인이 되어 버렸어."

"어? 선배도 아는 사건이에요?"

"……잊은 적 없어. 단 하루도."

반조는 생각에 잠긴 듯한 표정으로 대답했다.

"……그게 무슨 말씀이세요?"

"2년 전에도 어나니머스는 똑같은 주장을 했어. ……그걸 믿은 사람이 내 파트너였던 구라키야."

"구라키 세나 씨……? 피의자 말고 다른 진범이 있다는 정보를 입수하고 추적했다고 들었는데……. 그게 이 사건이었어요?"

깜짝 놀란 사쿠라가 반조에게 물었다.

"그래."

반조가 단호하게 대답했다.

"내가 간략하게 설명하지. 이래 봬도 예전엔 수사1과에 몸담았던 사람이니까."

고시가야의 말을 들으며 반조는 나직이 한숨을 쉬었다.

"이 사건의 범이은 곧바로 도주했지만, 피살된 사장이 운영하던 불법 금융사로부터 고액의 빚을 지고 궁지에 몰렸던 자유기고가 사와노보리 하지메가 목격자에 의해 용의자로 지목됐네. 취조 과정에서 사와노보리는 범행을 인정했고 유치장에서 자살했지. 자백도 있었고 확실한 물증도 있었어. 피의자 사망으로 사건은 종결될 예정이었네."

"하지만 그 후 구라키는 진범이 따로 있다는 정보를 입수했지."

힘겹게 입을 연 반조의 말을 사쿠라가 이어받았다.

"그 정보를 제공한 사람이, 어나니머스……."

— 2년 전 —

거리의 사람들은 썰물이 빠져나가듯 집으로 발걸음을 재촉했다. 구라키는 이 물결을 거스르며 낚시터로 걸어갔다. 그리고 도착하자마자 낚시터 안으로 빠르게 들어갔다.

"낚싯대 빌릴 수 있을까요?"

구라키는 낚싯대를 빌려 가장 눈에 띄는 곳에 자리 잡은 후 의자에 앉아 바늘에 미끼를 끼우고 낚싯줄을 드리웠다.

눈앞에서 헤엄치던 잉어가 급히 달려들었다.

낚시에 익숙지 않은 구라키는 화들짝 놀라서 있는 힘껏 낚싯줄을 들어 올렸다.

그 반동이 너무 센 나머지 잉어는 물속으로 도로 들어가 버렸다. 구라키는 잉어를 멍하니 바라보다 잠시 후 생각이 났는지 주머니에서 루어를 꺼내 발치에 두었다.

등지느러미에 오렌지빛 그러데이션이 들어간 노란색 루어였다. 그 루어가 구라키의 손에 들어온 것은 그날 아침이었다.

출근한 구라키가 자리에 앉아 서랍을 열어 보니 처음 보는 루어가 들어 있었다. 루어와 함께 놓인 메모에는 이렇게 쓰여 있었다.

「이 루어를 들고 아자부에 있는 낚시터로 가면 오타구 사장 피살 사건에 관한 정보를 얻을 수 있을 것이다. 확실하고 유력한 정보원으로부터.」

구라키는 즉시 그 메모와 루어를 주머니에 넣었다. 주위를 둘러보았지만 구라키를 쳐다보는 사람은 없었다. 누가 무엇을 위해 이런 일을 했을까.

낚시터에서 낚싯줄을 드리운 지 얼마나 지났을까.

몸에 한기가 들어 오늘은 이만 돌아가기로 결심하고 일어서려 하자,

한 남자가 뒤에서 말을 걸며 다가왔다.

"멋진 루어군요."

구라키는 놀라서 그 남자를 쳐다봤다.

남자는 그 말만 남기고 구라키에게 검은 봉투를 건넨 후 사라졌다. 남자의 뒷모습을 우두커니 바라보던 구라키가 문득 정신을 차리고 검은 봉투를 조심스레 열었다.

「그 사건의 진범은 야마무로 고스케라는 남자다.」

구라키는 깜짝 놀라 눈을 동그랗게 떴다.

그 밑에는 정보원의 이름이 쓰여 있었다.

「어나니머스.」

다음 날, 경시청 수사1과에서 반조는 구라키에게 되물었다.

"익명의 제보?"

구라키는 주변에 들리지 않도록 목소리를 낮추며 반조에게 대답했다.

"네. 확실하고 유력한 정보원이에요. 진범은 야마무로 고스케라는 남자라고 했어요."

"확실하다고 믿을 만한 근거는?"

말문이 막힌 구라키를 보며 반조는 강경하게 말했다.

"그만둬."

"네?"

"익명 제보 따위 믿지 마. 허위 정보에 휘둘리다 끝날 뿐이야."

"확인해 보는 것만이라도……."

"그럼 네 맘대로 해. 시간을 허비하는 것도 경찰의 일이니까."

단념하지 않는 구라키에게 반조는 그 말만 남기고 자리를 떠났다.

그 후에도 구라키는 은밀히 어나니머스로부터 정보를 얻은 끝에 야마무로 고스케가 있는 장소를 찾아냈지만 그는 도주했다. 초조해진 구라키는 반조에게 전화를 걸었다.
"야마무로가 눈치채고 도주했습니다. 도주한다는 말은 즉……."
"기다려. 혼자 쫓아가지 마. 지금 어디야?"
반조는 구라키가 있는 곳으로 차를 몰았다.

구라키는 폐창고에 있었다. 도망치는 야마무로를 구라키가 뒤쫓았다. 두 사람의 발소리와 거친 숨소리가 폐창고의 차가운 콘크리트 속으로 배어들었다.
이윽고 구라키는 야마무로를 막다른 곳으로 몰아넣었다. 궁지에 몰리자 야마무로는 천천히 품에서 권총을 꺼내 구라키를 겨누었다.
구라키도 총을 들어 대치했다.
"총 버려!"
구라키의 목소리가 쩌렁쩌렁 울렸다.
"난 아니야! 그 사건은 이미 끝났잖아!"
야마무로도 큰소리로 외쳤다.
"총 버리라고!"
그때 겨우 도착한 반조가 구라키와 야마무로의 모습을 발견했다.
"구라키!"
반조가 소리친 그 순간, 두 사람은 동시에 발포했다.

야마무로는 총성과 함께 계단 아래로 추락하고 구라키는 그 자리에서 털썩 쓰러졌다.
"구라키!"
반조의 목소리가 폐창고에서 메아리쳤다.
"어이, 정신 차려!"
구라키에게 달려간 반조는 필사적으로 소리쳤다.
그녀는 희미해져 가는 의식 속에서 반조에게 루어를 건네고 입술을 달싹이며 말했다.
"……어나니머스……."
곧바로 구라키는 의식을 잃었다.
"구라키, 구라키!!"

고시가야의 설명은 사건 이후로 옮겨 갔다.
"구라키의 발포는 반사회 세력을 단속하는 과정에서 불가피하게 벌어진 사고로 처리됐지만, 조직의 명령을 어기고 단독으로 폭주한 형사라는 낙인이 찍혔지."
"그리고 지금도 의식 불명 상태로……."
시노미야가 비탄에 잠긴 목소리로 말했다.
"그 후로 형사님은 계속 어나니머스의 정체를 쫓아온 거예요……?"
리리코의 물음에 반조가 대답했다.
"……그래. 허위 정보를 제공해 구라키를 함정에 빠뜨린 어나니머스란 자를 용서하지 않겠다고 다짐해 왔어……."
말끝을 흐린 반조에게 시노미야가 물었다.

"근데 만에 하나 어나니머스의 말이 사실이라면요?"
"……경찰이 증거를 날조했다면 모든 전제가 무너지겠지."
반조는 쓸쓸하게 대답했다.

반조는 구라키가 입원한 요양원을 찾아갔다.
개인 병실에서 휠체어에 앉아 있는 구라키는 멍하니 창밖을 내다보고 있었다.
반조는 병실로 들어가서 구라키 옆에 앉아 조용히 말을 걸었다.
"구라키, 어때. 네가 손에 넣은 정보는 옳았나?"
구라키는 아무 말 없이 그저 바깥만 바라보았다.
"옳은 건 경찰이 아니라 어나니머스였나?"
"……"
그때 간호사가 꽃병을 들고 나타났다.
"어, 오셨네요."
반조에게 웃은 뒤 간호사는 예쁘게 꽃이 핀 화병을 머리맡 테이블에 두었다.
"……그 꽃은?"
"아아, 잊을 만하면 구라키 씨에게 꽃을 보내는 분이 계세요. 매번 익명으로 이 보라색 히아신스를……."
"……"

손가락살인대책실에서는 오늘도 시노미야가 인터넷 동향을 보고하고 있었다.

"곧바로 네티즌들이 움직이고 있습니다. 해시태그가 트렌드 1위에 오르고 디지털 서명 운동도 시작했습니다."

사쿠라가 시노미야의 PC를 들여다보니 「경찰은 2년 전 비리 의혹에 대해 즉각 해명하라.」 등의 글자가 떠 있었다.

"여론도 움직이고 있어요."

리리코가 미간을 찌푸리며 말했다.

그때 반조가 출근하자 시선이 일제히 그를 향했다. 그 시선을 느끼며 반조가 천천히 말을 꺼냈다.

"'오타구 사장 피살 사건'을 처음부터 재수사하고 싶습니다."

"선배……."

사쿠라가 중얼거렸다.

"어나니머스의 정체를 파악하려면 모든 선입견을 배제해야 합니다……. 모두 힘을 빌려주셨으면 합니다."

반조의 완고한 의지에 마음이 동한 팀원들을 대표하여 사쿠라가 입을 열었다.

"물론입니다! 해보자고요!"

사쿠라에 이어 리리코와 시노미야도 눈에 힘을 실어 고개를 끄덕였다. 하지만 고시가야만은 달랐다.

"만일 한다 해도 그건 수사1과가 나설 일이지, 우리는……."

고시가야가 말하는 도중에 반조가 반박했다.

"수사1과가 형사부장의 뜻을 거스를 리 없습니다. 우리가 나서야 합니다."

그 모습을 본 리리코가 생각난 듯이 끼어들었다.

"아 그러고 보니……, 당시부터 야마무로 고스케를 눈여겨봤던 수사 1과 형사가 한 명 있었나 봐요. 그 사람이 야마무로를 임의로 심문한 기록이 남아 있더라고요."

리리코가 가리킨 PC 화면에는 당시의 기록과 함께 심문을 담당한 인물의 이름이 적혀 있었다.

하토리 겐조였다.

경시청 지하의 어두침침한 복도에서 반조와 사쿠라는 하토리를 추궁했다.

"그래서 뭐? 설마 내가 어나니머스라는 말을 하려는 건 아니겠지."

"아뇨, 그게 아니라……."

"……주제넘는 짓 하지 마."

하토리는 분노를 드러내며 반조를 노려보았다. 안달이 난 사쿠라를 거들떠보지도 않은 채 두 사람은 매서운 눈빛으로 대치했다.

"……야마무로 고스케를 의심했던 건 사실이야……. 하지만 진범이 나타나 자백도 받았고 물증도 있었다고."

"그 자백과 물증이 조작됐다면?"

"……너 지금 제정신으로 하는 소리야? 경찰보다 어나니머스를 믿는다는 거야?"

반조는 끝까지 물고 늘어졌.

"네가 본 야마무로는 어땠는데?"

순간 멈칫했던 하토리가 천천히 입을 열었.

"내 직감으로는……, 야마무로가 범인이었어."

"그럼 우리 손가락살인대책실이 그걸 확인하겠어."

반조는 단호하게 말한 후 발길을 돌렸다.

'지금 우리라고 한 거야?'

사쿠라는 반조의 변화가 흥미롭다고 생각하며, 뒤처지지 않으려고 종종걸음으로 반조를 따라갔다.

사무실로 돌아온 반조는 팀원들 앞에서 설명하기 시작했다.

"흉기로 쓰인 칼을 감싼 신문지에서 사와노보리의 지문이 검출되었습니다. 그게 범인으로 단정한 결정적인 증거였죠. 하지만 이 지문 외에는 사와노보리가 범인임을 가리키는 물증은 아무것도 없습니다. 흉기에서는 장갑을 낀 흔적만 남았고요."

"범인은 지문을 남기지 않으려고 주의를 기울였다……."

사쿠라도 반조의 추리에 편승했다.

반조는 고시가야에게 재촉했다.

"실장님. 어나니머스와 경찰 중 어느 쪽이 맞는지, 손가락살인대책실에서 결론을 내야 합니다."

고시가야는 두 손 두 발 다 들었다는 듯이 한숨을 쉬었다.

"……알겠네. 우리 팀에서 재수사를 시작하지."

반조는 갑자기 시동이 걸린 것처럼 팀원들에게 지시를 내리기 시작했다.

"시노미야, 리리코, 수사 자료와 인터넷 자료에 모순이 없는지 처음부터 살펴봐. 난 현장으로 갈 테니."

팀원들을 배웅하고 홀로 남은 고시가야는 깊은 한숨을 내쉬었다.

"……하는 수밖에 없겠지."

반조와 사쿠라는 피해자가 피습당한 오타구의 뒷골목에 와 있었다.
"이곳에서 피해자인 이세자키 사장은 뒤에서 칼에 찔려 사망했다……."
현장을 둘러보며 사쿠라가 말하자 이어서 반조가 고개를 끄덕이며 중얼거렸다.
"그리고 사와노보리 하지메가 용의자로 지목됐다."
사쿠라는 당시 수사 자료를 보며 다시 확인했다.
"현장 근처에서 목격돼서 임의 동행으로 검거했고요."
"사와노보리가 목격된 장소는 이쪽이지만 흉기가 발견된 건 저쪽이야."
반조는 흉기가 발견된 방향으로 걸어갔다. 사쿠라도 잔달음질로 쫓아갔다.
"선배, 사건이 머릿속에 그대로 들어 있나 봐요."
"당연하지."
"파트너를 정말 아끼셨군요. 아직까지 포기하지 않고 진상을 쫓다니……."
사쿠라의 칭찬을 회피하듯 반조는 걷는 속도를 높였다.
"……나 때문이니까."
"네?"
"내가 무시하지 않았다면 그 녀석은 살았을 거야."
"선배……."

"그게 무슨 소리야! 오타구 사장 피살 사건을 재수사한다고? 정신 나갔어?"

고시가야는 어깨를 움츠리며 조가사키에게 반박했다.

"하지만 어나니머스의 정체를 밝혀내려면 이 사건을 떼어 놓고 생각할 수 없지 않습니까. 반조의 주장에도 일리가 있습니다."

그런 고시가야에게 조가사키가 목소리 톤을 바꾸어 말했다.

"……자네, 각오는 되어 있겠지?"

반조와 사쿠라는 꽃을 심은 주택가 길을 걷고 있었다.

"범인은 여기에 흉기로 쓴 칼을 신문지로 감싸서 버렸다……. 왜 여기에 버렸을까."

"왜라뇨……. 그냥 아무 데나 버려도 상관없었던 거 아닐까요?"

"큰길로 나가기 전에 버리고 싶었다면……."

조금 전에는 아무 생각 없이 대답했던 사쿠라가 그 말을 듣자 눈이 동그래졌다.

"즉 범인은 그 후에……."

반조가 여기까지 말하자 사쿠라는 마치 자신이 정답을 생각해 낸 듯이 뛰어올랐다.

"여기서 큰길로 나갔다. CCTV!"

손가락살인대책실에서 시노미야는 반조와 전화하고 있었다.

"그 주택가 앞 큰길을 찍은 CCTV 영상, 압류해서 보관하고 있었습니다. 하지만 확인 결과 보고서는 없네요……."

"그 영상을 확인하기도 전에 진범이 밝혀져 수사가 중단된 거야. 지금 당장 그 영상부터 조사해."

"알겠습니다."

"리리코 바꿔 줘."

반조의 말을 듣고 시노미야는 리리코에게 휴대폰을 건넸다.

"나?"

리리코가 어리둥절하게 전화를 받았다.

"여보세요. ……네? 꽃을 보낸 사람이요?"

꽃가게 점원은 경찰의 갑작스러운 방문에 놀란 눈치였지만, 리리코의 질문에 성의껏 대답해 주었다.

"하야마 요양원의 구라키 세나 님께 보내는 꽃 말씀이시죠? 의뢰하신 분은 처음에만 가게에 오셨고 그 후 정기적으로 똑같은 꽃을 주문해서 보내고 계세요. 보라색 히아신스요."

"의뢰인 이름은요?"

점원은 데이터를 확인하며 대답했다.

"그게……, 아, 다나카 이치로 씨네요. 익명으로 보내 달라고 부탁하셨어요."

손가락살인대책실에서는 시노미야가 큰길을 찍은 흐릿한 CCTV 영상을 보며 악전고투하는 중이었다.

"이러면 누가 누군지 분간이 안 가잖아……. 힌트가 하나라도 있으면 좋겠는데……."

그때 시노미야는 문득 반조와 사쿠라의 대화를 떠올렸다.
"아, 맞다! 장갑……!"
시노미야는 중얼거리며 다시 확인 작업에 들어갔다.

경시청으로 돌아온 반조는 자료실에서 '오타구 사장 피살 사건' 파일을 찾아보고 있었다. 구라키를 위해서라도 반드시 진실을 알아내야 했다. 반드시…….
그때 반조의 휴대폰으로 메시지 하나가 도착했다. 그 화면을 본 순간, 반조의 눈썹이 움찔거렸다.
「동영상이 확산되고 있군요. - 어나니머스 -」
메시지에 첨부된 링크를 클릭하자 고시가야의 회견 영상에 '손가락살인대책실은 언론을 통제하는 부서!'라는 자막을 덧입힌 영상이 나오기 시작했다.
반조가 곧바로 '블라인드 경찰' 사이트를 확인하니 어나니머스가 올린 게시물에 손가락살인대책실 전원의 프로필이 공개되어 있었다.
「네 목적이 뭐야.」
반조가 보내자 곧바로 회신이 왔다.
「진상 규명. 그리고 처벌.」
반조는 부아가 치밀었지만 다시 자료로 시선을 돌렸다. 자료를 읽던 반조의 눈이 '담당자'라고 쓰인 칸에 이르자 휘둥그레졌다. 그때 사쿠라가 달려왔다.
"선배! 시노미야가 뭔가 발견한 모양이에요."

시노미야는 화면의 한 점에 커서를 올렸다.

"이 파란 캡 쓴 남자, 검은 장갑을 끼고 있습니다. 도주한 범인일 가능성이 높다고 생각해서 다른 CCTV를 찾아봤지만……. 다른 카메라에는 찍혀 있지 않았습니다."

한 방 먹은 듯한 사쿠라를 개의치 않고 시노미야가 계속 설명했다.

"하지만 같은 날 근처 케이크 가게가 신규 오픈해서 해시태그로 현장 사진을 찾아보니, 여기에……."

시노미야는 익숙한 손놀림으로 인스타그램 피드를 열었다.

"똑같은 파란 캡을 쓴 인물이 찍혀 있었습니다."

"진짜네!"

"해상도를 조정하면……."

시노미야는 곧바로 사진의 해상도를 조정했다.

얼마 후 화면에 나타난 사람은 파란 캡을 쓰고 검은 장갑을 낀 야마무로였다.

"이 정도면 어나니머스의 주장은 사실이라 해도 무방하겠네요."

시노미야가 보고를 마쳤을 때 반조의 휴대폰으로 리리코의 전화가 걸려 왔다. 전화기 너머에서 리리코는 흥분한 목소리로 말했다.

"CCTV 영상으로 동선을 추적해서 알아냈어요. 구라키 형사에게 꽃을 보낸 사람은……."

보고를 들은 반조는 잠시 생각에 잠긴 표정을 지었다. 그리고 천천히 전화를 끊었다.

"무슨 일이세요?"

사쿠라가 물었다.

"퍼즐의 조각이 맞춰졌어."

전등 몇 개가 껌벅껌벅하며 점멸했다. 그 때문인지 지하 주차장은 평소보다 을씨년스러운 분위기가 감돌았다. 그곳에서 고시기야와 빈조가 마주했다.

"역시 어나니머스의 주장이 사실이었나……."

반조의 보고를 들은 고시가야가 조용히 탄식했다.

"전 어나니머스가 구라키에게 허위 정보를 주었다고 굳게 믿었습니다. ……그래서 지난 2년간 진실에 다다르지 못했던 겁니다."

"반조, 무리도 아닐세. 물증이 조작됐다고 의심했다가는 도저히 일을 할 수 없으니까……."

"하지만 생각을 180도 바꾸자 진실이 눈앞에 있었습니다."

고시가야의 표정이 급격히 어두워졌다.

"구라키에게 진범의 정보를 제공한 어나니머스의 정체는……, 고시가야 신지로, 바로 당신이죠."

무표정한 고시가야에게 반조는 계속 말했다.

"당시 물증 조작을 안 사람은 극히 드물었을 겁니다. 수사 자료를 다시 살펴보니 당신은 흉기 수색반 담당자였습니다. 진실을 알았다 해도 이상하지 않지요."

고시가야는 난처한 듯이 웃었다.

"당신이 수사 종결 이후에도 현장을 찾아갔다는 사실은 이미 확인했습니다. 당신은 독자적으로 수사를 진행한 결과 진범을 알아냈지요. 그리고 '어나니머스'라는 익명의 제보자를 만들어 내 구라키에게 진범의 이름을 가르쳐주었고요."

여기까지 말하고 반조는 주머니에서 루어를 꺼냈다.

고시가야는 그 루어를 보자 안색이 바뀌었다.

– 2년 전 –

시간은 새벽 2시를 지났을 무렵이었다.

고시가야는 수사1과를 향해 천천히 발걸음을 옮겼다. 문을 열고 사무실을 둘러보았다. 여느 때와 다름없는 모습이었다. 아무도 없는 것을 확인한 고시가야의 행동은 민첩했다. 어느 자리를 향해 곧바로 걸어가 서랍을 열고 루어와 메모를 넣은 뒤 태연한 얼굴로 사무실을 빠져나왔다.

그날 밤, 고시가야는 낚시터 근처로 가서 한 노숙자에게 말을 걸었다.

"용돈 벌이 할 생각 없습니까? 낚시터로 가서 이 루어를 가진 여자에게 봉투를 건네주십시오."

고시가야는 루어의 사진을 보여주며 검은 봉투를 건넸다.

"일이 끝나면 보상은 충분히 하지요."

"지금도 구라키에게 꽃을 보내는 건 그에 대한 속죄겠죠. 보라색 히아신스 말입니다."

고시가야를 바라보는 반조의 표정은 슬픔과 동정이 뒤섞여 있었다.

고시가야는 비로소 반조의 시선을 감내하며 입을 열기 시작했다.

"……언젠가 이렇게 될 줄 알았네. 내 죄를, 자네가 밝혀내는 것……. 난 이날이 오기를 기다렸네."

"물증을 조작한 사람은 당시 수사 책임자였던 조가사키 형사부장이겠죠."

"……그래."

고시가야는 고개를 숙이며 대답했다.

"사실을 왜곡하는 데는 동의할 수 없었지만 그렇다고 거역할 수도 없었지. 내 나름대로 수사한 결과, 진범은 사와노보리 하지메가 아니라 야마무로 고스케라는 결론에 이르렀네."

"다만 경찰 조직원으로서 뒤엎을 순 없었을 겁니다. 대놓고 야마무로 고스케가 범인이라고 말하지 못한 당신은 구라키를 눈여겨보았겠지요."

고시가야는 가만히 고개를 끄덕이며 말하기 시작했다.

"외국에서 살다 온 구라키는 경찰 조직에 녹아들지 못했지만 정의감이 넘쳤네. 공교롭게도 당시 그녀는 정보원을 찾고 있었지."

"……."

"그래서 '어나니머스'라는 발상을 하게 됐어. 하지만……, 익명으로 타인을 조종하는 건 잘못된 방법이었네. 구라키가 의식 불명이 됐다는 소식을 듣고 몹시 충격을 받았지. 난 돌이킬 수 없는 잘못을 저질렀다는 죄책감에 경찰을 그만둘 생각이었어."

고시가야는 사표를 냈지만 조가사키는 받아주지 않았다.
"그렇게 쉽게 그만둘 수 있을 거라 생각하나?"
"예……?"
"구라키 형사에게 정보를 흘린 사람……, 자네지?"
고시가야는 동요를 감출 겨를도 없었다.

"부디 오해하지 말게. 자네도 수사 자료에 사인했어. 공범인 셈이지. ………자네 아들이 일으킨 교통사고, 그 정도 과실로 끝난 게 누구 덕인지 잊은 건 아니겠지?"

고시가야는 조가사키의 시선을 피해 바닥으로 고개를 떨어뜨린 채 대답했다.

"형사부장님 덕분입니다……."

"그렇지. 곧 취직할 때가 됐던가……. 잘 듣게. 이건 경찰 조직을 지키기 위한 일이야."

조가사키의 말에 고시가야는 그저 묵묵히 서 있을 수밖에 없었다.

방금까지 그렇게 점멸했던 형광등은 어느새 수명이 다해 꺼져 있었다. 그 때문인지 조금 더 어둑해진 지하 주차장에서 고시가야는 말을 이어 나갔다.

"조가사키 형사부장은 신설 부서의 실장이라는 자리를 제안했네. 날 한직으로 밀어내고 지켜볼 생각이었겠지. 익명의 죄를 단속하는 부서라니, 참 아이러니하지 않나."

고시가야는 자조적으로 웃었다.

"……난 그 인사 명령을 받아들였네."

고시가야는 북받쳐 오르는 감정을 가까스로 억누르며 반조에게 말했다.

"난 이 손가락살인대책실에서 구라키의 의식이 돌아오기를 기다리기로 했네. 그녀가 회복하면 진실을 밝히겠노라고, 그때 가서 그녀를 도우면 되는 거라고 스스로를 설득했어. ……하지만 마음 한편에선……, 그녀가 깨어나지 않았으면 좋겠다는 바람도 있었지."

반조는 조용히 고시가야를 바라보았다.

"나는……, 나는……, 형사로서 실격이야……."

지하 주차장에 미지근한 바람이 불었다.

반조가 입을 열었다.

"실장님은 정의를 위해 고발한 것뿐입니다. 그 정보를 얻은 구라키가 혼자서 진범을 찾아간 게 유일한 오산이자 비극의 시작이었죠. ……그건 전부 제 탓입니다. 구라키는 파트너인 제게 보고했지만, 저는 혼자서 처리하라고 차갑게 등을 돌렸습니다. 비극을 부른 건 저의 책임입니다."

고시가야는 복잡한 심경으로 반조의 말을 들었다.

"이번 어나니머스도 실장님입니까?"

반조가 묻자 고시가야는 확실히 선을 그었다.

"물론 난 아니야. 내가 모르는 곳에서 점점 진화하고 있어. 이번 어나니머스의 팽창은 무서울 정도야. 믿어 주게."

고시가야의 눈을 바라보며 반조가 힘주어 대답했다.

"물론 믿습니다."

"반조……."

석양이 반사되어 건물이 눈부시게 빛났다. 그 건물 안에 있는 형사부장실에서 반조와 고시가야가 조가사키와 대치하고 있었다.

"반조 형사가 진상을 밝혀냈습니다. ……이제 제 손을 떠난 문제입니다."

조가사키는 고시가야의 말을 듣고 천천히 물었다.

"……어떻게 할 작정인가."

"진실을 밝히겠습니다. 그것 말고는 방법이 없습니다."

반조는 조가사키에게 단호하게 말했다.

조가사키는 조금 생각한 뒤 고시가야와 반조에게 머리 숙여 부탁했다.

"……하루만 시간을 주게. ……이 일은 내가 매듭짓고 싶네. 모든 걸 내 입으로 밝힐 테니."

손가락살인대책실로 돌아온 고시가야는 팀원들에게 머리를 숙였다.

"정말 면목이 없네."

"실장님……."

고시가야의 충격적인 고백을 듣고 고장 난 로봇처럼 멈추어 버렸던 사쿠라는 이내 정신을 차리고 침착하게 상황을 정리했다.

"이번 어나니머스는 다른 인물이라는 말씀이시죠?"

고시가야가 고개를 끄덕였다.

"……구라키 사건을 겪고 나서 난 익명에 기댄 정의가 얼마나 무서운지 깨달았어. 익명의 정의는 통제 불가능한 괴물이야."

지금까지 묵묵히 듣고만 있던 시노미야가 PC로 시선을 돌리더니 "큰일입니다." 하며 모니터에 뉴스 사이트를 띄웠다. 아나운서가 담담히 소식을 전했다.

"금일 가바야마 푸드의 가바야마 사장이 자택에서 사망한 채 발견되었습니다. 가바야마 사장은 직장 내 괴롭힘에 시달리던 사원이 자살한 사건 이후 하루 1만 건이 넘는 비방과 인신공격을 받아 왔습니다……."

그 뉴스를 보고 시노미야는 나지막이 중얼거렸다.

"또 다른 손가락 살인이……."
"어서 막아야 해."
리리코도 진지한 눈빛으로 뉴스를 보고 있었다.
사쿠라가 눈을 가늘게 뜨며 말했다.
"이번 어나니머스는 누구일까요."

조가사키는 어느 호텔 입구 근처에서 경찰 간부인 기미지마와 모리모토와 함께 하세베 국무대신을 배웅하고 있었다.
"하세베 대신님, 오늘 정말 감사했습니다."
기미지마가 머리를 숙이자 모리모토와 조가사키도 뒤따라 고개 숙여 인사했다.
"경찰의 비리를 규탄한다는 등의 인터넷 소동 때문에 내 주변에서도 걱정하는 사람이 많아 난처하네."
"물론 유언비어입니다."
모리모토는 하세베에게 극구 부인했다.
"하여간 세상 사람들은 그런 음모론을 좋아한다니까. ……단, 만에 하나 사실로 밝혀진다면 철저히 책임을 묻겠네."
그런 다음 하세베는 차에 올라탔다.
"저기……."
조가사키가 말문을 연 그때였다.
"참, 조가사키 부장. 지난번에 그 자리에 추천하기로 했던 건 잘 풀릴 것 같네. 내 얼굴에 먹칠하지 않기 위해서라도 아무쪼록 불상사가 일어나지 않도록 단속하게."

하세베는 그렇게 말한 후 차 문을 닫았다.

"잘 됐군, 조가사키."

모리모토가 축하했지만 조가사키는 동요한 나머지 아무 대꾸도 하지 못했다.

하세베가 지시하자 검은 차가 움직이며 호텔에서 점점 멀어졌다. 기미지마, 모리모토와 함께 다시 허리 숙여 배웅하는 조가사키의 표정은 딱딱하게 굳었다.

다음 날 아침, 반조와 고시가야가 사무실에 출근해 보니 시노미야와 리리코가 언쟁을 벌이고 있었다. 리리코는 아침 댓바람부터 드센 목소리로 소리쳤다.

"그러니까 난 모른다고 했잖아!"

시노미야도 질세라 언성을 높였다.

"전 사실을 말씀드린 거라고요!"

사쿠라는 두 사람 사이에서 낑낑거리며 말리고 있었다.

"둘 다 진정 좀 하세요!"

반조는 심상치 않은 분위기에 놀랐다.

"무슨 일이야?"

시노미야가 흥분해서 떠들었다.

"리리코 선배 태블릿 보안에 구멍이 뚫려 있었습니다. 즉, 외부에서 경찰 수사 파일에 몰래 접속이 가능한 상태였습니다."

"뭐라고?"

고시가야의 눈이 휘둥그레졌다.

"난 모르는 일이라고 몇 번을 말해!"

리리코는 더욱 거친 목소리로 소리쳤다.

깜짝 놀란 사쿠라가 두 사람보다 더 큰 목소리로 끼어들었다.

"잠깐만요! 그럼 어나니머스는 꼭 경찰 내부 사람이 아닐 수도 있다는 말이에요?"

시노미야는 리리코의 태블릿을 자신의 PC에 연결한 뒤 숨을 고르며 설명했다.

"아, 근데 잠시만요……. 외부에서 접속이 가능하다 해도 직원 번호와 비밀번호는 필요한데……."

시노미야는 곧바로 접속 이력을 확인했다.

"아, 내 번호랑 다른 번호로 여러 번 접속한 적이 있잖아?!"

화면을 들여다보며 리리코가 의아한 목소리로 말했다.

시노미야가 화면에 적혀 있는 직원 번호를 읽었을 때 반조의 눈썹이 움찔거렸다. 곧바로 직원 검색을 했다. 잠시 후 반조가 응시하는 화면에 검색 결과가 떴다.

그 화면을 보며 경악한 사쿠라가 소리를 질렀다.

"말도 안 돼!"

"이게 어떻게 된 거예요? 왜 이 이름이……."

화면을 본 리리코도 얼어 버렸다. 모두가 말문을 잃은 가운데 반조는 사무실을 뛰쳐나갔다.

검색 화면에는 '휴직 중'이라는 글자와 함께 구라키의 프로필이 떠 있었다.

요양원의 한 방에서 구라키는 창밖을 바라보고 있었다. 잠시 후 구라키는 바로 옆에 놓인 컴퓨터로 시선을 돌렸다. 그녀의 손가락이 천천히 움직이기 시작했다.

8. 어나니머스

반조는 요양원으로 달려갔다. 그곳에서 맞닥뜨린 광경에 반조는 그 자리에 못 박힌 듯 꼼짝할 수 없었다. 눈앞의 현실이 믿기지 않아 시선을 돌려 방 안을 구석구석 확인했다. 침대, 화병, 휠체어…….
 그러나 주인을 잃은 물건들은 삭막함을 자아낼 뿐이었다.
 껍데기만 덩그러니 남은 그 방에서 반조는 나직이 신음을 내뱉었다.
 "구라키……."

 손가락살인대책실에서 반조는 울화와 적막함이 뒤섞인 복잡한 심경을 느끼며 자리에 앉아 한 점을 응시하고 있었다.
 사쿠라는 이미 현실을 받아들인 듯이 말했다.
 "어나니머스의 정체는 구라키 형사였네요…….."
 "하지만 그 사건 이후 줄곧 의식 불명에 빠져 있지 않았나요……?"
 시노미야는 당혹감을 감추지 못했다.
 "아마 어느 시점엔가 의식이 돌아왔겠지. 하지만 구라키는 지금까지 의식 불명인 체하며 치밀하게 계획을 세우고 실행에 옮긴 거야……."

고시가야는 냉정하게 구라키의 상황을 추측했다.
"경찰을 가지고 논 셈이네요."
리리코가 분하다는 듯이 중얼거렸다.
사쿠라는 반조가 걱정되면서도 뭐라고 말을 건네야 할지 몰라 가만히 자리를 지키고 있었다.
손가락살인대책실에 무거운 분위기가 흐르는 가운데 별안간 반조의 휴대폰이 울렸다. 화면에는 '발신자 번호 표시 제한'이라는 문구가 떴다. 이를 확인하고 반조는 천천히 통화 버튼을 눌렀다. 전화기 너머에서 목소리가 흘러나왔다.
"드디어 내 정체를 알아낸 모양이군요."
그 목소리를 들은 순간 상대가 누군지 알 수 있었다.
"……구라키."
반조의 말이 떨어지기가 무섭게 팽팽한 긴장감이 돌았다.
"반조, 스피커 켜."
고시가야가 재빨리 속삭였다.
반조는 고개를 끄덕이며 구라키와의 대화를 모두가 들을 수 있도록 스피커 모드로 전환했다.
"네가 어나니머스였나……."
분노가 정점에 달했는지 아니면 이미 받아들일 각오가 된 건지 반조의 첫 목소리는 의외로 침착했다.
"네."
반조가 가장 확인하고 싶었던 질문에 구라키는 허무할 정도로 태연하게 대답한 다음 차분한 목소리로 물었다.

"예전 파트너에게 휘둘린 기분이 어떠신가요."
"……너 지금 어디야."

눈에 띄는 물건이라고는 PC밖에 없는 몹시 살풍경한 공간이었다. 그 방에서 구라키는 반조와 통화하고 있었다.
"도쿄 내 모처, 라고만 말씀드리죠."

손가락살인대책실의 팀원들은 마른침을 삼키며 스피커로 흘러나오는 구라키의 목소리를 듣고 있었다. 참다못한 고시가야가 끼어들었다.
"구라키, 들리나? 어째서 이런 일을……."
"어째서냐고요? 의식이 돌아온 그날 밤, 전 배신당한 사실을 알게 됐습니다……. 그때 기분이 어땠는지 짐작이나 가십니까?"

떠들썩한 도심에서 떨어진 요양원은 한낮에도 시간이 멈춘 듯 정적이 흘렀지만 밤이 되면 한층 고요가 깃든다.

한밤중, 요양원 침대에서 구라키는 천천히 눈을 떴다. 점점 의식이 또렷해지자 구라키는 주위를 둘러보며 지금 자신이 처한 상황을 열심히 정리했다.

잠시 후 침대에서 내려온 구라키는 병실을 나가 비틀비틀 복도를 걸었다.

그러자 복도 끝에서 누군가와 전화하는 남자의 목소리가 들려 왔다.
"구라키 세나, 의식이 돌아올 기미가 전혀 없습니다. ……물론 지속적으로 감시하겠습니다."

자기 이야기를 하고 있다는 사실을 깨닫고 구라키는 대화에 귀 기울였다.

"네. 단독 행동을 하다 자멸한 형사로 처리하고 이대로 깨어나지 않기를 바라야죠."

구라키는 그 남자의 얼굴을 확인하려 했지만 온전치 않은 몸으로 간신히 복도 모퉁이를 돌았을 땐 이미 떠나는 남자의 뒷모습만 보일 뿐이었다.

멀어지는 남자의 뒷모습을 눈에 담으며 구라키는 주먹을 꽉 쥐었다. 절망이 분노로 변하는 순간, 주먹 쥔 손에서는 손톱이 손바닥을 파고들었다.

휴대폰 스피커 너머로 구라키가 말했다.

"저는 감정을 억눌러 죽이고 천천히 준비해 왔습니다. 경찰이 진실을 은폐하려는 것을 막으려면 무엇을 해야 할까 생각했죠……."

반조는 일단 구라키의 말을 듣고 나서 캐물었다.

"'블라인드 경찰'이라는 사이트도 네 작품인가?"

"네."

"목적이 뭐야."

"물론 경찰이 2년 전에 저지른 큰 죄악을 세상에 밝히는 것. 그리고 진실을 어둠 속에 묻은 인간들을 폭로하고 처단하는 것이죠."

그 말을 듣고 반조는 구라키에게 단언했다.

"구라키, 네 목적은 곧 이루어질 거야."

"이루어진다고?"

전화기 너머로 구라키가 의아하다는 듯이 물었다.

"11시에 시작하는 정례 회견을 봐."

반조는 스스로 사건의 진상을 밝히고 매듭짓겠다는 조가사키의 약속을 떠올리며 구라키에게 확신에 찬 말을 던졌다.

"이제 이 사건의 결말이 날 거야."

구라키는 전화기 너머에서 자조적으로 웃었다.

"좋습니다. 그럼 회견을 지켜보죠."

그 말을 남기고 구라키는 전화를 끊었다.

경시청에 있는 회견장에서는 기자들이 회견이 시작되기만을 목 빠지게 기다리고 있었다. 회견장은 평소와는 달리 예사롭지 않은 분위기가 흘렀다. 11시 정각이 되자 문이 열리며 기미지마와 모리모토를 비롯한 경찰 고위 간부 여러 명이 들어와 단상 위로 올라갔다.

"그럼 정례 회견을 시작하겠습니다."

기미지마의 발언과 함께 운명의 회견이 막을 열었다.

"3월 간사, 도토 통신의 아이다 기자입니다. 잘 부탁드립니다. 그럼 수석 감찰관의 모두 발언이 있겠습니다."

간사를 맡은 기자의 진행에 따라 모리모토가 발언하기 시작했다.

"금일은 세 건의 보고가 있겠습니다. 우선 도내 각지의 CCTV 설치 확대 건에 관해 말씀드리자면, 지난달 이타바시구에서 발생한 묻지마 사건의 범인 검거로 이어진 사실로 미루어 보아, 수도 도쿄의 '치안·안전·안심'을 확보하는 데 기여한 것으로 판단하고 있습니다."

"어? 조가사키 형사부장은 어디 갔지……?"
"왜 모습이 안 보이죠……?"
모니터를 보며 사쿠라와 시노미야가 의문을 드러냈다.
반조도 곤혹스러운 표정으로 화면을 보았다.
기자 회견장에서는 이렇다 할 것 없는 보고를 마치고 기미지마가 회견을 끝내려 했다.
"그럼 이상으로 정례 회견을 마치겠습니다."
고개를 숙이고 회견 종료를 알린 기미지마에게 한 기자가 물었다.
"잠시만요! '블라인드 경찰'이라는 사이트에 어나니머스라는 인물이 투고한 내용에 대해 설명해 주십시오!"
모리모토가 담담하게 대답했다.
"그 건에 관해서는 담당자가 자리를 비운 관계로 답변 드리기 어렵습니다."
발언이 끝나기가 무섭게 기자들 사이에서 고성이 날아들었다.
"잠시만요!"
"국민들의 관심이 집중된 사안입니다!"
혼란 속에서 억지로 막이 내리고 회견은 끝이 났다.

"자리를 비우다니……!"
사쿠라가 이해할 수 없다는 표정으로 소리쳤다.
회견 중 어디론가 전화를 걸었던 고시가야는 나직이 탄식을 내뱉은 후 팀원들에게 전했다.
"지금 확인해 보니, 조가사키 형사부장은 오늘 아침부터 연락이 안 된다고 하는군."

"어떻게 그럴 수가……!"

"전부 털어놓기로 한 거 아니었습니까……?"

리리코와 시노미야가 낙담했다.

반조는 책상을 걷어차며 고함을 질렀다.

"말이 다르잖아!"

반조의 고함과 동시에 휴대폰 벨 소리가 울렸다.

반조가 전화를 받자 스피커로 구라키의 목소리가 흘러나왔다.

"이제 아시겠지요? 이것이 경찰이라는 조직의 현실입니다."

팀원들은 아무 대꾸도 하지 못하고 침묵을 지켰다. 스피커에서 들리는 구라키의 목소리는 손가락살인대책실에 서늘하게 울렸다.

"자, 그럼 다음은 제 차례입니다."

기세가 등등한 구라키를 타이르듯 반조가 설득했다.

"구라키, 뒷일은 우리한테 맡겨. 우리가 진실을 전부……."

반조의 말이 채 끝나기도 전에 구라키가 끼어들었다.

"부패한 경찰이 뭘 할 수 있다는 겁니까?"

반조가 되받아치려 한 순간 전화는 끊겼다.

"대체 무슨 꿍꿍이야……."

리리코가 불안해하며 말했다.

PC로 '블라인드 경찰'을 주시하던 시노미야가 흥분해서 소리쳤다.

"어나니머스가 게시물을 올렸습니다!"

그 목소리를 신호로 모두 시노미야의 자리로 모여 PC를 들여다보았다. 칠흑처럼 어두운 화면에 섬뜩한 가면을 쓴 어나니머스가 나타났다.

몇 번을 봐도 그 모습은 등골이 서늘했다.
"친애하는 정의의 사도 여러분. 경찰은 2년 전 범인 조작설을 사실무근이라며 부인했습니다. 자, 과연 경찰의 주장이 옳은지 여러분께서 직접 사실을 확인해 보시기를 바랍니다."
"사실 확인이라……."
사쿠라가 의아한 표정으로 중얼거렸다.
이 영상을 시청하는 사람은 손가락살인대책실의 팀원뿐만이 아니었다. 온 국민이 전국 각지에서 지켜보고 있었다.
"이름 없는 정의의 사도 여러분, 그럼 활약을 기대하겠습니다."
화면은 또다시 칠흑 같은 어둠으로 바뀌었다. 어나니머스의 영상은 끝났다.
"무슨 뜻이지……."
고시가야가 중얼거렸다.
"앗, 이건……!"
시노미야가 화면을 가리켰다.
"'블라인드 경찰'에 수사 자료가 하나씩 올라오고 있습니다!"
어나니머스는 '블라인드 경찰' 사이트에 오타구 사장 피살 사건의 수사 보고서와 감식 보고서, 보관된 CCTV 데이터 등 당시 수사 자료를 차례차례 게시했다. 절망적일 정도로 대량의 정보가 샘솟듯이 올라왔다.
게시물을 본 전국의 모든 이들이 흥분해서 마구 댓글을 달았다.
「설마 수사 자료야?」
「이거 진짜잖아!」
「우리가 경찰 비리를 낱낱이 파헤치자!」

「어나니머스 대단하다!!」

「그야말로 '블라인드 경찰', 아니 '정식 경찰'」

"담당 수사원 리스트까지 올라오고 있습니다!"

시노미야가 소리쳤다.

"네티즌한테 범인 수색을 시키겠다는 거야?"

리리코는 아연실색했다.

"달아오른 열기를 이용해 진실을 밝히겠다는 건가……."

"이런 식으로 경찰의 비리와 은폐가 드러났다가는……."

사쿠라와 고시가야가 불안한 표정으로 말했다.

"단순히 비난에서 그치는 게 아니라 경찰의 신용은 회복할 수 없을 만큼 추락할 겁니다."

시노미야가 말했을 때 반조의 휴대폰 메시지 착신음이 울렸다.

어나니머스로부터, 아니 구라키에게서 온 메시지였다.

「이름 없는 정의의 힘을 보여드리지요.」

그 메시지를 본 반조는 2년 전 수사1과에서 구라키에게 한 말을 떠올렸다.

"익명 제보 따위 믿지 마. 허위 정보에 휘둘리다 끝날 뿐이야."

"……이게 너의 복수인가……."

반조는 나직이 탄식했다.

"선배, 어떻게 하죠?"

사쿠라가 어쩔 줄 몰라 했다.

반조는 생각에 골몰했다.

"선배!"

사쿠라가 날이 선 목소리로 재촉했다.

"우선은 구라키의 행방을 쫓아야지."

"이렇게 제멋대로 날뛰게 내버려 둘 순 없으니까……."

"하지만 아무런 단서도 없지 않습니까……."

고시가야와 리리코, 시노미야도 뾰족한 수가 없기는 마찬가지였다.

손가락살인대책실의 분위기가 무겁게 가라앉았을 때 시노미야가 입을 열었다.

"저……, 하나 신경 쓰이는 게 있는데……."

"뭔데?"

리리코가 재빨리 반응했다.

"구라키라는 사람은 아직까지 의식 불명인 척하면서도 컴퓨터나 스마트폰을 사용했잖아요."

시노미야의 그 말에 활로를 찾은 듯이 리리코가 맞장구쳤다.

"맞아, 맞아. 혼자서는 불가능한 일이지."

"즉, 구라키 형사한테 조력자가 있다는 말이에요?"

화들짝 놀란 사쿠라가 말했다.

"요양원 면회자를 찾아내면……!"

반조는 아무 말 없이 사무실을 뛰쳐나갔다.

"어, 선배!"

사쿠라가 불러도 반조는 멈추지 않았다.

사무실 문을 열고 복도로 나가자 하토리가 있었다.

"어디 가지?"

반조가 무시하고 지나치려 했으나 하토리는 문을 붙잡고 막아서며 말했다.

"어나니머스의 주장이 사실이야?"

하토리의 손에서 예사롭지 않은 열기가 전해졌다.

"……그래."

"하나도 빠짐없이 설명해."

하토리의 말투는 소름이 돋을 만큼 날카로웠다.

인터넷은 「경찰 보안망 해킹」, 「수사 정보 유출」 등의 뉴스로 넘쳐나고, SNS에서는 「보안이 허술하네.」, 「범인 조작하는 위선자들.」, 「검증반 나서라.」 등의 글로 야단법석이났다.

구라키는 화면을 보며 만족스럽게 미소를 지었다.

"구라키가 어나니머스라고……?"

과연 하토리도 놀란 표정으로 반조를 쳐다보았다.

"그놈은 경찰 조직을 원망하고 있어. ……아니, 원망하고 있는 대상은 나일지도 모르지."

"어쩔 생각이야?"

"조가사키 형사부장을 압박해서 전부 밝히게 할 거야."

그 말을 들은 하토리가 조가사키의 상황을 전했다.

"오늘 아침 차를 타고 나간 이후 행방이 묘연하다고, 가족한테서 연락이 왔어. ……지금 N 시스템으로 분석하는 중이야. 나도 전력을 다해 찾지."

"이건 내 문제야."

반조는 딱 잘라 거절했다.

그러자 하토리는 반조의 멱살을 비틀어 잡고 날카로운 눈빛으로 윽박질렀다.

"닥쳐. 너만의 문제가 아니야. 혼자 짊어지고 정의로운 척하지 마."

멱살 쥔 손을 천천히 놓으며 하토리는 자신을 진정시키듯 허탈하게 말했다.

"……뭔가 나오면 연락해."

"그래."

이번에는 반조도 순순히 승낙했다.

뒤돌아서 걸어가는 하토리의 뒷모습을 반조는 잠시 바라보았다.

문득 인기척을 느끼고 돌아보니 사쿠라가 서 있었다.

"선배."

사쿠라는 더 이상 말하지 않았다.

"가자."

그 목소리를 신호로 두 사람은 경시청을 나섰다.

손가락살인대책실에서는 시노미야가 CCTV 자료 영상을 노려보며 씨름하고 있었다. 이윽고 시노미야의 눈빛이 달라졌다.

"이놈인가……."

"벌써 뭔가 알아낸 거야?"

고시가야가 시노미야의 자리로 가자 리리코도 다가왔다.

"이 자가 요양원에 여러 번 찾아왔네요. 구라키 세나를 면회하러 온 것 같은데 의도적으로 CCTV를 피해 다녔어요. 얼굴이 전혀 찍혀 있지 않습니다."

"요양원에 문의해 볼까요?"

영상을 확인한 리리코가 고시가야 쪽을 보며 물었다.

"아, 잠시만요. 저녁에 찍힌 영상이라면……."

시노미야는 영상 내 유리창에 반사된 남자의 모습을 찾아 확대했다. 화질을 조정하자 잠시 후 남자의 얼굴이 또렷하게 나타났다.

"이 남자가……. 조력자……."

고시가야는 그 남자가 어쩐지 낯익은 기분이 들었다.

구라키는 '블라인드 경찰'에 올라온 댓글을 열심히 읽었다.

「조가사키 형사부장이 수상한데.」

「범인 조작의 주모자?」

「정답.」

수많은 댓글이 활발하게 올라왔다.

"아무래도 진상에 다가간 것 같습니다. 슬슬 불길이 치솟겠군요."

구라키의 옆에서 하루카와 마사야가 불쾌한 웃음을 흘렸다.

"이런데도 경찰은 발뺌할 수 있을까요."

구라키도 비슷한 웃음을 지었다.

조가사키의 자택에 도착한 반조와 사쿠라는 거실로 들어갔다.

"갑자기 찾아와서 정말 죄송합니다."

소파에 앉은 사쿠라가 가볍게 머리를 숙였다.

"아닙니다."

맞은편에 앉은 조가사키의 부인 료코도 머리를 숙였다.

사쿠라는 단도직입적으로 용건을 꺼냈다.

"형사부장님한테서 연락이 왔었나요?"

"오늘은 한 번도 없었어요."

료코는 고개를 저었다.

그러자 료코의 옆에 앉은 딸 이즈미가 쭈뼛쭈뼛 물었다.

"저……, 인터넷에 아버지가 사건을 조작했다는 글이 나돌던데……, 사실인가요……?"

"그건……."

사쿠라가 말끝을 흐리며 옆에 앉은 반조에게 도움을 구했다.

반조가 망설이고 있을 때 별안간 밖에서 남자의 고함 소리가 들렸다.

"조가사키 료코 씨, 이즈미 씨! 나와 보세요!"

다른 남자의 목소리도 함께 들렸다.

"아무리 가족이라도 범죄자를 숨기는 건 또 다른 범죄죠!"

반조의 눈썹이 움찔거리며 자리에서 일어나려고 했을 때였다.

"괜찮습니다!"

료코는 반조를 말렸다.

"저희는 됐으니까 남편 일에 집중해 주세요. 그 사람 짐도 없이 나간 데다 어제부터 안색도 안 좋았어요……."

료코는 절실한 표정으로 호소했다.

"부탁드려요. 제발 저희 아버지를 찾아 주세요."

이즈미도 머리를 숙였다.

그때 반조의 휴대폰이 울렸다. 하토리의 전화였다.

반조가 조금 떨어진 곳으로 가서 전화를 받자 하토리가 무거운 목소리로 말을 꺼냈다.

"……조가사키 형사부장을 찾았어."

"장소는?"

"그게……."

통화하는 반조의 모습을 료코와 이즈미가 불안한 표정으로 쳐다보고 있었다.

반조와 통화를 끝낸 하토리는 휴대폰을 집어넣었다. 그가 서 있는 장소는 인적이 없어 조용하고 근처에 차 한 대만 세워져 있었다.

운전석에 앉아 있는 사람은 조가사키였다. 눈을 감고 엎드린 채 미동도 하지 않았다. 조수석에는 독극물 병이, 그 옆에는 유서가 놓여 있었다.

"……젠장!!"

운전석 문을 걷어차며 하늘을 올려다본 하토리의 외침은 허공으로 허무하게 빨려 들어갔다.

손가락살인대책실의 모니터에서는 조가사키의 자살 소식을 반복해서 보도하는 저녁 뉴스가 흘러나오고 있었다.

모니터 앞에서 고시가야가 침통한 표정으로 말했다.

"사인은 독극물 중독. 정황상 자살이 확실하다고 하는군. 차 안에 자필 유서도 있었고."

「저는 2년 전 사건의 피의자인 사와노보리 하지메 씨에게 자백을 받아내기 위해 물증 날조라는, 감히 경찰로서 행해서는 안 되는 짓을 저질렀습니다. 진실을 아는 사람은 극히 일부의 부하이며 그들도 제 협박에 못 이겨 억지로 따랐을 뿐입니다. 이 사건의 책임은 전적으로 제게 있습니다.」

발견된 유서에 적힌 글은 여기서 끝났다.
침울한 분위기를 깨듯 반조의 휴대폰으로 발신자 번호 표시 제한 전화가 걸려 왔다.
"사건, 해결됐네요."
스피커 너머에서 구라키가 말했다.
"……구라키……."
"당신들의 자업자득이죠."
사쿠라가 참지 못하고 소리쳤다.
"구라키 씨, 들리세요? 이런 방법은 잘못됐어요. 손가락 살인이나 마찬가지잖아요!"
"정의가 집행한 결과입니다."
"이게 어떻게 정의라는 거죠?!"
"당신네 경찰들이 정의를 논할 자격은 없습니다."
구라키는 억양 없이 말하고는 전화를 끊었다.
리리코는 뇌리에 떠오른 의문을 드러냈다.
"설마 구라키는 이렇게 될 걸 처음부터 예상하고……?"
시노미야의 PC 화면에는 조가사키의 인간성을 부정하는 듯한 비방과 인신공격 글이 가득했다.

그때 손가락살인대책실의 문이 천천히 열렸다. 그 앞에는 조가사키의 딸 이즈미가 서 있었다. 이즈미는 반조에게 목례했다.

상담 부스로 안내받은 이즈미는 반조와 사쿠라에게 가까스로 짜낸 목소리로 입을 열었다.

"……전혀……, 달라요."

"다르다고요?"

"뉴스나 인터넷에서 말하는 아버지는 제가 아는 아버지와 전혀 달라요……."

반조와 사쿠라는 잠자코 이즈미의 말에 귀 기울였다.

"지금 생각해 보면 2년 전 그 당시에 아버지는 무언가로 고심하고 있었어요……."

- 2년 전 -

조가사키는 자택에서 통화하며 송골송골 맺히는 땀을 연신 손수건으로 닦아 냈다.

"예, 예, 알겠습니다. 그 건에 관해서는 저희 쪽에서 처리해 놓겠습니다. ……잠시만 기다려 주십시오! 아무래도 그건 좀……! 내일까지 말씀이십니까? 아니, 그건 저 혼자 판단하기에는……. 예, 예……."

"그때 문이 조금 열려 있어서 아버지의 통화 내용을 들었어요. 그날부터 아버지의 모습이 평소와는 달라서 계속 신경이 쓰였어요……."

이즈미는 호소하듯이 말했다.

"그날부터 아버지는 집에서도 웃음을 잃었어요. 아버지는 정말 단독으로 그런 일을 벌인 걸까요……?"

반조와 사쿠라는 뭐라고 대답해야 할지 막막했다.

"저희 아버지는 정말, 죽어 마땅한 사람인가요……?"

이즈미는 가방에서 휴대폰을 꺼내 내밀었다. 반조와 사쿠라는 가슴이 미어지는 기분으로 휴대폰을 보았다.

구라키는 별 하나 없는 꽉 막힌 도심의 하늘 아래서 걷고 있었다. 스쳐 지나가는 사람의 대부분이 스마트폰을 보며 걸었다. 그 화면에 비친 SNS에는 수많은 댓글로 넘쳐흘렀다.

「조가사키 형사부장 죽었다며.」

「사적 처벌 집행 완료!」

「근데 좀 지나친 것 같지 않아?」

「전혀. 죽어야 할 사람이 죽은 것뿐.」

「어나니머스 신뢰할 만하네.」

'구라키……. 이제 만족하나…….'

같은 시각 같은 하늘 아래서 걷고 있던 반조가 마음속으로 중얼거렸다.

하루카와 마사야는 그 방에서 혼자 PC를 보고 있다가 구라키가 돌아오자 희희낙락거리며 보고했다.

"구라키 씨, 예상대로 경찰에 대한 분노와 불신이 급속도로 퍼지고 있습니다."
"그렇군요."
구라키의 대답을 듣고 하루카와가 물었다.
"그럼 다음 단계로 넘어갈까요?"
구라키는 말없이 고개를 끄덕였다.

경시청의 집무실에서 기미지마와 모리모토가 화면이 뚫어질 듯이 뉴스에 집중하고 있었다. 아나운서가 심각한 표정으로 뉴스를 전했다.
"형사부장의 범인 조작 보고를 받은 국가 공안 위원장 하세베 국무대신은 경찰 고위 간부의 책임을 추궁하겠다는 입장을 명확히 했습니다."
화면은 회견에 응하는 하세베의 모습으로 전환됐다.
"이번 경시청의 불미스러운 사건에 관하여 말씀드리겠습니다. 형사부장이라는 요직에 있는 자가 범인 조작이라는 경찰로서 절대 범해서는 안 되는 행위를 저지른 것은 지극히 유감이며, 또한 향후 두 번 다시 이런 사태가 벌어지지 않도록 진상을 철저히 밝히고, 인사이동을 포함한 경시청 조직 체제의 전면 재검토를 도모할 계획입니다. 또한, 야마모토 경시 총감에게 기강 단속과 이 사태에 대한 엄정한 대처를 지시했습니다."

하세베의 회견을 지켜본 기미지마는 초조한 표정을 드러냈다.
"우린 거리낄 것 없으니 불똥이 튀진 않겠죠."
그렇게 말하면서도 모리모토의 목소리는 잔뜩 상기되어 있었다.

"배후를 찾겠다고……?"

아침부터 손가락살인대책실에서 리리코의 목소리가 울렸다.

사쿠라가 고개를 끄덕이며 말을 계속했다.

"따님의 말을 들어보니 아무래도 조가사키 형사부장 선에서 벌인 일이 아닌 것 같아요."

"누군가 범인 조작을 지시한 사람이 있다는 말이야?"

리리코가 반문했다.

"하지만 그걸 어떻게 밝혀냅니까……?"

시노미야는 의문을 솔직히 드러냈다.

"그건……."

사쿠라가 말을 잇지 못하자 그때까지 잠자코 있던 반조가 입을 열었다.

"열쇠는 누명을 쓴 사와노보리 하지메에게 있다."

"……사와노보리에게요?"

사쿠라가 반조에게 시선을 던졌다.

"왜 그자가 범인으로 몰렸을까……."

"그러고 보니 사와노보리는 자유기고가였지?"

리리코가 팀원들에게 물었다.

"아무래도 같은 점에 주목한 듯하군."

불현듯 입구에서 들려온 목소리의 주인공은 하토리였다.

하토리는 손가락살인대책실로 들어오더니 가지고 온 자료를 탁자 위에 펼쳐 놓기 시작했다.

"당시 현장을 담당했던 수사원에게 사와노보리 하지메와 관련된 자료를 보여주고 달라진 점이 없는지 샅샅이 살펴보라고 했어. 그 결과 딱 한 가지……, 사와노보리 하지메의 자택 압수품 리스트에서 SD카드가 사라진 사실이 발견됐지."

"사라졌다고요……?"

시노미야의 눈이 동그래졌다.

하토리는 모두를 둘러보며 말했다.

"아무래도 사와노보리는 뭔가 비밀을 알아낸 게 틀림없어."

"그 SD카드를 찾아내면……."

"배후를 알아낼 수 있다."

반조가 중얼거리자 이어서 히토리가 단호하게 말했다.

"어때, 반조. 이게 구라키를 앞지를 수 있는 유일한 카드야. 네가 그놈의 폭주를 막아."

"……그럴 생각이야."

반조의 눈빛은 수사1과에 있었을 때처럼 강인하게 빛났다.

반조와 사쿠라가 다시 찾아간 조가사키의 집에서 사쿠라는 간절한 얼굴로 애원했다.

"형사부장님 방을 조사하게 해 주세요. 혹시 증거가 나온다면 형사부장님께 조작을 지시한 인물을 알아낼 수 있을지도 모릅니다."

"정말이에요?"

사쿠라의 말에 실낱같은 희망을 품은 이즈미와는 달리 료코는 의연하게 말했다.

"죄송하지만 거절하겠습니다."

"네?"
사쿠라가 화들짝 놀랐다.
"엄마……."
놀라기는 이즈미도 마찬가지였다.
"만약 증거가 나온다면 조가사키 형사부장님은 오명을 벗을 수 있습니다."
반조가 설득했지만 료코는 물러서지 않았다.
"남편이 세상에 남긴 유서가 그의 뜻이니까요. 전 그 사람의 유지를 존중합니다."

조가사키의 집을 나와 반조의 뒤에서 걷던 사쿠라가 하소연했다.
"어쩌죠. 사모님이 원하지 않으면 더 이상 수사하기는 힘들잖아요."
"정말로 원하지 않을 때 얘기지."
반조는 휴대폰을 꺼내 전화를 걸었다.
"……시노미야, 부탁이 있어."

모리모토는 어느 유튜버에게 쫓기고 있었다.
"모리모토 수석 감찰관님! 아드님의 죄를 무마시켰다는 소문이 사실입니까?"
"대답하지 않겠습니다."
답변을 거부하며 발걸음을 재촉하는 모리모토를 남자는 집요하게 쫓아갔다.
"어나니머스가 공개한 겁니다! 지금 이렇게 도망친다는 게 무엇보다 확실한 증거 아닙니까?"

"대답하지 않겠다고 했잖나!"

모리모토가 달음질치며 빠져나가려는 그 순간이었다.

시끄러운 성적이 울리는가 싶더니 무언가가 시야로 들어왔다. 그것이 달려오는 차라는 사실을 모리모토가 인식했을 때는 커다란 충돌음과 함께 공중으로 붕 떠올라 있었다.

잠시 후 잿빛 바닥이 새빨갛게 물들었다.

손가락살인대책실에서는 리리코가 태블릿을 보며 탄식했다.

"'블라인드 경찰'에 수사 정보가 점점 새어 나가고 있어. ······경찰 내부에도 어나니머스에 공조하는 사람이 늘고 있나 봐."

"허위 정보도 섞일 대로 섞여서 대체 뭐가 뭔지 알 수가 없네요······."

시노미야도 말했다.

"다들 정의라는 이름에 중독된 거지."

리리코는 깊은 한숨을 내쉬었다.

그때 고시가야가 자료를 들고 헐레벌떡 뛰어 들어왔다.

"알아냈어, 드디어 알아냈어! 구라키한테 협조하고 있는 남자가 누군지!"

뉴스 속보를 보며 하루카와는 천연덕스럽게 물었다.

"조가사키 형사부장은 자살, 모리모토 수석 감찰관은 사고로 중태······. 그다음은 경시 총감을 표적으로 삼을까요?"

이 말에 구라키는 부정적이었다.

"이건 게임이 아니야."

"……아, 네."

구라키가 노려보자 하루카와는 어깨를 움츠리며 야단맞은 어린아이처럼 대답했다.

손가락살인대책실에서는 조가사키의 자택에서 돌아온 반조와 사쿠라에게 고시가야가 열심히 설명을 하고 있었다.

"하루카와 마사야. 5년 전 사이버 범죄를 저질러 용의자로 지목된 남자네. 자료에 의하면 반조와 파트너가 되기 전에 구라키가 그의 결백을 증명해서 혐의를 벗겨 주었어."

"구라키 씨한테 빚이 있는 남자군요……!"

사쿠라가 말했다.

시노미야는 PC로 하루카와의 데이터를 검색했다.

"하루카와라는 남자, 직장이 PC 기기 판매 회사입니다. 아, 거래처 중에 경시청이 있네요!"

반조가 이해했다는 듯이 말했다.

"보안망 해킹도 그놈이 한 짓이군……."

그때 리리코가 돌아왔다.

"하루카와 마사야의 휴대폰 기지국 이력 긴급 조회했습니다. 최근 며칠은 주로 조난 기지국에서 발신된 걸로 확인되네요. 주소지와 다른 장소예요."

리리코의 보고를 듣고 시노미야는 곧바로 PC로 검색해 봤지만 지도에 표시된 지역이 너무 광범위해 입을 떡 벌리고 말았다.

"조금만 범위를 좁히면 좋겠는데……."

고시가야가 즉시 지시를 내렸다.

"이 지역 창고와 공실 등 잠복할 수 있을 만한 장소를 물색하자고."

"그런다고 범위가 좁혀질까요……."

리리코가 걱정스러운 듯이 말했다.

반조는 하루카와에 관한 검색 데이터에서 무언가를 발견했다.

"하루카와의 회사 거래처 중 부동산 관리 회사가 있군."

"여기를 먼저 조사해 볼까요?"

물색 대상이 줄어든 덕분인지 리리코는 갑자기 의욕이 불타올랐다.

"참, 반조 형사님. 조가사키 형사부장 휴대폰 분석 의뢰하신 것 말인데요……, 완료했습니다만 배후와 관련된 흔적은 없었습니다."

"그렇군."

"이건 죽기 직전에 보았던 사이트의 리스트입니다."

시노미야는 반조에게 종이에 출력한 리스트를 건넸다.

반조가 리스트를 확인하자 옆에서 사쿠라도 함께 들여다보았다.

반조는 순간 입가에 미소가 번졌다.

"……시노미야, 덕분에 도움이 됐어."

두 사람은 또다시 조가사키의 자택을 방문했다.

"자꾸 이렇게 오시면 곤란합니다……."

반조와 사쿠라 앞에서 료코는 난처한 표정을 지었다. 그런 료코에게 반조는 부드러운 말투로 물었다.

"형사부장님은 과연 조직을 지키기 위해 돌아가신 걸까요."

"……네?"

료코는 반조의 의도를 알 수 없었다.

사쿠라가 대신해서 말했다.

"형사부장님의 휴대폰을 분석한 결과, 돌아가시기 직전에 무엇을 보고 계셨는지 확인했습니다."

사쿠라는 료코와 이즈미에게 태블릿으로 영상을 보여주었다. 조가사키 자택에 극성 유튜버가 난입해서 찍은 영상이었다. 료코와 이즈미는 말없이 그 영상을 보았다.

반조는 조가사키의 마음을 대변했다.

"이렇게 무례한 유튜버들이 몰려오고 인터넷에는 가족분들의 신상 정보가 떠돌아다니는 데다 비난과 인신공격까지 받고 계시죠……. 형사부장님이 극단적 선택을 하신 이유는 더 이상 가족을 힘들게 하고 싶지 않아서가 아닐까요."

"그리고 이게 마지막으로 보셨던 영상입니다."

사쿠라는 다른 영상을 재생했다.

수년 전 어느 날 찍은 영상이었다.

소파에 앉은 이즈미를 휴대폰으로 촬영하며 조가사키는 즐거운 목소리로 말했다.

"오늘의 주인공, 생일을 맞은 이즈미 양입니다!"

"아, 아빠, 그만해!"

조가사키가 카메라를 들이밀자 이즈미는 부끄러워하며 웃었.

이어서 료코가 케이크를 들고 나타났다.

"자, 이즈미가 좋아하는 케이크!"
"와, 신난다! 고마워요!"
한껏 들뜬 이즈미와 웃는 얼굴로 딸을 지켜보는 료코의 모습이 카메라에 담겨 있었다.
"나도 잠깐 줘 봐!"
이즈미가 휴대폰을 빼앗아 이번에는 조가사키와 료코를 찍었다.
"자랑스러운 우리 엄마와 아빠를 소개합니다!"
여전히 즐거워 보이는 이즈미는 부모의 얼굴을 번갈아 가며 촬영했다.
"난 됐어."
조가사키는 쑥스러운 듯이 웃었다.

이즈미의 눈에서 눈물이 와락 쏟아졌다. 반조는 모녀에게 다정하게 말을 걸었다.
"형사부장님께서 진심으로 지키고 싶었던 것은 누구보다 사랑하는 가족이 아니었을까요. 전 그 유서보다도 형사부장님의 진심에 귀를 기울이고 싶습니다. 두 분은 제가……, 아니 손가락살인대책실 전원이 지키겠습니다. 그러니 조가사키 형사부장님의 진실을 밝혀낼 수 있도록 허락해 주시지 않겠습니까."
료코가 눈물을 참으며 입을 열기 시작했다.
"……항상 그랬어요……. 그 사람은……. 늘 혼자서 짊어지고 가족에게는 한마디 상의도 하지 않고……."
그렇게 말하더니 료코는 반조에게로 시선을 돌렸다.

"하지만 한 가지만은 확실해요……. 그이는 올바른 사람이었습니다. ……부디 진실을 밝혀 주세요. 부탁드립니다."

료코는 머리를 깊숙이 조아렸다.

손가락살인대책실에서는 고시가야와 리리코가 시노미야의 자리를 둘러싸고 있었다.

"이 부동산 중개 회사 사이트에 해킹당한 흔적이 있습니다."

"해킹……?"

고시가야가 미간을 찌푸렸다.

"공실 매물 정보를 삭제했어요. 전부 다섯 건입니다. 아마도 네 건은 함정이겠죠."

"그중 하나가 진짜 잠복 장소……."

리리코의 눈이 먹잇감을 잡은 듯이 번뜩였다.

조가사키의 방은 깔끔하게 정리되어 있었다. 반조는 그 방을 샅샅이 수색했다. 책상 서랍을 열어 상판을 만졌을 때 반조의 표정이 순간 달라졌다.

"……네, 알겠습니다."

사무실에서 걸려 온 전화를 받고 사쿠라가 반조에게 알렸다.

"잠복했을 만한 장소를 몇 군데 알아냈다고 해요. 제가 먼저 가 볼게요."

다급히 방을 뛰쳐나가려는 사쿠라에게 반조가 말했다.

"기다려. 혼자서는 못 보내."

"……선배."

반조와 사쿠라는 시노미야에게 얻은 정보를 토대로 공실을 조사했다. 먼저 찾아간 두 곳에서는 별다른 소득이 없었다. 세 번째로 찾아간 건물의 해당 공실 앞에 도착한 사쿠라는 아무 기대 없이 문을 열어젖혔다.
"어차피 여기도……."
방심하고 있던 사쿠라의 눈이 순간 휘둥그레지며 안색이 창백해졌다.
바로 앞 테이블에 PC와 기자재가 놓여 있고 안쪽에는 구라키가 서 있었던 것이다.
"선배……!"
반조를 부른 그 순간, 누군가가 사쿠라의 팔을 붙잡고 안으로 잡아끈 뒤 관자놀이에 총구를 겨눴다. 순식간에 벌어진 상황에 사쿠라는 숨이 턱 막혔다. 곁눈으로 상대를 확인하니 총을 겨눈 사람은 하루카와였다.
사쿠라는 겁에 질린 표정으로 반조를 바라보았다.
반조는 두 손을 천천히 들어 올리며 사쿠라를 돌아보았다. 그리고 안쪽에 있는 구라키에게로 시선을 돌렸다.
구라키와 대치한 반조는 매서운 눈빛으로 말했다.
"……구라키, 끝났어."
구라키는 미동도 없이 담담하게 말했다.
"아뇨, 이게 '블라인드 경찰'의 시작입니다."
"……시작?"
사쿠라도 구라키를 쳐다보았다.
"저는 이미 한 번 죽었습니다. 믿었던 당신네 경찰들한테 배신당한 덕분이죠. 권력에 지배된 경찰 조직에서, 정의는 썩어 문드러질 수밖에 없다는 사실을 깨달았지요. 이제부터는 네티즌들의 지능으로 수사를 진행할 겁니다. 어나니머스의 새로운 정의 아래 전 다시 태어났습니다."

그러자 사쿠라가 반박했다.

"그게 무슨 정의예요……. 당신은 그냥 경찰에게, 반조 형사에게 복수하고 싶을 뿐이잖아요!"

"복수? 우린 진실에 다다랐을 뿐입니다. 그야말로 정의지요."

"넌 그 사건에 대해 전혀 모르고 있어."

반조가 나서서 말했다.

"뭐라고요?"

기가 막힌다는 듯 헛웃음을 치며 구라키가 반문했다.

"조가사키 형사부장은 꼭두각시에 지나지 않아. 범인 조작을 지시한 배후는 따로 있어."

"허튼수작 부리지 마!"

하루카와가 끼어들었다.

반조가 품 안에 손을 집어넣었다. 흉기를 꺼낼지도 모른다고 생각했는지 하루카와의 눈빛이 번뜩였다.

하지만 반조가 꺼낸 것은 SD카드였다.

"결정적인 증거를 입수했어. 이건 사와노보리 하지메가 갖고 있던 데이터야."

"데이터? 그게 무슨 소리야?"

충격과 혼란이 뒤섞여 하루카와의 목소리가 상기됐다.

사쿠라는 인질로 잡힌 상황에서도 구라키를 똑바로 바라보았다.

"자유기고가였던 사와노보리 하지메는 국회의원의 뇌물 수수 사실을 포착하고 그를 협박하고 있었어요."

"국회의원……?"

구라키가 반문하자 반조가 설명했다.

"범인 조작을 명령한 배후는 경찰이 아니야……. 국가 공안 위원장인 하세베 국무대신이지."

"하세베라고……?"

하루카와는 동요를 감추지 못했다.

"하세배 대신을 협박했던 사와노보리가 때마침 살인 용의자로 지목된 거예요. 하세베의 지시 사항은 증거를 조작해서 사와노보리를 체포하는 것이었고요."

사쿠라가 말했다.

반조는 SD카드를 손에 들고 강한 어조로 몰아붙였다.

"이 데이터가 무엇보다 유력한 증거야. 이게 범인 조작을 지시한 배후의 진상이라고. 넌 진실을 오인했어. 네가 추구한, 인터넷의 힘을 빌린 그 집요한 정의가 한 사람의 목숨을 앗아간 거야!"

반조는 꼼짝없이 서 있는 구라키를 이글거리는 눈빛으로 직시했다.

"구라키, 내가 어떻게 이 진실을 알아냈는지 아나? 조가사키 형사부장의 가족과 얼굴을 마주하고 다가갔기 때문이야. 한 사람 한 사람의 눈을 보고 직접 목소리를 들었을 때 비로소 깨닫게 되는 것도 있어. 인터넷에서 악성 댓글을 달고 다 같이 마녀사냥하는 방식으로는 알아내지 못하는 진실도 있어. 그러면 새로운 희생자가 생긴다고!"

"……어디서 잘난 척은……."

구라키가 중얼거렸다.

"구라키, 난 너의 진실을 알아주지 못했어. ……정말 미안했다."

구라키는 아무 말 없이 반조를 바라다보았다.

"하지만 넌 알겠지……. 희생된 자의 아픔을……."

잠자코 듣고 있던 하루카와가 참지 못하고 끼어들었다.

"웃기는군. 숭고한 목적을 위해서라면 희생은 불가피해."

사쿠라는 마음을 담아 호소했다.

"구라키 씨, 이제 그만해요."

"닥쳐……. 너희가 뭘 안다고!"

구라키는 포효하듯 소리치더니 품에서 권총을 꺼내 반조에게 총을 겨눴다.

"조금은 알아."

반조는 그렇게 말한 후 구라키를 향해 똑바로 걸어갔다

"네 마음을 괴롭히는 건 분노나 증오가 아니야……. 슬픔이지."

구라키는 그 말을 들으며 떠올렸다. 2년 전 반조에게 외면당해 서러웠던 그날. 요양원에서 의식을 되찾고 차가운 복도에 서서 경찰 조직에 배신당한 사실을 알게 된 그날…….

"난……, 나는……!"

구라키는 혼란스러워했다.

반조는 구라키가 들고 있는 총에 살며시 손을 올렸다.

"그동안 힘들었지……."

그 목소리를 들은 구라키는 몸이 굳어 버렸다.

"이제 어나니머스는 끝났어."

반조가 구라키의 손에서 총을 빼내려고 할 때였다. 하루카와는 사쿠라를 밀쳐내고 구라키에게 총을 겨누며 떨리는 목소리로 소리쳤다.

"장난해? 어나니머스가 이렇게 쉽게 끝날 것 같아? 난, 너한테 인생을 걸었다고……. 사람 우습게 보지 마!"

그리고 하루카와는 방아쇠에 손을 올리더니 구라키를 향해 발포했다.

그 순간 반조가 뛰어들어 구라키를 감쌌다. 튕겨 오른 반조의 몸에서 새빨간 선혈이 솟구쳤다. 눈 깜짝할 사이에 벌어진 일이었다.

구라키는 놀라서 꼼짝할 수 없었다.

"……선배!"

사쿠라의 비통한 외침에 구라키가 제정신으로 돌아왔다.

"……이째서……."

구라키는 넋 나간 사람처럼 중얼거렸다.

반조는 그런 구라키를 보며 웃는 얼굴로 대답했다.

"……드디어 널 지켰군."

구라키는 아무 말도 할 수 없었다.

"젠장, 방해하지 말라고!"

이성을 잃은 하루카와가 다시 반조에게 권총을 겨누었다.

이를 본 구라키가 하루카와의 손을 향해 발포했다.

탄환이 명중하면서 총을 떨어뜨린 하루카와는 그 자리에 쓰러져 정신을 잃고 말았다.

사쿠라는 달려가 반조를 끌어안고 소리쳤다.

"선배! 선배! 정신 차리세요!"

"……말 걸지 마."

반조가 희미한 목소리로 대답했다.

"말 걸 거예요! 저, 아직 파트너로 인정도 못 받았다고요! 혼자서 어디 갈 생각은 하지도 마세요! 반조 선배!"

사쿠라는 반조를 수없이 목 놓아 불렀다.

누가 불렀는지 구급차의 사이렌 소리가 점점 가까워졌다.

어느새 구라키는 자취를 감추고 없었다.

빌딩의 초대형 전광판에는 차분하게 뉴스를 진행하는 아나운서의 모습이 흘러나오고 있었다.

"관계자의 고발에 따라 범인 은닉죄 혐의로 수사의 칼날이 하세베 국무대신을 향하고 있습니다."

뉴스를 보던 사람들이 자연스럽게 스마트폰을 꺼내 글자를 입력하기 시작했다.

「이 사람 마약에도 손댔다는데.」

「그거 헛소문이야.」

「하세베 아들 주소 털었습니다.」

「개인 정보 보호법 위반이에요.」

「비난도 리트윗도 이성적으로 합시다.」

「정의라는 이름의 폭력, 무섭네요.」

「마녀사냥은 그만합시다.」

「그래도 경찰은 신뢰 못 하겠음.」

SNS에는 비난과 인신공격뿐만이 아닌 다양한 의견이 오갔다.

료코와 이즈미는 자택 TV로 뉴스를 시청하고 있었다.

이즈미는 휴대폰을 꺼내 반조와 사쿠라를 떠올리며 SNS에 글을 남겼다.

「마음을 열고 다가온 따뜻한 형사님이었습니다. 고맙습니다.」

"'블라인드 경찰'의 열기, 순식간에 식었네요. ……냉정한 의견이 대부분이에요."

손가락살인대책실에서 리리코가 안심한 듯이 말했다.

"한때는 무서울 정도였으니까요."

시노미야도 비로소 가슴을 쓸어내렸다.

"……아주 작은 계기로 바뀔 수 있었던 건지도 모르겠어요. ……아주 잠깐, 심호흡을 한 번 하는 것만으로도……."

사쿠라는 이번 사건을 회상하다가 불쑥 말했다.

"그나저나……, 무사해서 정말 다행이에요……."

"그 사람이 죽을 리가 없잖아."

리리코가 웃으며 말했다.

규칙적으로 울리는 기계음이 어디선가 분명하게 들려 왔다.

소등 시간이 지나 불이 꺼진 병실에서 산소 호흡기를 낀 반조가 잠들어 있었다.

불현듯 사람 그림자가 드리웠다. 그림자는 천천히 반조의 침대로 다가왔다. 달빛에 그 얼굴이 선명히 드러났다.

구라키였다. 구라키는 내내 잠들어 있는 반조에게 말을 걸었다.

"아이러니하네요. 2년 전과 처지가 뒤바뀌다니."

구라키는 머리맡 테이블에 보라색 히아신스를 올려놓았다.

"일단 '블라인드 경찰'은 닫아 두죠. 하지만 전 그만두지 않을 겁니다. 인터넷에는 무한한 가능성이 있거든요. 전 앞으로도 제 나름의 정의를 찾겠습니다."

그 말을 남기고 구라키는 병실을 뒤로했다.

곧이어 반조가 천천히 눈을 떴다. 그리고 이제 그 자리에 없는 구라키를 향해 대답했다.

"……나도, 내 나름의 정의를 계속 찾겠어."

- 2주 후 -

사쿠라는 역의 서쪽 출구를 나와 고가도로 밑에 있는 정류장에서 버스에 올라탔다. 10분쯤 달렸을까. 사쿠라는 벨을 눌러 여섯 번째 정류장에서 하차했다. 거기서 5분 정도 걸어가자 목적지인 묘지에 도착했다.

이곳에 처음 온 것은 3년 전이었다. 그날 이후로 여섯 번째였다.

사쿠라는 사 온 꽃을 헌화하고 어린 나이에 세상을 떠난 친구의 무덤 앞에서 합장했다. 오늘은 그녀의 기일이었다.

추모를 끝낸 후 묘지를 나와 버스 정류장으로 향하는 길에 휴대폰을 한 손에 들고 라인(LINE)으로 메시지를 보냈다.

「지금 추모 끝났으니 돌아갈게요.」

전송 버튼을 누르고 얼굴을 들어 보니 차도 건너편 보행로에 한 남자가 있었다.

반조였다.

"어……!?"

사쿠라가 화들짝 놀라 외마디를 내질렀다.

반조는 멈춰 서서 종이 한 장을 노려보고 있었다.

사쿠라가 달려가서 물었다.

"여기서 뭐 하세요?"

반조도 사쿠라를 보고 흠칫 놀랐다.

"네가 왜 여기에 있어? 너야말로 여기서 뭐 해?"

"추모하러 왔어요. 선배는요?"

"얼마 전까지 묘지 뒤편에 낚시터가 있었어. 최근에 근처로 이전했다는데 못 찾겠군."

"아……."

"어디로 이전했는지 안내 메시지는 받았는데……."

"지도 애플리케이션 좀 쓰세요. 스마트폰의 기본이라고요."

그러면서 사쿠라는 애플리케이션을 열어 새 주소를 입력했다.

"이쪽이에요."

사쿠라는 스마트폰을 보며 앞으로 걸어갔다. 반조는 말없이 사쿠라의 뒤를 쫓았다.

낚시터 앞에 도착하자 반조는 사쿠라에게 감사를 표했다.

"고맙군."

"저도 낚시하다 갈게요."

"뭐? 뭐라고? 네가 왜?"

"오늘부터 낚시나 시작해 볼까 하고요."

두 사람은 나란히 앉아 낚싯줄을 드리웠다.

"선배, 어떻게 하면 잡을 수 있어요?"

"말 걸지 마. 낚시는 입 다물고 하는 거야."
"입 다물고 하면 같이 낚시하는 의미가 없잖아요."
"나는 같이 할 생각 없어. 그렇게 떠들면 못 잡아."
그 순간 사쿠라의 낚싯줄에 물고기가 걸려들었다.
"야호!! 잡았어요!!"
햇살 아래서 낚시를 즐기는 두 사람을, 봄날 특유의 훈훈한 바람이 감싸 안았다.

활짝 열린 그 창문으로도 따스한 바람이 들어왔다. 누구든 밖으로 뛰쳐나가고 싶어지는 초여름 날씨였지만, 구라키는 그 바람을 맞으며 어느 건물 안에서 컴퓨터를 마주하고 있었다. 키보드를 두드려 화면의 내용이 바뀌자 구라키의 표정이 딱딱하게 굳었다.
눈에 들어온 것은 SNS의 한 게시물이었다.
「인터넷으로 인간을 지배하겠습니다. 인간이여, 그럼 안녕히.
　-진정한 어나니머스로부터-」

내게 SNS란 '애정이 담긴 소통'을 위해 꼭 필요한 것

– 가토리 신고

제가 SNS를 시작한 건 3년 전입니다. 그때부터 트위터와 인스타그램을 하고 있는데, 시작하기 전에는 아예 관심이 없었을 뿐 아니라 두려운 마음까지 들었습니다. SNS에 달리는 악성 댓글이 자주 이슈화되다 보니 '건드려서는 안 되는' 공간이라 생각했지요.

하지만 3년 전 저는 무언가 새로운 일에 도전하고 싶어졌고, 생활과 떼려야 뗄 수 없을 만큼 밀접해진 SNS를 슬슬 시작해 보기로 결심했습니다. 막상 문을 열어 보니 그동안 상상했던 것보다 훨씬 따뜻한, 저를 응원해 주는 사람들과 직접 소통할 수 있는 온정이 넘치는 공간이었습니다.

그런데 한편으로는 두려움도 커졌습니다. 예를 들어 제가 어떤 글을 하나 올렸을 때, 지구상의 모든 이가 마음만 먹으면 그 글을 볼 수 있으니까요. 생각해 보면 조금 섬뜩하지 않나요?

그런 SNS의 빛과 어둠, 양면을 모두 느끼고 있을 무렵에 이 작품과 만났습니다.

제가 연기한 주인공 반조 와타루는 형사로서, 또 한 사람의 인간으로서 '열정'을 지니고 있습니다. SNS의 발전의 영향이라 할 순 없겠지만 시간이 흐를수록 이러한 열정은 다른 사람들을 거북하게 하는 면이 있습니다. 그렇지만 반조라는 인물에 내재된 열정은 이 세상에 계속 존재했으면 하는, 여러 가지로 사람들을 사로잡는 매력이라 느꼈습니다.

저와의 공통점도 발견했습니다. 반조는 직접 발로 뛰어 정보를 얻는 형사입니다. 몸소 움직이고 부딪히고 눈으로 바라보고 이야기를 나누면서 느끼는 것, 그리고 이에 따라 변화하는 것을 매우 소중히 여기지요. 저 역시 사람을 좋아하고 다른 사람과 만나 부대끼는 것을 무척 좋아합니다.

그런 이유로 작년(2020년)에는 코로나로 인해 사람과 만나지 못하는 날이 길어지면서 아주 힘든 시기를 보냈습니다. 사람과 직접 만나서 소통을 하는 것이야말로 저의 '일용할 양식'이었음을 새삼 깨달았습니다.

물론 요즘에는 원격으로 가능한 일이 무궁무진한 데다 SNS라는 커뮤니케이션 도구도 있습니다. 하지만 직접 만나서 악수하고 기쁠 때는 껴안는 것이 역시 저에게는 최고의 방법입니다.

예컨대 라이브 공연에서 관객이 '지금 분명 가토리 신고랑 눈이 마주쳤어!' 하고 느꼈다면, 제 입장에서도 눈이 마주친 것이죠. 직접 만날 수 있는 장소가 아니면 느끼지 못하는 세계입니다. '뉴노멀'이라는 신조어가 일상적으로 쓰이는 시대지만, 생생한 감촉이 있었던 '그때'가 다시 돌아오기만을 간절히 바랍니다.

가장 인상에 남는 대사는 "강한 사람은 없어. 누구든 이 손가락 하나로 상처 입을 수 있어. 당신이 생각하는 것보다 인간은 훨씬 연약한 존재야."라는 반조의 말입니다. 그야말로 이 이야기의 주제를 한마디로 집약한 대사라고 생각합니다.

또한, 제2화에서 반조는 "이미 지나간 과거는 지울 수 없습니다. 하지만 당신들의 미래는 얼마든지 새로 그려 나갈 수 있어요."라고 말합니다. 저는 이 말에 무릎을 치며 공감했습니다. 오랜 기간 배우라는 일을 하면서 '지울 수 있는 것은 결코 없다.'라는 생각을 해 왔기 때문입니다.

가토리 신고가 과거에 무슨 일을 했는지, 어디에 갔는지, 무슨 말을 했는지 알고 싶으면 주변 사람들에게 묻는 편이 훨씬 빠릅니다. 여러분의 기억 속 가토리 신고가 제가 기억하는 제 자신보다 정확합니다. 어쩌면 잘된 일인지도 모르죠. 전 앞만 보고 달리면 되니까요.

제8화에 "다들 정의라는 이름에 중독된 거지."라는 스가누마 리리코의 대사가 등장하는데, 이 역시 대단히 무서운 말이라고 생각합니다. SNS에는 '정당한 의견'이라는 명목 아래 누군가를 향한 비난이 쉴 새 없이 올라옵니다. 이 말이 칼날이 되어 누군가를 상처 입히고 궁지로 몰아넣을 수 있다는 사실을, 글을 쓴 당사자는 상상도 못 합니다.

저는 SNS를 시작하기 전부터 종종 인터넷으로 저에 관해 검색하곤 했습니다. 평소에는 비판적인 의견이 있어도 '아, 이렇게 생각할 수도 있겠구나.' 하고 순순히 받아들이는 편입니다. 하지만 이런 글이 두 개, 세 개, 네 개, 다섯 개……, 계속 늘어나면 분명 머리로는 괜찮다고 생각하면서도 마음이 침식당할 때가 있습니다. 어두운 늪에 끌려 들어가는 듯한 위험한 상황이랄까요. 그래도 저는 비교적 금방 차단할 수 있는 편이지만 그렇게 못 하는 사람들은 정말 괴로울 거라 생각하니 상상만으로도 가슴이 쓰립니다.

이 작품에서도 각종 SNS를 매개로 한 인신공격과 명예 훼손 사건이 등장하는데, 어느 것 하나 우열을 가릴 수 없을 만큼 참혹합니다. 손가락살인대책실 팀원들에 의해 사건이 해결됐을 때는 독자 여러분도 함께 가슴을 쓸어내리거나 커다란 상실감에 마음 아파하고, 똑같은 사건이 두 번 다시 일어나지 않기를 두 손 모아 바라지 않았을까 생각합니다.

안타깝게도 현대 사회에서는 트위터에 자유롭게 트윗을 올리기조차 쉽지 않습니다. 분명 행복한 글, 즐거운 글로 다른 사람의 마음을 따뜻하게 할 생각이었는데 어느새 욕설과 거짓, 비난과 모욕이 난무하면서 눈치껏 분위기를 맞추는 것이 암묵적인 규칙이 되어 버렸습니다. 자유로운 글을 올리는 공간에서 가장 중요한 '자유'를 상실했다는 사실이 매우 유감스럽습니다.

하지만 지금은 그러한 변화에 대응하며 살아가야 하는 시대이기도 합니다. 제 자신도 누군가에게 상처 주지 않도록 세심한 주의를 기울이며 트윗을 올리고 있습니다.

아니, 제가 지금 하고 있는 것은 단순한 트윗(tweet)이 아닐지도 모릅니다. 왜냐하면 한 글자, 한 구절에 애정을 꾹꾹 눌러 담아 쓰고 있으니까요. 모든 이와 애정이 담긴 소통을 하고 싶기 때문입니다.

누구나 자신이 과거에 쓴 글, 올린 사진을 언제든 찾아낼 수 있는 시대입니다. 이 사실을 마음 한구석에 간직했으면 합니다. 언제나 즐겁고 건전하게, 그리고 배려하는 마음으로 함께해 주시기를 바랍니다. 나와 타인이 행복해지는 방법을 유념한다면 더할 나위 없이 기쁠 테니까요.

SNS는 전 세계 사람과 소통할 수 있는 멋진 공간이고, 우리는 그런 행복한 장소를 만들어 낼 수 있다고 믿습니다.

2021년 2월.

어나니머스
경시청
손가락살인대책실

초판 1쇄 인쇄 2021년 12월 07일
초판 1쇄 발행 2021년 12월 14일

지은이 사이조 미쓰토시
옮긴이 김나랑

편집 도서출판 양파 편집부
디자인 핑크페이지
펴낸곳 도서출판 양파 **출판등록** 2017년 5월 8일 제2017-000034호
서울특별시 금천구 벚꽃로 40 롯데캐슬1차 108-1402
전화 02-804-8629 | 팩스 02-6280-8629
이메일 yangpa_bookandmedia@naver.com

값 14,800원
ISBN 979-11-90135-08-5   03830

이 책은 저작권법에 따라 보호받는 저작물이므로 무단 전재와 무단 복제를 금지하며, 내용의 전부 또는 일부를 이용하려면 반드시 출판사의 동의를 받아야 합니다.
잘못된 책은 구입하신 곳에서 바꾸어 드립니다.

도서출판 양파는 독자 여러분의 책에 관한 아이디어와 원고 투고를 기쁜 마음으로 기다리고 있습니다. 책 출간을 원하는 아이디어가 있으신 분은 이메일 yangpa_bookandmedia@naver.com로 간단한 개요와 원고, 연락처 등을 보내주세요.